阅读之前 没有真相

午夜文库

红莲馆杀人事件

[日] 阿津川辰海 著
赵婧怡 译

新 星 出 版 社　NEW STAR PRESS

目录

1	序章
5	第一部 落日馆
173	第二部 灾变
283	第三部 生为侦探
319	尾声

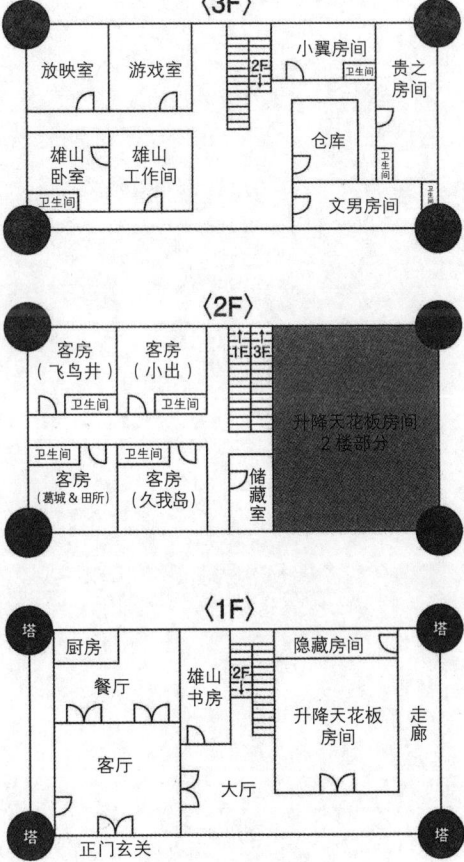

馆内平面图

序章

熊熊燃烧的森林将我们逼至此处。

新买的登山杖已经被烟熏成了黑褐色。

我们沿着山道攀爬，呼吸变得急促。

我擦了擦额头上的汗水，发现手掌也沾上了烟灰。

"真的有吗？"

我虚弱地抬起头。回头看去，发现我们已经离着火处很远了。

正往前走着的葛城头也不回地说道："听脚步声的方向是这边。相信我，田所君。不管怎样，山火已经包围了下面，既然不能下山，那我们也别无选择了。"

将他卷入如此危险境地的人，是我。

"要是我没提议来这里就好了。"

"只有这种时候你才会这么温柔啊，平时不都是精神过头的样子嘛。"葛城脚步不停地说道。他那安稳的话语有力地激励着我。

"你听好了，虽然提出计划的是你，同意和完善计划的却是我。而这山上会着起火来不是我们两个的错，不需要道歉啦。"

此时，在口若悬河的他面前突然出现了一个建筑物。

"啊……"

"怎么了？"

"葛城……前面……"

葛城抬起头看向前方。

那是一座壮丽的三层洋馆。门口处有精心雕刻的柱子，以及厚重木材制成的双开大门。金色的门环闪烁着耀眼的光芒，让人几乎睁不开眼。

那只门环上刻着"财"字。

"看来……我们终于到了财田雄山的宅邸。"

我终于松了口气,差点儿当场蹲下。如果财田家的人同意,我们就能在这里避难了。

"不过。"

"怎么了?"

"侦探和大宅,还有这山火,听起来不是非常恐怖的组合吗?"

"都什么时候了,还能开这种玩笑。"

葛城露出微笑。

"万一真的发生了事件怎么办啊?"

"那还用问?"他马上回答道,"当然是解决谜题了。因为我是侦探嘛。"

"啊,没错。你的确是这样的家伙。"

我的声音听起来应该有些吃惊。

葛城伸出手,叩动了门环。

宅邸中的居住者与迷失在山中的人,一起被红莲般的火焰席卷,在这不幸命运下相遇的我们,迎来了各自的遭遇。这一切到底是如何开始,又将如何终结呢?我总是在意着这样的事情。

而我们所遭遇的这一切,其开端要回溯到一个月前。

第一部 落日馆

"你和我之间真的发生了什么改变吗?"她的声音仿佛缠在人身上,那双原本搭在膝上的手也用上了力气,"你要放弃现在的自己而变成别的样子吗?"

——罗伯特·戈达德《偷来的时间》
(日文版书名为《永遠に去りぬ》)

1 作战会议

我将买来的面包带回教室,这时葛城正奋笔疾书着什么,桌上摊着第四节数学课的参考书。

我坐到葛城前面的座位上,叉开腿,背靠着桌子,手肘支在桌面上。

"你要学到什么时候啊?大家都去吃午饭了。"

"马上就好。"

葛城头也不抬地说道。他一直这样,我也早就习惯了。

直到我打开炒面面包的袋子时,葛城才缓缓地合上参考书。

"你做完作业了?有钱人家的孩子还真是不容易啊,回家之后要学习小提琴、弓道、空手道、马术,还要应付家庭教师……要学的事情真是一堆接着一堆啊。"

他从包里取出便当盒打开。他的便当十分注重营养均衡,是由他家的厨师精心制作的。

"你管得也太宽了吧。"

"我有要紧的事跟你说。我想制订一下这次的合宿计划。"

我拿出昨天学校活动中心发的《活动指南》说道。葛城皱起了眉头。

"是要去轻井泽的山里待上五天四夜,专心学习吗?"

"像我们这种升学率高的学校就是这种风格啦。"

"这才高中二年级的暑假,大家就这么焦虑了?"

"才不是呢。刚才沼田他们正盘算着带上游戏掌机和卡带,还有麻将过去玩呢。"

"麻将还是算了吧,声音也太大了。"

"我也严肃地指出了这一点。除此之外,还有不少小情侣想去轻井泽看星星。"

"看来大家根本没心思学习啊。"

我笑了起来。

"其实啊,我也另有打算。"

葛城扬了扬眉毛。"继续说。"他的声音听起来像是在期待着什么。

我取出手机,打开电子地图。

"这次我们要去的宿舍在这里。位于 N 县的山里。"

我搜索了《活动指南》里提到的住宿地点,那是一座建在绵延山路边的大型学生宿舍。

"我有个想去的地方正好在这附近。我正在跟编辑老师打听具体地址呢。"

初三那年,我向某短篇推理小说比赛投了稿,虽然最后没能得奖,却引起了编辑的注意,编辑还对我说"想看看你的其他作品",于是我就定期和编辑老师见面。

"有一位小说家的宅邸就在轻井泽附近的 M 山上。"

"谁啊?"

"财田雄山。"

葛城停下筷子,吹了声口哨。

让我产生想要成为小说家这一想法的,正是财田雄山的小说。他创造了许多丰富多彩、不同类型的推理小说,并源源不断地吸取着最新的观点,融入作品之中,这种进取的态度吸引了我。他曾在写给松本清张的追悼文中说出过"推理小说正迎来落日时代"的名言。

葛城也是财田雄山的狂热书迷，他不仅读过财田自出道以来已出版的所有作品，连仅在杂志上发表的采访，以及单行本中未收录的作品也全都收集齐了。从某种意义上来说，我挺羡慕葛城家的财力。

"五年前，新版《黑色潮流》出版，那之后就没有他的消息了吧？"

"听编辑老师说，最近完全没在文学奖活动上看见他。按照他是一九××年生人来算的话，今年该有九十七岁了啊。"

"也是到了不管发生什么都不稀奇的年纪。"

我有些苦闷地点了点头。

"可是你到底是用了什么方法……查出他住在哪里的呢？"

被葛城这样一问，我马上就投降了。我也并不打算掩饰，因为我不想在他面前撒谎。

"编辑老师和我见面时，带的文件资料里有财田雄山寄来的信。我无意间瞥见了上面的寄信人地址。"我给自己找了个借口，"完全是偶然。"

葛城低下头，扶着额。我听到他长长地叹了口气。

"虽然诚实也算是你的优点，不过你这样实在是太乱来了。"

葛城经常这么说我，对我来说已经习惯了，对于喜欢的东西，我就是会不择手段地去争取。

"就算真去了，我们也会被当成脑子不正常的书迷，马上就会被赶走。"

"也是……"

葛城的判断非常冷静。听到他这么说，我的声音也跟着消沉了下来。

葛城抱着胳膊沉思着，过了一小会儿，他有点犹疑地开口问道："你准备拿什么给他？"

我马上理解了他的意思，不由得探出身子。

"是他的第一本短篇集《崩坏的颜色》的初版。"

葛城的嘴角浮现出微笑。

"还真是不错的选择。"

听到他那满意的语气，我知道他也来了兴致。

"我还听编辑老师说，那个宅邸里啊，到处都是机关呢。"

"机关？"葛城睁大眼睛，"也就是说，可能会有各种惊人的东西和密道……"

我连连点头，葛城揉了揉眉间。

"想办法获得财富，用来实现自己的愿望，原来这才是财田雄山的本意啊。我还以为他是个社会派作家呢。倒不如说——"

"你们在说什么呢？"

一听这明快的声音，我就知道来者是谁了。那是我现在正坐着的座位的主人。看来她吃完便当了。我的心跳开始加速，却强装平静地扭过头去。

离午休结束还有三十分钟，她似乎只是回来放便当盒的。

"不好意思，稍微借你的座位坐一下。你现在要坐吗？"

"没事你坐吧。我正准备去隔壁班呢！"

她将便当盒放回挂在桌子上的书包，而后露出恶作剧般的微笑，用开玩笑的语气说道："哎呀，你们两个人在看地图啊，这是要做什么？"

"我们正在看这次合宿要住的地方。"

我一边说着，一边用手指轻轻地滑着手机页面。

"真的吗？怎么感觉你们有点奇怪。"

"真没什么啦。"我笑着说道，而她也笑着回应"那你们就慢慢聊吧"，把座位腾了出来。

"你这家伙，还真是好懂，也算是个优点吧。"

"什么意思啊？"

"你每次过来跟我说话的时候都坐在我前面的位子上，不觉得很奇怪吗？"

"没什么特别的原因。"

"你撒谎。"

听到他特意强调"撒谎"二字，我苦笑了起来。的确，在他面前，还是尽量不要隐瞒什么事情为妙。

学校里的同学都不知道葛城是侦探的事情。小时候的他就拥有过人的头脑，并且相当受家人的宠爱。七岁那年，他从家中的一位亲人那里听说了一起案子，心生兴趣。那是一起盗窃案，没有人受伤流血，他听过案情后马上就发现了其中的真相。负责该案的警官在那之后又在葛城的帮助下破获了不少案子，却一直没有对外透露他的姓名。

拜成长环境所赐，葛城对于谎言极度敏感。因为从小就身处上流社会的成年人之中，生活中处处充满谎言，他便对谎言产生了排斥反应，能在别人撒谎的瞬间发现对方的破绽。但如果要搞清到底是怎样的谎言，就必须通过推理来理清。因此，葛城的观察能力也渐渐地得到了锻炼。

我和葛城相遇，是在高中一年级的四月，合宿期间发生了杀人事件。解决那起事件的正是葛城。虽然表面上看是由当地的警方破获的，但我知道葛城向警方提供了信息。而在学校里发生的案件，往往就只有几个相关人士知道内情。

虽然听起来有些脱离现实，但是侦探葛城的确像谜一般闪闪发光，又融入了我的日常生活。

"先声明，我可是问心无愧。"

"跟人家说两句话就心满意足啦，你这追女孩的手段还真是够土的。"

我有些不快地咂了一下舌。

为了缓和气氛，我打开《活动指南》中的时间表。

"我们能出门的机会，在第三天的白天到傍晚这段时间。这里有三课时，也就是九小时的自由活动时间，这段时间本来是让大家自己做作业或者研究课题的。"

"你想利用这段时间偷溜出去？"

"我听文艺部的学长说了，合宿的时候不会点名，也没人看着我们。吃完早饭后，一直到晚上七点的晚饭时间，都不会有人来点名。因为午饭可以随自己喜欢，任意时间去食堂取，不会有人检查。离升学考试还有一年多嘛，学长倒是在这段时间学习高考的辅导资料，不过也有不少学生溜号。大家装成在自习，其实是在自己的房间里和同学一起玩游戏机……"

"从刚才开始你就一直在说什么游戏，难道没有学生出去玩吗？"

我默默地将手机上的地图缩小。

"嗯……附近连商店都没有啊。"

"最近的便利店，开车也要三十分钟。没办法只能待在室内了。"

葛城露出苦笑。

"虽然只是短期旅行，不过要在夏天进山，还是准备好装备比较好。不知道当地的坡度和山道状况如何，如果腿脚不太灵便，还是准备一根登山杖吧。认真说的话，鞋子最好也准备一双专用的。好，我去跟仆人说一下，让他帮忙准备——"

"等一下，等一下。"

我制止了他。

"你那么做，不就暴露了我们要溜出去的事了嘛。我们可得装得像模像样才行。"

"嗯，话虽如此……"

葛城露出稍微有些不安的样子。他的想法和我们这些庶民略有不同，有时必须得拉住他才行。

"我们只能带一些必需品，把它们混进合宿的行李中。"

"这样的话，要带一双鞋确实太不现实了。"

葛城掏出手机，不知在研究什么。

"看起来有折叠式的登山杖，这种东西应该能带。价格是三千日元，我下单了。用零花钱也可以买嘛，不至于引起怀疑。"

"三千块啊。"

我不禁想起了自己的钱包。这个月有一本我很期待的外国小说要发售呢。

"我把你的份也买了？"

"你这个暴发户好烦啊。靠金钱维持的友情是无法长久的！"

我每周有四天在一家连锁快餐店打工，赚点零花钱，还自我安慰说这是为了写作收集素材而进行的辛勤劳动。用这么少的零花钱买书和收集素材，着实可以称之为拮据的生活。

商量好带什么行李的问题后，预备铃响了。我正要起身，被葛城叫住了。

"对了。"

他低着头的样子显得有些阴郁。

"看在咱们两个是朋友的分上，我就告诉你吧。你想追的那个女生啊，已经有心上人了。"

"都说了我没有要追——你说什么？"

"她正打算趁着合宿的时候偷偷溜出去看星星呢。你在受到更多伤害之前，还是收手比较好。"

我吃惊地问："这是侦探大人推理得出的结论吗？"

葛城摇了摇头。

"不。我只是看到她上课时在桌子底下用手机发消息而已。"

我哑口无言。

"好过分啊。"

"你说她？"

"我说的是连这种事情都要偷看的你。"

"我啊？"

葛城一脸惊讶。

"可是，她撒谎了啊。"

他的语气有些茫然，表情却已经不像刚才那般阴郁了。葛城从不怀疑自己的判断是否正确，他直视着我说："她在和其他女生聊天时说'我没有男朋友'，但从她的动作、表情，还有遣词造句的方式我马上就知道，她撒谎了。"

"所以你就偷看了她的手机？她只是撒了个无伤大雅的谎吧。你没有权利侵犯他人的隐私。只是跟我说说倒还好，但是你对'撒谎'这件事，实在是执着到了有些超出常理的程度。"

"你也不用特意强调这一点啦。"葛城一脸不情不愿的样子，"你也有需要改进的地方。你的缺点就是，太容易对女生一见钟情。"

"你说什么——"

"我说你们两个，快上课了啊。"

耳中听到她的声音,我的心脏剧烈地跳动了起来。

"啊,啊,对不起,不好意思。"我一边站起来一边说道,"那葛城,我们就按约定好的行事。"

葛城只是默默地点了点头。

那之后,我想出各种办法为自己疗伤,放学后的打工也变成了消愁时间。回家的路上,我在购物网站上搜索一些便宜的登山杖,最后心烦意乱地下单购买了一个价格稍高的。买完我就后悔了,虽然又用"买太便宜的很容易坏"来安慰自己,却也并没有改善郁闷的心情。

我非常喜欢在解谜方面充满自信的葛城,也可以说这正是他的"强大之处"。然而,有时他会让人觉得过于直接,这种时候我又能做些什么呢?到底怎么做才是正确的?我的脑袋正被一些毫无意义的东西挤得满满当当,这就是我心情烦闷的证明。我的确因为失恋而痛苦不已。

也许我们两个人之间会因为这件事生出小小的嫌隙吧,我的心中萌生了这样的不安。虽然我认为我们的关系应该不会因此被破坏。

2 出发【距离馆被烧毁还有 35 小时 19 分钟】

到了合宿的第三天,也就是行动当天。

"你没睡好啊?"葛城问道。

我正站在洗手台前照镜子,迷迷糊糊地审视着自己的眼袋。

"唔,昨天晚上同学喊我玩国王游戏,我实在不好拒绝,就参加了。"

"你这种对朋友奉陪到底的性格,也不知道是好还是坏。"

看着葛城那张瘦削的脸，我有些愤恨。

然后，我们背着登山包，瞒着老师和同学们，向那座未知的山进发。

我们来到宿舍附近的巴士站，坐了一个小时的巴士，在目的地车站下车的只有我们两个人。

杉树林间只有一条车道，蜿蜒指向山体深处。

爬了三十分钟山路，我擦了擦额头上的汗水，意识到自己的呼吸要比平时急促，但同时我的心情非常舒爽。山中的蝉鸣声此起彼伏。

"葛城，你的家人如果知道你在这里做这么危险的事情，恐怕会吓晕过去吧。万恶之源都是我这个提出邀请的损友。"

"这还用说，都是因为田所君，才让我看起来像个不良少年一样。"

"喂！"

难道这家伙还在因为之前的事情耿耿于怀吗？我有些惊讶。

"不过我挺开心的。"葛城露出心满意足的表情，用充满踏实感的声音说道，"这样才是真正的快乐啊。"

穿过杉树林，眼前的景色为之一变，前方是一大片草原。夏天的草地，一片青绿之色。

"嗯，这是……"

葛城在车道旁缓缓蹲下。

"你看，田所君，只有树下的那块草地被压塌了。这意味着最近有人来过这里。"

"来这种荒无人烟的地方？"

"所以才奇怪啊……你看。没想到这么快就中了头彩。"

葛城拨开草前进着。前方的树下没有草丛，而是一片开阔的空地，地面上嵌有一个直径约二十厘米的金属制纹章。

"这是财田家的家徽啊。看来我们的目的地就在附近了。"

在那石头形的标记中间，刻着一个龙飞凤舞的"财"字。

"这个的意思是，再往前走就是私人领地了吧。搞不好财田直接买下了一座山头呢。说起来，这下面会是什么？"

"有什么呢，你觉得有宝藏？还是密道什么的？"

听了我的话，葛城笑了起来，脸上不带一丝恶意。

"嗯……真是有意思，田所君，纹章周围有一个一米见方的痕迹，虽然巧妙地用泥土进行了伪装……你看。"

葛城的手在附近拨弄着，泥土下果然出现了一道生锈的金属门。

"这……看起来像是下水道的盖子。"

他对我做了个将盖子一侧提起来的手势，看起来是想打开盖子看看。我们将手放在把手上，喊着一二三，一起用力抬。这盖子实在是太重了，只能稍微抬起来一些，然后往旁边一点点挪动。

盖子里面是深不见底的冷暗洞穴。葛城打开手机的手电筒往里照，却仍然看不清底部。有一把铁制的梯子延伸到下面。

"这是通往哪里的啊？"

"不知道。不过多半和财田家有关。"葛城站起来，"不管怎么说，我们现在的装备不足以在没有准备的情况下进去探索，还不知道会通向哪里。"他放回手机说道。

我们再次返回山路边。

"对了，如果真的找到了财田雄山家，你准备做什么？"我问道。

葛城像一个心怀梦想的少女一般，双手交叉于胸前。

"我想看看他的工作室和书房。我想知道那些杰作是在怎样的环境下诞生的……这是最棒的。"

我压抑不住嘴角的笑意，说道："我有很多事想问他。比如他的出道作《神之手》，是否是对松本清张的《丧失的礼仪》的重新编排。还有他是否看过在他的第二本长篇小说《黑色潮流》出版之前三年发售的西村京太郎的《红色帆船》，他是有意为之，还是纯属偶然呢？"

"都是些狂热书迷才会关心的事情啊，而且还都是当面问会让人尴尬的问题。"葛城苦笑着说道，"不过如果真有机会提问，的确是问些只有本人才能回答的问题比较好。比如说，关于侦探冠城浩太郎系列最终作的传闻……"

"啊，那部据说被藏在保险箱里的作品……"

雄山曾经私下跟我的编辑说过。因为这家出版社出版了他的出道作，也是出版冠城系列作品的，所以雄山已决定将这本书交给那位编辑，甚至签订了死后出版的合同。按照雄山这个级别的作家的遗稿来评估，这本书的经济价值不会低于八千万。

"就像是阿加莎·克里斯蒂的《帷幕》和《沉睡谋杀案》那种吧。"

我还从编辑那里听来了雄山那本书的大概风格。

"'本书以恶人及追查恶人的侦探冠城浩太郎的视角构成双线叙事，兼具黑帮题材小说的浪漫与侦探小说的趣味性'……光听这些，就能够想到故事的大概了吧？"

"嗯，那可是汇集了财田雄山笔下推理小说之魅力的最终作啊，一定很好看。"

我们俩的情绪都莫名地高涨了起来。

我们继续沿着山道前行，突然发现路边的树桩上坐着个女人。

是一位容貌端庄的女人，眼睛炯炯有神，透着坚毅。身高约一米七，身材苗条，穿一件蓝色的长袖衬衫和一条五分裤，黑色长袜更是凸显出美好的腿部线条。一头短发很适合她。脚上是一双运动鞋，头上戴着一顶装饰有蓝色蝴蝶结的草帽，身上背着一只小小的登山包，看起来最多能装四瓶五百毫升的饮料。

她坐在树桩上，正弯腰系鞋带。然后她从背包里取出水瓶，滴了一些水在指尖上，抹到了鞋带打结的中心位置。这么做有什么意义吗？

"你好。"

葛城微笑着向她打了声招呼。

"你好。"

女人抬起头，有些不快地瞪了我们一眼。我被吓了一跳。

与可爱的外表不同，她的声音听起来非常低沉。也许她的声音本就如此，但听起来就像在表示生人勿近一样，让人不怎么舒服。

葛城往后退了一步。就连他也退缩了。

"今天天气不错啊。"

"的确。"

"你也是来爬山的？"

"是啊，我的兴趣是爬山。"

她完全没有被葛城的笑容所打动。

因为她这冷冰冰的态度和语气，我不禁想要赶紧离开了。于是我用尽全身解数向葛城发送信号。

"这样啊，那我们先走了。"

虽然葛城露出了惊讶的神情，不过他似乎马上就对这个女人失去了兴趣。我们很快回到了车道上，继续攀登。

"我说田所君，这样真的没关系吗？"

果然，葛城先开始感到不安了，真是没吃惯苦头啊。只见他不停地看手表。

从位于山中腹地的草原出来，我们回到了低矮的林间，继续走着。因为走到了阴凉地里，所以感觉稍微凉快了一些。

"我们刚从巴士下来一个多小时。"

"还要爬多久啊？"

"从巴士上下来走了两百米就开始爬山了……我觉得应该爬了一半多了。但因为在爬坡，所以会觉得累。"

我们的自由活动时间仅限白天，必须得在天黑之前回去。而这段看不到希望的徒步之旅持续折磨着我们的神经。虽然当着葛城的面我不会说出来，但其实我的内心也非常不安。

"就算到了时间我们赶不回去，我也想好了借口搪塞过去，你就放心吧。顶多就是赶不上吃明天的早饭嘛。"

"你饶了我吧。"

葛城发出痛苦的声音。明明推理时那么自信，这种时候竟如此脆弱，大概这就是有钱人家的孩子吧。

这时，我听到前方传出类似树叶摩擦时发出的声音，于是停下了脚步。

接下来传入耳中的是脚步声和铃铛的响声。我的心脏开始猛烈地跳动。

"有人在吗？"

脚步声马上离我们远去了。是人类。搞不好就是财田家的人。一想到这里，我的心里又涌起了希望。

"也没准是动物呢，这么性急可不是好事。"

虽然葛城的语气还在尽量保持冷静，可他的举动暴露了他激动的心情。

这时，我感觉肺里像是突然吸入了冷气一般。怎么回事？答案马上就呈现在了眼前。

——一道强烈的光伴随着轰鸣声闪现。

我的大脑一片空白。是那种仿佛天要塌下来了的轰鸣声。

一瞬间的麻痹过后，我才终于想到了"打雷"这个词。可今天是个艳阳高照的大晴天，难道说是晴天霹雳吗？因为声音与光同时出现，所以雷应该就在附近炸开。

"刚才是……"

我听出自己的声音在颤抖。

马上，第二次落雷就出现了。耳鸣声过后，我听见了葛城的声音。

"就在我们附近呢。"

我点了点头，他冲我问道："怎么办？要放弃计划下山吗？"为什么他会突然这么问呢？在我的印象里，葛城是那种看到雷电就会开始计算距离雷声到达教室窗户边还有多长时间的人，我从来没想过他也会害怕什么东西。

可是现在他的额头上渗出了汗水，脸色铁青，语气中也充满焦虑。

"半山腰处有一片广阔的草地，如果那里也有落雷，很有可能会引起山火。"

"是啊……你说得对。"

我们马上做出了决定。

向山下走了三十分钟，终于来到了之前走过的那片草地。

草已经熊熊燃烧了起来。视野前方被火焰包围，虽然大火带来的灼热感让皮肤发烫，我却仍然直冒冷汗。因为恐惧，我缩紧了身体。

在那片大火前，我看到了一个熟悉的身影。一头短发，正是之前在登山道旁休息的女人。她坐在路边的树桩上，像是正在调整呼吸的样子。

"我说你！"

听到葛城的呼唤，女人马上站了起来，神情怪异地看着我们。

"什么啊，是刚才的家伙啊。"

她咂了一下舌，看来是误把我们当成来营救的人了。

刚才我们告别之后，她应该也继续前进了一段时间，然而因为打雷，她也像我们一样试着下山。而现在，她正呆立在这片大火前。

她露出一脸不耐烦的表情，对我们说明道："没法下山了，草原上火势蔓延得太快。我还尝试着在山里和树林间找路，可也不行。山里到处是陡峭的悬崖。"

我和葛城进行了一番自我介绍，而后询问她的名字。她有些生硬地回答道："我姓……小出。"又用非常强烈的语气补充了一句，"我很不喜欢自己的名字。"

"这里只有这一条车道，不管上山还是下山都没有别的选择了，是这么回事吧？"葛城总结道。

小出不快地低语道："是，就是这样。"

看来已经没有能前进的道路了。我试着往着火的方向走了一两步，那火焰就像是要阻止我一般，突然又猛地燃烧了起来。这火像是从地上生长出来的一样，燃烧势头越发猛烈。

"哇！"

"田所君，离远点！"

在他开口的瞬间，烟呛入了他的喉咙，让他咳嗽不止。

"可恶！"葛城不快地说道，"有没有什么办法能突破出去？"

"别开玩笑了，"小出用鼻子发出哼笑，"还没走到巴士站，我们就会因为吸入大量的烟而倒下。"

"可是……"

我靠近火源，想找找有没有能通往外面的路。然而，从山下吹来的强风将火势吹得更大，火星四处飞溅，溅到了我挡在脸前的胳膊上。

"好烫！"

"都说了让你别乱来。"

"我知道啦……真的没有别的路吗？这下可糟了。昨天是大晴天，空气太干燥了，还有从山下往上吹的风，火在短时间内就能蔓延开去，条件都完备了。"

"正如你所说。"小出说道，像是已经放弃了一般摇了摇头，"不过算了，俺要继续往山上走，站在这里也不是办法。"

我有点吃惊，她突然用了略显粗鲁的人称代词"俺"。

"山上有什么呢？"葛城问道。我刚说了句"当然是"，就马上注意到了葛城那认真的表情。他的目光十分锐利，表情和气势让我闭上了嘴。

"有哦，山上有一座宅邸，因此才有条修得这么好的车道。"

她指着脚下的车道，若无其事地回应道。蛇行的车道蜿蜒向上，下面已被火焰覆盖，我们无路可逃了。该往哪里走已经非常明确了。

"如果找到那户宅邸，就能在那里避难了吧。"

"警方和消防部门也知道山上有那么一处宅邸，所以肯定会前来搜救的。救援的直升机也会去。"

"可以通过直升机空投灭火剂。利用有空中摄影功能的无人机就能知道山里的详细情况了，比我们用双脚走路收集信息要快得多。"

看起来小出对这些事情相当了解。

"因此，我们应该先找到避难场所。总而言之，我是打算这么做的，你们要是想跟来的话，我也不会阻拦。"小出这样说着，开始沿车道往上走。还真是个自说自话的人。在这种紧急情况下，至少还是一起行动比较好吧。

"撒谎。"葛城小声嘀咕道。他脚步踉跄地想去追上小出，我抓住了他的肩膀。

"等一下，现在可不是干这个的时候。"

"为什么？她撒谎了啊。"

小出的背影渐渐离我们远去。我确定她听不到我们的谈话之后才开始劝说葛城。

"都说了，现在不是干这个的时候，我们的第一要务是逃离眼前的危机！"

葛城露出一脸茫然的表情，就好像刚刚钻到地面上的土拨鼠一样打量着周围。可以说，他这时才意识到自己的处境。

哎呀真是的。一旦发现和谎言相关的事情，这家伙就会失去冷静。明明平时都是他阻止我冲动行事，可是在谎言面前，我们俩的位置就对调了。

我叹了口气。如果现在不让他稍微发泄一下，可不知道他什么时候会突然爆发。于是我妥协道:"我们一边走一边聊吧。"

我们与她保持着距离，不至于太近，也不会跟丢。葛城刻意压低声音，说出他的结论。

"首先是鞋子。"葛城的语速很快，听得出呼吸相当急促，"我是在她走路的时候注意到的，她的登山鞋底部相当柔软，这种鞋不适合登山，登山鞋的鞋底应该更硬一些，必须要把脚踝处固定住才行。她说她的兴趣是登山，这就是在撒谎。如果真的对登山有兴趣，就不会穿那样的鞋子，这说明她并不经常爬山。"

"也不能只凭这个就断定吧，没准人家是新手呢。"

"我还有其他根据。比如走路的方式。她走路时是脚后跟先着地，再用前脚掌着地。这的确是我们平时走路的方式，却不适用于登山。因为这样登山一定会引起关节疼痛，应该让整个脚掌同时着地，也就是说，她并未掌握这种技能。此外，她重心移动时显得有些笨拙。"

登山之前葛城就告诉过我这些，明明他对登山并没有什么兴趣。

"还有，第一次看见她，还有刚才看见她的时候，她都坐在树桩上休息。频繁的休息可是登山中的大忌，这样休息会加剧疲劳感。"

"可刚才也是没办法吧，毕竟要在大火中寻找逃生的道路。在这种非常规事态下，感到疲劳也是情理之中。如果她不是为了登山而来的，又为什么要爬上这座山呢？"

"和我们一样，她的目标也是财田家。所以在她说'往山上走'的时候，我才会问她'山上有什么'。不过被她巧妙地转移了话题。"

果然他刚才是故意那么问的。这家伙还真是滴水不漏。

葛城继续说道："另外，她的鞋带系得很紧。她是用最不容易松开的方式系鞋带，还将水滴到鞋带打结的位置。上面沾了水，等水干了，打结的位置就会收缩，让鞋带变得更紧。还有，她穿着长筒袜，是为了不让皮肤暴露在外，这说明她在很小心地防范毒虫和蛇。这就形成了一种不协调感，她明明不常登山，却有野外生存的知识。也就是说，她一定有别的理由……"

他似乎已经忘记了眼前不断蔓延的大火，一刻不停地说出自己的想法。

我悄悄叹了口气。

葛城辉义就是这样的男人。

葛城对于谜题——特别是撒谎的人，非常敏感。出生于上流社会的他，一直被人们的谎言所包围，从孩提时代就处于尔虞我诈的环境之中，可想而知对他而言是多么大的压力。

也正因如此，他才会对谎言表现出过分的排斥反应。或者也可以说是对于真实的信仰。这是他一直坚持做侦探的理由，同时也是他作为普通人的缺点。反过来说，只要没人撒谎，葛城就不会对当侦探抱有兴趣。

福尔摩斯一眼就看破华生是从阿富汗归来的医生，除了因为他拥有敏锐的观察力以外，还有一点就是福尔摩斯喜欢让别人感到吃惊。用更加直白的话说就是，他忍不住想要炫耀自己的智慧。

但葛城与福尔摩斯略有不同。他也能在见到华生的时候观察出华生是从阿富汗归来的，也能看出华生是医生，但他并不会说出口。他只会在自己的心里进行推理、验证、理解，这样就满足了。然而，如果华生说"这段时间我一直待在家里"，葛城脑子里的疑问就会喷涌而出。"为什么这个男人要隐瞒自己去过阿富汗的事?""是因为如果不说在家里,就会发生什么不好的事吗?"葛城会这样想着,进而去追求真实,并且去揭露对方撒谎的理由。这种眼里揉不进沙子的态度正是我所敬佩的,而这一点与他的年龄有些不符。

他就是这样一位我作为助手与之同行的所谓"名侦探"。

当然,我也并不是什么时候都会纵容他的这种行为。

"葛城。"我拍了拍手说道,"虽然沉迷推理也没什么不好,但现在还是请你控制一下。你应该也同意,现在我们最好以保住自己的性命为第一优先吧。"

我特意使用了"性命"这个沉重的词语,我还想和他都好好活下来。

"这个嘛,"葛城说道,"是啊。"

葛城露出了有点痛苦的表情。

平时我总是一边小心地观察葛城的言行,一边享受他的推理,不过现在我实在没有这个心情。

此时我的脑海中浮现出了父母的样子,也许是因为我最近都在努力扮演不良少年,他们都不怎么管我了。如果他们知道我卷入了这样的事态,不知会露出怎样的表情呢?

我还无法忘记刚才看到那一片赤红火海时的恐惧,胃部因为不安而疼了起来。

大概又往山上走了一个小时之后,我们遇到了一条河。我洗了把脸,喝了点冷水,这才感觉稍微舒服了一点。然后我们过了桥,继续向上攀登。

二十分钟之后小出停下脚步,说道:"你们看那里。"

仔细一看,道路右边有两条浅浅的车辙印,那边是条岔路。轮胎的痕迹还很新。那边可能也住着人吧,不过那条路要比我们走来的这条路窄很多。

"那边应该也有人住吧。"葛城说道,"总之先走大路吧,如果扑了空再回来。"他补充道。

森林中湿度和温度都很高,空气充满黏着感,让人感觉像是一瞬间喉咙里的水分都被夺走了。我们爬山爬了这么久,应该离火源很远了,但大火也在向山上蔓延着。从开阔的地方向下望,可以看到大火已经从巴士站周围一路烧到了之前我们看到财田家家徽的地方,那片草原已经完全化为一片火海。明明是正在经历的事,却又觉得这副景象是幻想中的场景。

我擦了擦额头上的汗,发现手上也沾了烟灰。

我们继续向山上爬着。我相信能够在那里找到之前那脚步声的主人……如果说这山里有什么人,应该就是财田家的人吧。找到他们,也许就能求助了。我们两个人的呼吸都越发急促起来。我给自己打气,让自己坚强一些。现在只能继续前进。

想要活下去,就只能继续前进。

又过了五分钟,我们知道刚才选择的路是正确的。

"啊……"

"怎么了?"

"葛城……前面……"

葛城抬头看着前方。

那是一座壮丽的三层洋馆。门口处有精心雕刻过的柱子,以及厚重木材制成的双开大门。金色的门环闪烁着耀眼的光芒,让人几乎睁不开眼。

那只门环上刻着"财"字。

"看来……我们终于到了财田雄山的宅邸。"

＊

　　天利翼不喜欢入夏时节的山里。

　　因为这时其他生物会非常吵闹。万物展绿的季节，大山中的生命也充满活力地蠢动了起来。她不喜欢。但这里还是要比家里好一些，因为这里既没有爷爷，也没有爸爸和哥哥。

　　——到底要在这个山中的家里待到什么时候呢？

　　既然这么不满意，就逃走吧。可是她也知道，自己并没有这样的勇气。

　　——在爷爷去世之前，先忍耐一下吧，小翼。

　　——得不到家人的照顾，爷爷也很可怜。

　　哥哥总是这样对她讲大道理。

　　得待到爷爷去世才行——可那是什么时候？哪怕是作为暑假也未免太久了。小翼他们已经在这山中宅邸待了一个月了。

　　风吹动着森林中的树木，抚过小翼那微微汗湿的肌肤。

　　这时，她发现树木的另一侧有两个身影。

　　是谁？

　　明明并没有任何危险的预兆，她还是马上躲到了附近的树荫里。

　　是两个年轻男生，年纪似乎和她差不多大。

　　其中一个一米六左右，一张天真无邪的娃娃脸和滴溜溜转着的双眼给人留下深刻的印象，是个很可爱的男生。不过他的脸上正挂着不安的表情，给人感觉有些内向。

　　另一个人的体型要更加健壮一些。他的背挺得很直，粗粗的眉毛显得很有力。他似乎正拉扯着另一个男生。

　　他们正在朝这边走来，似乎正一点点靠近宅邸的方向。

如果那两个人是要来宅邸的话……

她吸了口气。

——那样的话，实在是太好了！

她这样想着——我一定会在门口热情地欢迎这两个人，用下午茶招待他们。然后大家一起聊天，品尝美味的点心。那两个人一定比哥哥年轻，搞不好和我同岁。对了，那个个子比较高的男生脸上长了痘痘……是同龄的异性！真是不错的来访者。在那无聊宅邸中的生活会因为他们而变得丰富多彩起来，多么刺激啊！

马上，她的脸色又沉了下来。哥哥，哥哥会怎么说呢？还有父亲。她越想心情越糟。就算他们真是来家中拜访的，也一定会在门口就被赶走。

她叹了口气站起身，准备回宅邸去。

"是谁在那里？"

她听到男人低沉的声音。她的身体颤抖了一下，心里知道必须赶紧逃跑，身体却不听使唤，脚下绊了一跤。戴着的挂坠上的铃铛发出清脆的响声。

她一口气向宅邸的方向跑去。害怕被对方搭话的同时，她也感到有些羞耻。

她跑到宅邸前，调整着呼吸回头看，却没有看到他们的身影。她意识到其实自己的内心是期待着他们追过来的。事到如今，她感觉像是被残酷地背叛了。还真是自作多情。

她垂下肩，雷鸣声响了起来。

她意识到这雷应该就在附近。唉，她发出轻哼，随后完全失去了兴致般地走进了宅邸。

——啊，可还是觉得很可惜。

——本以为那两个男生会带来什么改变呢！

她一边失望地想着,一边回到了一成不变的宅邸生活中。

那一天,宅邸的大门被人叩响了。

3 馆【距离馆被烧毁还有 30 小时 21 分钟】

"不好意思。"

我敲打着厚重的木制大门。我的声音则在山中引发虚无的回响。

"该不会没人在吧。"小出焦虑地说道。她的性格有些急躁,而葛城也在旁边跟着紧张兮兮。

我打量着这座宅邸。简直就是一处要塞。

因为等得太焦虑,我在宅邸四周稍微转了转。宅邸的四角各有一个尖塔,看起来顶部都有一个房间。就像是在三层高的建筑之上又加了第四层一般。不过宅邸周围的树要更高,想要爬到那里求援是不可能的。

"好慢啊。"葛城焦虑地说道。在这种非常事态下,连他也失去了冷静。虽然他平时很沉稳,但说到底就是个少爷,一旦遇到突发事件,就会变得很脆弱。

"没关系的。你冷静一点,葛城。这种时候你才要拿出气势来啊。"

我想用玩笑话扫除内心的胆怯。这种时候才真正地感觉到,还是高中生的我们有多么无力。

等了差不多五分钟,突然间门打开了,一位男子探出脑袋。"终于有人出来了啊。"小出小声嘀咕。

通过打开的门缝可以看到一个相当阴沉的男人。看起来五十多岁,有一双多疑的眼睛,胡子很浓密。他握住门把手的右手骨节十分突出。

在他开口前我就已经预想到了他会说什么。也就是那一句——

"请回去吧。"

被烟熏得一脸乌黑的我们会被当成可疑人员也无可厚非。不过现在我们可不能说一句"也是"调头就走。

"突然打扰，实在是抱歉。"

我用比较明快的语气说着，顺带若无其事地把脚滑进了门缝里。

"是这样的，我们遇到麻烦了。山里起了大火……"

"山里着火了？"男人皱着眉问。

"是的。就在一个小时之前吧，您知道刚才打雷了吗？那个落雷，似乎是……"

"这么说来，"男人抚着胡子说道，"好像是……有这么回事。"

"我们三个怕被火势卷进去，就逃到了这里。"

男人似乎刚刚注意到我们脸上的烟灰。

"我们也试过下山，可是走不通。"

"也就是说，这里已经被山火包围了，是吗？"

"是的。目前来说，大火还在离这里步行一个半小时以上的地方。我们这一身烟灰就是从大火附近逃出来时沾上的。不过这里应该暂时安全。这周围都是土，虽然只有一米左右宽，但大火应该不会越过来吧。所以这里暂时应该还算安全……"

真是这样吗？风是从山下吹来的。到底需要多久火就会烧到山顶呢？

"也就是说，"小出在旁边插嘴道，"我和这两个家伙，实在是走投无路了。"

"总之，在弄清楚状况之前，请先让我们进去避难。"

男人像在评估一般打量着我们，怎么看都觉得情况不妙。

正在男人打算开口之际，一阵铃声响了起来，我听到了一个女孩的声音。

"让他们进来不好吗，爸爸？我刚才也听到打雷了，打开窗子就闻到一股烧焦的味道。这些人说的都是真的。在这大山里，一位女性和两个男孩子会很害怕的。总之，先让他们进来吧。"

男人露出一脸不情愿的表情。

"稍等一下。"

他把头转向门里侧。

男人和那个女孩小声地交谈了起来，不过我们听不清楚具体内容。

葛城冲着我的方向小声说道："她好像就是那个脚步声的主人。"

"你怎么知道的？"

他总是这样，突然就得出结论，吓我一跳，也让我很困惑。

"那时你又没听到她说话的声音。"

"她也没听过我的声音啊，但是，"葛城继续说道，"刚才，她说了'两个男孩子'吧。我从刚才开始可是一句话都没说过，从我们这里看不到门内侧她的样子，所以她应该也看不到我们才对。"

"啊！"

"也就是说，她应该在更早之前就在哪里见过我们。"

和他在一起时，我总感觉自己好像瞎了一样。等他指出来了，仔细一想又确实是很简单的事，为什么自己偏偏就是注意不到呢？

"亏你能注意到这种细节呢。"小出打量着他说道。

葛城的肩明显抖了一下。"啊，多谢。"他小声地回答道。

突然，门敞开了。

"各位请进吧。"

中年男人一脸阴沉地说道。他穿着挑不出毛病的衬衫和牛仔裤。除了脸上的胡子，整个人还算干净整洁。可是不知为什么，他给人一种可疑的感觉，不知道是不是因为他那双多疑的眼睛。

"刚才真是不好意思。做个迟到的自我介绍吧，我是财田贵之。"

男人轻松地打了个招呼。他像是在从上到下打量着我们，我能感觉到他冰冷的视线。

"咦，你这人……"

小出嘀咕了一声后立刻闭上了嘴，感觉像是不由自主地开了口。从她的反应来看，她应该是知道贵之这个人的。这是怎么回事？难道正如葛城所推断的，她果然是带着目的来到这里的？

宅邸内部和它的外表一样庄严。从高高的天花板上垂下的枝形吊灯闪闪发光，迎接着客人的到来。与玄关连通的客厅里摆着毛呢面的沙发、厚重的木制茶几、漂亮的玻璃柜子，还有用金色画框装裱起来的画作。

"哎呀，别露出这种表情嘛，爸爸。在这种非常时期，我们就应该互相帮助吧？"

我一瞬间被夺去了注意力。

她的脸上挂着柔和的微笑。那天真无邪的孩子般的脸孔与娇小的身躯，似乎将长大成人过程中产生的青春萌动封印住了一般，身上穿着的白色连衣裙进一步衬托出她的气质。如果她在我们班里，一定会是那种只可远观的高岭之花，我甚至都不敢跟她搭话。我瞬间忘记了山上着火的事情，沉浸在对眼前这位天使的感叹之中。在这座华丽的宅邸中，她就像一幅"画"。

"哎呀，别站着说话了，各位请坐吧。"

贵之这样说着，让我们坐到客厅的沙发上。我、葛城、小出、贵之以及少女这五个人，各随所愿地在沙发上坐了下来。客厅里的灯开着，看来这里是通电的。

少女探出身来，向小出投去有些痴迷的目光。

"你像个男孩一样，好帅气啊，真想像你这样。"

"咦，是吗？"小出露出目中无人的笑容，显得有些讨厌，她的声音听起来也不怎么高兴。大概这人的天性就是如此吧。

"好热闹啊，有客人吗？"

从楼梯上传来有些沙哑的男人的声音。

只见一个男人站在那里。他比我要矮一些，不到一米六的样子，他的嘴角挂着充满自信的笑容，让人印象深刻。此人看起来三十岁上下，穿着一件能看出折痕的敞领长袖衬衫，胸前挂着一条银制的项链。

"文男哥哥。"

少女站起身来，向男人走去。

"山上着了火，客人们是来避难的。"她伶俐地说道，"已经得到了爸爸的允许。"

"爸爸同意了啊，可真是新鲜。"

男人露出严肃的表情，看着贵之。贵之则摇了摇头。之后文男再次看了看贵之，渐渐地恢复了原来的笑容。

"啊，忘了做自我介绍。我是贵之的儿子，财田文男。"

"我也还没有介绍过自己呢，我叫小翼。"

"我叫田所信哉。K高中二年级学生。感谢几位让我们进来。"

"那个,我是葛城辉义。同样也是K高中二年级的学生。"

"我叫小出。"

小出生硬地说出了自己的姓氏,但完全没有说出全名的意思。

"你们好。说起来,山上着火了啊。刚才葛城君、田所君,还有小出小姐都看到外面的样子了吧。火势到底如何了呢?我想了解一下。"

文男的声音很温柔。葛城这人怕生,小出又板着一张脸不说话,最后还是由我来说明了情况。

"嗯……"贵之点了点头,"火势果然蔓延得很快啊。不过这里距离山脚下的巴士站步行的话至少要两个半小时,在火烧到这里之前,消防队应该会先出动吧。"

贵之一边用手摸着胡子一边说着。

"现在还有电,不过我还是去确认一下地下室里紧急备用电源的状况吧。小翼和文男,你们两个先回各自的房间,找水盆接一些水。要在救援到来之前优先保证有水使用。"

和刚才相比贵之像是突然变了个人一般,开始干脆利索地指挥了起来,展现出可靠成熟的一面。

"宅邸里可以和外部取得联络吗?比如电话……"

"祖父倒是有部老式电话机,不过已经打不通了。家里人都用手机,平时也没什么不方便的。嗯……我的手机没信号了,没法联网发送信息啊。"

文男打开翻盖手机看了看,摇了摇头。

"我也一样。也许是因为山火烧坏了通信基站吧。"

葛城把他的手机拿给我看了一眼,我回了句"我也一样"。

"没网了啊。我们家没有电视和无线电,如果想要获取信息,得去仓库拿旧收音机了。还得看看能不能正常使用。"

文男像是想让我们安心一样笑着说道："既然电路没有问题，应该用不了一天就会有人来救我们吧。幸运的是，家里的食物和饮用水足够目前的人员使用。请大家放心。"

听到这句话，我们的紧张情绪终于得到了缓解。我将身体重重地陷进沙发里，叹了口气。贵之之前的猜疑心，以及包括文男在内大家的对话，都传达出一种不安。但现在我终于意识到他们都是可靠的大人。没问题，我们能活下去。当我终于产生这样的实感时，整个身体都充满了安心感。

"说完了吧，爸爸，哥哥？"

那位少女从我们坐着的沙发后面探出头来，从近到不能再近的距离打量着我和葛城。虽然她长得很好看，但是这样突然靠过来，还是把我们吓了一跳。

"我说，你们两个人都是高中生吧，为什么会跑到这里来啊？"

"小翼，这种时候你怎么还有闲情逸致聊天。"文男苦笑着说道。

"因为如果情况正如哥哥所说的话，马上就会有人来救我们了吧？那样的话，也没必要浪费时间去担心什么。对了，你们都是高二的学生吧，我和你们一样大哦。还有，我想知道你们为什么跑到这山里来啊？"

葛城秉持他一贯的怕生个性，一句话都不肯说。

"我们是趁着学习合宿的休息时间过来的。"

宿舍里的同学浮现于脑海，我想着巴士站离我们住的宿舍大约相距四十公里。大家都没事吧。如果他们注意到了落雷和山火，也许会紧急点名，那可就麻烦了。

"好厉害，田所君的学校升学率肯定很高！"

"没有啦，"我谦虚地说道，"小翼的学校不会组织这种活动吗？"

她低下了头。"这么说来，还真是没有。"她这样回答道，眼睛似乎望着很远的地方。她一脸寂寞的表情让我不禁产生了兴趣。

"可是，从宿舍里溜出来，为什么会跑来这里？啊，难道是因为爷爷？"

"什么？"文男的眼神变得锐利起来，"真的吗？"

我的心思被撞破，文男的反应更让我紧张了起来。"我和葛城确实是财田雄山先生的书迷。看到门环上的'财'字时，我们都觉得难以置信。"

葛城瞪了我一眼，像是在说，真是个无聊的谎言。

"这样啊。还真是有趣的缘份。"文男说着，眼中却丝毫没有笑意，"不过——很遗憾，今天祖父不能和你们见面。只能为你们提供避难所，希望你们别介意。"

不能和我们见面？正当我想问问他这话是什么意思时，文男突然站了起来。

"总之，我先带两个男生去洗手间洗把脸吧。小出小姐需要吗？"

"我想先休息一会儿。"

小出露出一脸疲惫的表情，随意地倒在沙发上。

"小出小姐，我们家有带床的客房，我这就带你去，不要在这种地方躺下啦。"

小翼慌忙跑到小出旁边，查看她的状况。

"现在是非常时期。葛城君，田所君，还有小出小姐，我们会招待你们三位，并允许你们使用二楼的三间客房。不过，"贵之不快地告知，"你们能出入的区域，只到二楼。三楼是我们家里人的起居场所，请各位不要擅闯。"

虽然他的语气非常温和，听起来却有种不容分说之感。

"请原谅我父亲。他只是担心自己的女儿学坏。"

文男带着葛城和我离开客厅后，这样对我们说道。

只是因为这个吗？我还以为贵之的话有更加重要的含义呢。比如说，三楼也许有什么秘密……

一楼的走廊铺着看起来很高级的红色地毯，墙上挂着油画。作为有钱人家的儿子，从小深受文艺熏陶的葛城小声确认着，果然有不少艺术珍品。

"啊，小心。"

"咦。"

文男出声的瞬间，我的右脚已经踩到了什么东西。身体还没来得及对这一突发情况做出反应，上半身就往前倾倒。摔倒在地毯上时，我感到地面仿佛在震动。

我向发出声音的地方看去，只见一幅贯通天花板和地面的巨型油画打开了，露出内部的空间。

"这个，好厉害啊。"葛城感叹道。

文男发出干巴巴的笑声。那是一种带有自嘲意味的笑。

"这个宅邸里，随处可见这种孩子的恶作剧一般的机关。比如惊吓箱、密道、能升降的天花板，还有能像巨大的电梯那样移动的房间……没有任何意义，只是为了让来访者们吃惊而造的。"

"还真是厉害。应该花了不少钱吧？"

"钱倒是算不上什么事。"

文男的脸上浮现出嘲讽的笑容。

像雄山这样实力雄厚的人气作家，收入源源不断，确实有能力在这方面大量投入。

"这里面有什么？"

"我们不是要去洗脸嘛？"

"可是葛城，你能忍住不去看看这么有趣的东西吗？再说这是你崇拜的作家的宅邸啊。为什么不去看看啊？"

"你这个人啊……"葛城像是觉得没办法似的叹了口气，"总是为了一些奇怪的东西伤脑筋。我们可是刚刚死里逃生呢。"

画里是一块不到四叠半的狭窄空间。有一只电灯泡照明，或许是因为年代久远，灯光很暗。

两台巨大的绞车占据了一半的空间，在昏暗的房间中散发出微弱的光。绞车上卷着已经生了锈的钢丝，像是在支撑着什么一般。这东西像是某种巨大机械的一部分，带来的威严感让人觉得颇为压抑。

"这个大家伙是……"

"在这个隐藏房间的里面还有一个房间，是个打通了一二楼的巨大空间，天花板可以升降。这个绞车就是用来吊起天花板的。"

原来这个机械所支撑的是天花板啊，我这么想着，明白为什么它会这么大了。

"这个房间的正上方，就是小翼的房间了。"文男嘀咕着，"由于升降天花板房间中的机关会让天花板整个落下来，所以里面没放任何家具或器材。不过总要有地方放吊起天花板的装置，所以就有了这个像是附属房间一样的地方。"

这还真是挺费钱的爱好啊。

"我们曾经把天花板降下来过一次，但愚蠢的是，那个房间的门要从内侧打开。"

"也就是说，如果把天花板降下来，就没法开门了？"

葛城惊得张大了嘴，文男点了点头。

"也不知是不是设计时的失误，唉。"

"看来这个宅邸到处都是复杂的机关啊。"

洗完脸返回客厅的途中，葛城这样说道。

"是啊，我也没掌握全部机关呢。"文男说着，脸上露出正在思考什么的表情。

葛城说道："有没有可能，在这些机关中存在通往山外的密道？"

"通往山外……你的意思是通到山脚下吗？"

葛城这突如其来的想法也让我吃了一惊。

"有没有呢……我是没听说过这里有这么长的密道。"文男面露难色地说道。

"我们从巴士站过来时，在通往这座宅邸的路上看到了财田家的纹章。"

"纹章？"

文男像是听到了闻所未闻的事情一般歪着头。

"是的。有一道看起来像是有意藏在草木之下的正方形铁门，上面嵌着纹章。有点像地下通道的感觉。打开后能看见有一个直通向下方的梯子，如果说那下面有路的话……"

我这才明白葛城为什么突然提起密道的话题。

"就能从这场山火之中……逃出去了……"

葛城点了点头，对我的话表示赞同。

"有谁知晓这座宅邸里的所有机关吗？"

听到葛城这么问，文男苦恼地摇了摇头。

"祖父在当年施工的时候参与了机关的设计，但他现在糊里糊涂的，肯定不记得这些了。不过……密道啊，我记得平面设计图上好像有类似的标记。"

文男的声音中透出兴奋感，那种热情也传达给了我们。

"平面图在哪里？"

"这个嘛……我去找找，你们在客厅里稍等一会儿。"

他登上楼梯去了三楼。

等文男的背影消失，我小声问葛城："怎么样？"

"喂，不会吧，难道你想跟踪人家？"

"越是不让进，就越想进嘛，这也是人之常情。再说，如果三层都是他们家里人住的房间，那么雄山应该也在吧。我们来这儿的目的不就是为了见雄山吗？"

"话虽如此，可如果我们违反了贵之的要求，被赶出去了怎么办！"

葛城的身体剧烈地颤抖着。

"那算了。我一个人去，葛城你回客厅休息吧。"

"等、等一下，田所——"

我走上了楼梯，葛城的声音在背后响起，像要追上来一般。

在走廊上能看到"雄山的房间"、"游戏室"、"放映室"等标识。楼梯间的左手边是文男的房间，再里侧看起来像是其他人的房间。

雄山的房间门半开着。从里面散发出书本的味道，让我更加强烈地意识到这就是财田雄山的房间。走进门，我发现里面还有一道门。看来这个外间是工作室，门里面应该是卧室吧。

"爷爷，今天有客人来了，家里很热闹。"

是文男温柔的声音。一想到这是家人间的温暖对话，我不由得露出微笑。期待在心中雀跃着。哪怕不说话，仅让我看一眼也好……

"咦——"

眼前的光景却让我不由自主地发出了声音。虽然我马上捂住了嘴，却还是来不及了。

站在床边的文男马上朝我看过来，眼神锐利地盯着我。"你怎么来了？"他语气严厉地问道。

"对不起！我想至少看一眼——"

"啊……"文男的情绪稍微缓和了一些，"你的确说过是祖父的书迷。也是我没注意，应该把门锁好的。"

"请问，雄山先生这是……"

"就像你看到的。从去年开始就这样了，甚至没法说话了。"

雄山躺在床上，重复着规律的呼吸。

我看到的他最近的一张照片，是登在七年前的新书上的作者照。那张照片上的他手抚着花白的头发，戴着圆形框架眼镜，愉快地笑着。能从那柔和的面颊和大大的手掌上看出成功者特有的自信。

现如今躺在我面前的这个干瘦老人已仿如另一个人一般。

人会变老是理所当然的事，但是亲眼看到这一幕，还是让我无法接受。

"现在他睡着了。每周都会有医生来看诊，并对我们进行叮嘱。祖父希望能在家里告别这个世界，为了完成他最后的愿望，父亲就请假过来看护。妹妹是因为暑假临时过来的。我是之前特意请了假回来，不过下周就要回去上班了。"

文男微笑着说。

"在找东西之前，先给我一点时间行吗？"

我有一种被什么东西压着的感觉，点了点头。文男拿起旁边桌子上的血压计。

"医生不来的时候，都是由我来测血压。"

他从被子下面拉出雄山的右手，我看到手上有厚厚的茧子。这是因为雄山一直坚持手写稿件。一想到他已经没办法再用这只手去创造新的故事了，我的心中就产生了一种悲痛感。文男的动作相当利索。

"文男先生，您读过雄山老师的小说吗？"

我突然间想到这一点，于是问道。文男的眼中出现了犹豫的神色。

"我嘛，怎么说呢，我读过好几本哦，只是完全不觉得好看。每天都和祖父一起生活，再浪漫的东西也会变得腻烦。比如说，你知道这座宅邸的别名吗？"

"不知道。"

"那你听说过'推理小说正迎来落日时代'这句话吗？"

我点了点头。

"不愧是书迷。"文男苦笑道，"祖父从这句话中摘取了一个词，将这座宅邸命名为'落日馆'。这一点我也不喜欢。"

落日馆。我反复回味着这个词。作为侦探小说作家最后的栖身之所，这个名字的确充满诗情画意。

文男回过头，笑了起来。

"你偷偷进来的事得对父亲保密，他不想让外人看到祖父这副样子。不过既然看到了也没办法……好了，我们不是要找东西嘛。你来帮帮忙？"

我有些感激文男的体贴，但从他的笑容中无法判断他是否对于我擅自闯入这件事感到不快。

我们开始在房间中寻找设计图。先从颇为壮观的遮住整面墙的书架开始，上面放着的都是资料用书。至于是为哪些作品做参考，我大概也能猜到一些。书架上还摆放着江户川乱步和横沟正史的初版书，也许雄山也数次参考过这些作品吧。对于他来说，这些书已经不只是读物，也是研究资料了。

书架的一角摆放着大开本的卷宗和评论书籍，能看到酒鬼蔷薇①一类的文字。评论书籍有不少是关于连环杀人犯的，卷宗中还收集了大量当时的新闻报道。雄山创作过许多描写杀人犯心理的犯罪小说，对他来说，真实案件也是重要的写作素材。

桌子上铺着稿纸，仿佛还留存着一个男人坐在这里工作的气息。墙上密密麻麻地贴着日历和各种便笺纸，非常引人注意。

桌子下面却出现了我预想之外的东西。

"这是……"

那是一个大型保险箱。书桌下方，能看到四十厘米见方的保险箱的门，箱子的纵深应该和桌子一致，也是五十厘米左右。

我想起将于死后出版的最终作的传闻。

"嗯……上次看完平面图，可能又放回一楼了吧。一楼也有一间祖父的书房。"

我还没有从看到雄山的样子的震惊中恢复过来，作为他的书迷，这也是不得不面对的事实。然而，走下楼梯时，我才意识到自己的脚步竟然是那样沉重。

---

①指"酒鬼蔷薇圣斗事件"，是一九九七年发生在日本兵库县神户市须磨区的连续杀人事件。

来到一楼,我们和葛城会合。文男用开玩笑的语气说:"哎呀,也没让你这位朋友好好逛逛。"

"真是不好意思。"葛城缩了缩脑袋,一边弯腰一边道歉。

"葛城不需要道歉,都是我不好啦。"

"葛城君也一起来书房吧。"

我们跟着文男去往书房,我趁机向葛城说明了三楼的情况。葛城得知现在雄山的状况后也十分震惊,但他沉默不语,似乎在思考着什么。

文男将我们带到了一楼的楼梯旁,书房就在这里。一进门,正对面是一张桌子和一把椅子,四面墙壁都被书架遮挡住。文男有目的性地开始寻找,我的视线则牢牢地钉在了书架上的藏书上。

"喂,葛城,你看,这个好厉害……"我小声说道。

"嗯……这些可比签名本值钱多了啊。"

那里有财田雄山全部著作的所有版本,包括初版,以及由他撰写解说的文库本,还有一大堆收录了他写的散文或连载小说的杂志……报纸上的连载也都整理后收入了资料夹,连在雄山的故乡和歌山的地方报纸上连载的《黑衣的玛丽亚》也都留存了下来。雄山不满意《黑衣的玛丽亚》连载时的结局,出版单行本时对真凶和诡计进行了大幅修改。如果有时间的话,真想比对着单行本好好读一读啊。

从书架下面往上数的第二层,放着一张大尺寸的黑白照片,是庆祝财田雄山出道作得奖的派对纪念照。这是一张集体照。照片上包括许多留名昭和推理史的作家,以及雄山的老前辈们,作为史料的价值也很高。照片是 A3 大小。雄山特意将这张照片洗出来放大装裱,看起来对他而言,那一天作为他作家生涯的起点也是意义重大吧。

如果山火没能及时扑灭，这些收藏品也会被烧毁吧——一时间，我几乎忘记了自己的性命之忧，反而沉浸在这样的忧虑之中。

不知道是不是因为雄山将这个房间当作资料库来使用，书桌上散乱地摆放着一堆书本，甚至看不到桌面了。

"有了有了，就是这个。"

文男的声音把我拉回了现实。

他从桌子里取出了一样东西给我们看，看上去像是设计图。一共四幅图，包括从三楼上方俯视的平面图，以及一幅整体横切图。

"二位请看。"文男指着设计图说道，让我们看那幅横切图。这张图上，宅邸的地下部分的确有"秘密通道"的字样。因为是用铅笔写的，字迹已经模糊不清了。

这也太直截了当了。我产生了一种不太真实的感觉。

"既然标记在宅邸的地下部分，也就是说，密道是在地下延伸的吧。"葛城说道，"山里的那个通道也一样，是向下的。"

"也就是说，可以从宅邸的地下去往那里？那样的话，岂不是几乎横穿了整个山体吗？"

葛城一副陷入沉思的样子。

"恐怕是利用了天然的洞窟修建而成的通道吧。应该不会全部是人工建造的。"

"洞窟吗？"

我突然激动了起来，因为洞窟冒险不就是江户川乱步和横沟正史的世界嘛。虽然我还没有忘记山火的事情，但是进入宅邸后情绪果然得到了平复。

"不过,"文男耸了耸肩,"明天救援人员就能到达,所以也没必要去找什么秘密通道了吧。当然,这还真是挺浪漫的不是吗?"

文男恶作剧般地笑了起来。我和葛城也相视一笑。

救援人员会来的。虽然我们这样相信,但依旧无法抹去曾看到山火近在眼前所带来的恐惧。我压抑着内心的不安,将视线投向"秘密通道"这几个字。

"要说是洞窟的话,那还真是厉害。我之前可是想都没敢想过。葛城君很聪明啊。"

"他是个侦探嘛。"我有些骄傲地说道。

听到这话,文男惊讶地高声问了一句"侦探?"。回头一看,他正皱着眉挑着眼,一脸不爽的表情。

"侦探啊……没想到还真有这种职业。可你们二位不是高中生吗?"

葛城正要说些什么,我插嘴道:"他解决过好几起学校里发生的事件。"文男的反应有点伤人感情,但是"侦探"这类人,本来就不是走到哪里都受人欢迎的,不过文男看上去像是并不认可侦探的生存方式。

"哈哈,那还真是厉害。那就在等待救援的时间里讲讲你们的故事吧。"文男用开玩笑的语气说道。虽然他脸上挂着爽朗的笑容,但我却无法忘记刚才那一瞬间他情绪的变化。

4 再会【距馆被烧毁还有 28 小时 26 分钟】

我们在去往客厅的走廊上碰到了小翼。她抱着个托盘,一脸激动的表情。

"啊，哥哥！还有葛城君和田所君！你们聊完了吧？"

"小翼，你在做什么啊？"

"又来客人了！是一男一女。我打算帮他们准备喝的呢。"

"你看起来很兴奋啊。"我说道。

小翼突然靠近我，在我耳边低语着"其实啊"，像是要说什么悄悄话。她的身上带有甜甜的香气，我的身体不由得僵住了。

"很漂亮呢。"

"什么？"

"那个女人。"小翼用手捧着脸颊，脸上浮现出痴迷的表情，"她的皮肤就像陶瓷一样漂亮……不光如此，她穿着合身的西装，是个很酷的成熟女性。啊，好想让她教教我怎么化妆。"

"小翼，客人还等着你呢。"

"好——"小翼不满地应道，而后消失在了餐厅。

"那家伙，完全搞不清楚状况啊。"文男咂舌道。他看着小翼的背影，脸色有些阴沉。

"不过，如果真有美女，我们就去见识一下吧。关于秘密通道的事还请各位先保密。"

于是我们向客厅走去。

坐在客厅沙发上的女子的确很美。看到她的瞬间，我马上就觉得喉咙发干。

用一句话形容的话，就是如同幽灵般的女子。

小巧的鼻子，舒展的嘴唇，低垂的眼睛旁有一颗虽小却十分显眼的泪痣。她头发及肩，穿一身黑色套装，但她身上那种幽灵般的气息却并非因为她的着装。

是因为她的眼睛。

从她的眼中无法看出她的想法。那是一双空洞的眼睛。视线的焦点似乎并不在我们身上。也许是因为山中着火，四处奔走而感到疲劳吧。但我认为她的眼睛是多年持续这种状态。

而且还有更加重要的理由让我觉得她像个幽灵。我以前就见过她。我见过她的双眼散发出强烈的意志之光的样子。

没想到竟然会在这里再次与她见面……

不知是不是发现了我的震惊，我意识到葛城向我看了过来。我的脖子后面不禁出了点汗。

"哎呀，这是我们的新客人吗？"文男语气爽朗地问道。

她静静地抬起头，那股幽灵般的气息突然变得柔和了。她的嘴角浮起笑意。

"您好，感谢您招待我们。我是××保险公司的调查员，我叫飞鸟井光流。"

听到她的名字，我再度加深了确信。

她表达流畅，脸上带着笑意，巧妙地营造出一种无微不至的诚恳态度，我却因此而感到不寒而栗。她身上的那种冷漠其实没有丝毫改变。

"啊，不用这么拘谨客套啦，遇到困难就该互相帮忙嘛。"

文男的态度和刚才发生了翻天覆地的变化，说话的语气也很爽朗。

她旁边还坐了一个人，是个气质阴沉的男人，身子陷在沙发里。他上身穿着淡蓝色的衬衫，外面套一件松垮垮的毛衣，看起来就像是匆忙跑出来的一样。他东张西望着，一副慌慌张张的样子。

"啊，我是久我岛敏行。"

不知道是不是注意到了我们，久我岛突然抬起头，但缩着脖子，畏畏缩缩的。

"我今天本打算和久我岛太太签合同，于是拜访了久我岛先生家，没想到遇到了这场大火。"

"啊，是那户人家吧，从这里走过去大概需要五分钟。您太太没和您一起过来吗？"

"久我岛太太去山下的镇上买东西了，看起来应该是没有遇到大火吧。"

"啊，栗子，希望她没事……"久我岛说梦话般地说道。

"考虑到如果有直升机前来救援，应该会来您家这边，所以我就和久我岛先生过来了。"

"啊，飞鸟井小姐，"久我岛看着飞鸟井说道，"我要怎么办才好啊？"

飞鸟井眯起眼睛。她看向动作迟缓的久我岛，用像是母亲对孩子说话的语气说道："我知道您很担心您太太，但是现在到处乱找是很危险的。如果她回到家，发现您不在的话，应该也会想到您是来财田家避难了。我们就接受财田先生的好意，在这里等待救援人员吧。"

"好的，好的，说得也是。"久我岛频频点头，故意表现出自己也是这样考虑的样子，高声表示同意。明明今天才认识飞鸟井，却如此依赖对方，可能他自己也颇有些难为情吧。因为束手无策而紧张也是可以理解的，我已经能想象出他那位尚未现身的妻子的性格了。

飞鸟井脸色突变，手捂住嘴咳嗽了起来。

"是出过汗后身子着凉了吧？"贵之说道。

"要不要我给你找件衣服换一下呀。来吧。"小翼对飞鸟井说道。

飞鸟井微笑着回答："那可真是太好了。"

趁着此时除了雄山以外所有人都在客厅的机会，我们聊起了关于秘密通道的推测。

"真的吗？那我们不是马上就能从山上逃出去了。"

第一个做出反应的是小出，接着小翼也用与现场气氛不符的天真语气说着"我好期待啊"。

"就像幻想故事一样。"

贵之发出了哼笑声。

"虽然我也看见了设计图上的标记，不过我不相信真的有这种东西存在。而且反正会有人来救援，没有必要特意去寻找密道吧。"

"哎呀爸爸，你不觉得那样会很有趣吗？"

文男与贵之视线相交，都紧咬着嘴唇看着对方。这应该是父子之间某种无言的交流方式吧。

"在等待救援的这段时间里总得做点事情打发时间嘛。"

"好吧，那么不如大家分头……"

"那个。"

一直沉默的久我岛突然开了口，他的眼神有些飘忽。

"其实，我想回家一趟，去取存折和我妻子的首饰。而且我穿着居家服就跑出来了，因为在飞鸟井小姐来访的时候得知山上着火，弄得我一时间慌了神。"

在一旁听到这话的文男张大了嘴。飞鸟井也瞪大了眼睛看着久我岛。

"久我岛先生，"飞鸟井的声音显得冷静至极，"虽然避难的时候这么说有些失礼，但现在是非常时期，请您尽量避免单独行动。"

"嗯，这一点我知道。虽说知道……"

久我岛的语气中带着必须这么做的决心。明明是个性格懦弱的男人，却偏偏在奇怪的地方如此固执。

"既然您都这么说了，"小翼满不在乎地说道，"那就回去不就好了吗？这样的话久我岛太太也会高兴的吧？"

我被小翼这毫无危机意识的话惊呆了。文男也说着"小翼……我说啊……"。

这时葛城小声说道："如果说去久我岛先生家还有其他好处的话……"

但是他的眼睛却没有望向众人的方向。

"如果说久我岛先生家里有固定电话……就能跟外界取得联系了。"

"电话啊，的确很重要，不过也有可能因为落雷而坏掉了吧。"

贵之以警告的口吻说道，葛城马上看向他。

"总有一试的价值吧？"我站起身来，声援葛城，"请让我跟他一起去吧。我们过来的时候看到过一条岔路，应该认路。如果遇到危险就马上返回。真有什么紧急情况的话，还是两个人一起行动比较好。"

"那样的话我也一起去吧。只有田所君的话有点不放心。"

这时飞鸟井突然说了一句"我说啊"，然后深深地叹了口气，无力地摇了摇头道："好吧。既然如此，那我也一起去吧。但是你们要保证绝对不能离开我身边，也绝对不能走野路。这是出发的条件。"

贵之抚着下巴，说道："那么，我们就分为两组。一组在宅邸中寻找秘密通道，以防万一没有救援；另一组去久我岛家寻找联系外部的办法，同时确认山火状况。我和文男比较了解这座房子的情况，所以就留在宅邸里探索。"

"我也想在这里找密道。"小出一脸冷漠地说道。她显然是不想出门，都这种时候了，她仍然是一副事不关己的样子。

"那么，我去外面——"

小翼话一出口，贵之和文男便露出惊讶的表情。我也说着"不行"阻止她。

"为什么啊？我能帮上忙的！"

"因为我想让小翼在这里找密道。小翼比较清楚家里的情况，所以只能拜托小翼了嘛。"

我一边这样说着，一边在内心赞叹自己的机敏。

小翼低下头，过了一会儿才小声嘀咕了一句"知道了"。

"那就最后确认一下。贵之先生、文男先生、小翼和小出四个人留在财田家寻找密道。我、久我岛先生、葛城君和田所君四个人去久我岛先生家确认状况。这样可以吧？"

所有人都点了点头。虽然大家都是初次见面，但在眼下的危机面前，也生出了一种奇怪的团队感。

外出小组决定先准备一番再集合。就在我走向客厅时，小出叫住了我。

"喂，你啊，进了雄山的房间吧？"

"咦，"我吃了一惊，"什么意思啊？"

"别装傻了。我听到你和葛城对着文男那家伙道歉了。我问你，雄山的房间什么样？有没有有意思的东西？"

小出缠着我问个不停，我只好勉强说了点自己见到的。

"噢，原来是这样啊……"

小出摸着下巴笑了起来。雄山卧病在床对她来说是这么有趣的事吗？我有些迷惑。

"小出小姐，您也是雄山先生的书迷吗？"

"嗯，算是吧。"

"小出小姐。"听到文男的声音，我的身体不由得颤抖了一下，"要开始在宅邸内进行探索了。"

"好哦——"小出悠然地挥了挥手，然后拍了一下我的后背，"嗯，少年，你算是帮上了点忙。"

到底是怎么回事？我感觉小出的态度有些可疑。

"信哉。"

刚走进客厅就听到葛城用他那冷冰冰的声音叫我的名字。我吓了一跳。

"你觉得你能瞒得住我吗？"

我用沉默抵抗了一会儿，然而因为实在无法忍受沉默的重负，我叹了口气。

"我也不是非要瞒着你。"

在他叫我名字的时候我就知道了。他只有在说重要的事情时才会直呼我的名字。

"那个女人……是叫飞鸟井光流吧。你和她不是第一次见吧？"

"嗯，是的。我和她在十年前见过一次，因为一起杀人事件。"我用自嘲的语气说道。

"马上就要出发了，详细经过等之后细说。现在你就简单概括一下吧，二十五个字以内。"

"'这个名叫飞鸟井光流的女性，是让我想要努力成为名侦探的契机。'"

"二十七个字了。不及格。你可以把'女性'简化成'人',再把'契机'去掉,这样能少三个字,就在二十五个字以内了。"

"不要在这种时候还帮我做现代文改错啦。"

说起来,我们是因为学习合宿才来的,想到这一点的时候,我的思绪突然飞回到了过去。

* 过去

十年前,我还是小学一年级的学生。

那年夏天,田所家少有地进行了一次家庭旅行,住在大阪一家很好的酒店。那段时间父亲涨了工资,我们家就偶尔奢侈一下。坐着新干线到了很远的地方,去我毫无兴趣的旅游景点闲逛,老实说,我感觉相当累。

就在这期间,发生了案件。

在吃自助晚餐的酒店餐厅里发生了毒杀事件。

坐在我前方席位上的男人倒在了地上。我对他有些印象,我去取餐的时候他就在我后面咂嘴。因为我取走了最后一个炸肉排,所以他必须在那里等着下一份送过来。会为这种事情而生气,真是心胸狭窄的大人呢,当时我心里有些瞧不起他。

看到男人盘子里的肉排时,我马上就认定男人是被这个毒死的。按照取餐的顺序,我也有可能取到那块肉排……也就是说,死的也有可能是我……**这么说,这个男人是替我死的也说不定……**

"别开玩笑了,"哥哥不满地说道,"我还没吃够烤牛肉呢。"

明明眼前就有人死掉,哥哥居然还在想着食物的事,我不禁为他的粗神经而感到震惊。然而,虽然一开始感到震惊,但是随着当地警方以搜查为理由将我们扣留在那里，父母的眼里开始流露出紧张和不满的情绪，我也觉得窒息了起来。

"那个——我想到了一些事情。"

一个清脆的声音窜入耳中。

说话的人是一名穿着黑色男士晚礼服、打扮成管家的女子。在她身边还站着一名身穿白色工作制服的女子。白衣女子看起来像是高中生，穿晚礼服的女子看起来是成年人。也许是嫌麻烦，她将长长的头发束在脑后。

身穿管家服的女子名叫飞鸟井光流，身穿工作服的叫甘崎美登里。

警方对于这两名女子的出现倍感困惑，似乎想把她们赶走，但考虑到对方是女性，态度不宜过于强硬，便打算先听听她们要说什么。

飞鸟井解开头绳，将黑色的长发放下。接着像是打开了某个开关，她用手轻抚着自己的长发，流畅地陈述了起来。

"这起事件最关键的部分只有一点。"

飞鸟井眼神坚定地说道。

就在这一刻。

哥哥的粗神经。

父母的怒气。

我的罪恶感。

全部都消失了。

"请看这里。被害者所坐的桌子上的醒酒器内侧，留有两条线状痕迹……"

接下来她说出的语言就是魔法——那绝对是魔法!

从我也能看到的"理所当然的事实"出发，经过层层推理，无情地找出凶手的飞鸟井实在是太帅气了。明明大家看到的都是同样的东西，只是她看待世界的方法与我完全不同，震惊之余，我也为自己的愚钝而懊恼。

之后，服务员被逮捕，并说出了自己的杀人动机。

而我什么都没听到。

我的大脑乱成一团。这是我第一次看到如此精彩的表演，而在我面前上演这场精彩大戏的，是两名女性。

"请问！"

我鼓起勇气喊道。她们两个停下脚步，回过头来。比起兴奋，我更感到紧张。我无法调匀呼吸，感觉到额头已被汗打湿。

甘崎瞪大了眼睛看着我。

她那恶作剧般的笑容让我有些狼狈。我将视线从甘崎身上移开，转而看着飞鸟井。我有一种预感，此时就是会左右自己命运的重大时刻。

"要怎么做，才能变成像你一样的侦探呢？"

我听到甘崎吹了一声口哨。

飞鸟井的神情变得严肃，眼神像是在审视评估我的价值。她长长地叹了口气，然后简洁地说道："实事求是地看待事情。没有偏见地积累想法。不要被任何事物伤害。"

飞鸟井盯着我，双眼清澈得像是要把我吸入一般。我知道，只有在这种时候她才会平等地看待我。

"推理这种事真的很麻烦哟。一旦注意到了什么就绝对不能放过，说出来还会很让人讨厌。招人冷眼都是常有的事。"

既然如此你又为何要做呢？我脑中浮现出这样的疑问。

"即便如此也想去做吗?"

"是的。因为……"

"因为?"

我张开嘴,却发现自己找不到任何有说服力的理由。我只是单纯地憧憬着成为侦探,只有对这一憧憬的热情而已。

"理由什么的,都无所谓。愿意以此为目标努力就行了。重要的是,这个孩子今天亲眼看到了光流的活跃表现。不过我呢,听了这么多有的没的,都糊涂了。"

"我已经不是小孩子了。"

"不是小孩子了啊。"

飞鸟井这样应着,接着露出"糟了"的表情,捂住了嘴。我们之间那种平等对话的气氛不见了。我感到有根细线一样的东西从自己的手中滑落。

"总之,努力就不是什么坏事。"

飞鸟井的声音中混杂着轻微的笑声。那是像要掩饰尴尬的笑声。

"加油吧,少年。"

*

那之后我一直在"努力"。

磨炼自己的观察力,提高思考能力,并努力练习待人接物的能力。

从结果来说,有效果的只有最后一项。我并没有从"爱好者"中脱颖而出。阅读侦探小说让我觉得很快乐。我对虚构作品中描写的与飞鸟井相似的人物心生向往,他们让我愉悦,所以我也想要变成那样的人。

可是，我知道那是不可能的。

我是在遇到葛城之后知道的。侦探需要天生的才能。实事求是地看待事情，没有偏见地积累想法。只有能做到这些的人才能找到真实、找到真相。而我却不能脱离"自己"，无法变得那么自由。我只能找到自己的眼睛看到的世界。尽管我装得若无其事，但是与飞鸟井再会时我胸中的痛楚，就是我没有放弃那时所憧憬的梦想的证据。看来我还没完全放弃啊。不要被任何事物伤害，就连这一点我都没有做到。

只有在这种时候，我才会如此讨厌自己。

5 山道【距离馆被烧毁还有 27 小时 39 分钟】

原以为五分钟的路程不算什么，然而我的脚肿了，好像还起了泡，每走一步都一阵剧痛。虽然离着火的地方还远，树林里却已变得炎热不已。从开阔的地方远远眺望，可以看到山脚处正冒起黑烟。也许因为火是先从草丛烧起来的，我们目力所及的范围内暂时还没看到有树木燃烧起来。

"说起来啊，你这个人。"飞鸟井突然说道。

"怎么了？"

"总觉得好像在哪里见过你，是我的错觉吗？"

飞鸟井那时对我的激励并没有产生成果，因此我总有一种内疚的情绪。不过我也不想特意隐瞒此事，于是说出了过去的那起毒杀事件。飞鸟井露出了惊讶的神色，混杂着怀疑，但又马上理解了一般地点了点头。

"原来是那时候的孩子啊。"

"你好，好久不见。"

"不用这么严肃地打招呼啦。咦，没想到你居然长成这样了。"

飞鸟井上下打量着我。被年长许多的异性这么看，我相当紧张，不过更多的还是怀念之情，没有不舒服的感觉。

"仔细一想，的确和当时的孩子挺像的。你长高了，身体也变得更结实了，长成男子汉了啊。"飞鸟井笑着说道，然而这笑有些生硬，"没想到会在这里见到你，还真是奇遇。"

她的语气和那天没什么两样，只是眼睛像是看着虚空一般。我突然发现她的发型和十年前不同了，剪成了短发。

"你现在是保险调查员？"

飞鸟井垂下头，有些丧气的样子。

"大学毕业之后我就工作了，在现在的公司有三年了。中间跳过一次槽。"

"咦……之前的公司也是保险公司吗？"

"嗯。总感觉这一行挺适合我的。"

是因为保险调查员的工作与侦探有几分相似吗？但我并没有问出口。

"现在，甘崎小姐——"

"说起来，田所君啊。"飞鸟井快速地说道，像是故意打断我一样，"你成为侦探了吗？"

她的嘴角浮现浅浅的微笑。我又产生了十年前那种被当成小孩子对待的焦虑。然而，我确实没有任何能够抬头挺胸报告的成绩，这让我意志消沉。

"确切地说，倒更像是侦探的助手吧。"

飞鸟井突然停下脚步，虚无的双眼看向葛城的背影。

"也就是说……他是侦探？"

她有些嫌麻烦似的抬起手指着葛城。看到我点了点头，才说着"嗯……"，又盯着葛城的背影看了好一会儿。

"说起来，你是不是进过雄山的房间？"

"咦，"我吓了一跳，"你怎么知道的？"

"我刚才稍微听到了一些你和小出小姐的对话。有什么有趣的东西吗？"

我心想这话题转换得还真是生硬，但还是告诉她在雄山的书房看到了松本清张的书、各种资料以及保险箱的事。

"还有整理收集的关于连环杀人犯的记录。雄山老师经常在小说里描写猎奇杀人犯的心理嘛。比如酒鬼蔷薇事件的资料，还有之前那个喜欢给死者做美甲的连环杀人犯——"

"真无聊。"

我的肩膀抖了一下。飞鸟井的语气突然变得激烈，身上那幽灵般的气息消失了，现在的她如同一根刺，正在释放自己的怒气。接着她突然捂住嘴，看着我，静静地摇了摇头。

"对不起。我非常不喜欢这种残酷的话题。"

她这样说着，快步向山下走去。我吃了一惊。她突然表现出来的怒意与拒绝，和她不再做侦探的理由之间有什么关系吗？

我追上前方的葛城。

"马上就到了。"这时久我岛说道。路上倒着一棵树，据说是半个月前倒在这里的。岔道上留有两道浅浅的车辙，顺着没走多久就到了久我岛家。

他家门口停着一辆车，我问他刚才为什么不开车去财田家，飞鸟井摇了摇头，说："因为路上有那棵树，开不过去嘛。"久我岛又补充说下山去镇里时会用车。

久我岛家是一栋旧式的木造房子。打开有些发涩的大门，就能看到玄关正对着的让人怀念的地炉和榻榻米。从玄关走到地炉那边，正面是一个被拉门隔出的房间，这应该是一间和室吧。二楼还有一个房间。

"我去打电话试试。"

久我岛快步走上二楼。

葛城似乎很在意房间内的样子，看向和室和玄关处的鞋箱。飞鸟井则踩着重重的脚步跟着久我岛上了楼，木制楼梯发出嘎吱声。

从楼上传来飞鸟井的呻吟。"你们两个，快上来。"她这样喊道。

我们上到二楼，看到久我岛正站在走廊上的电话台边，飞鸟井则蹲在一旁。葛城走到飞鸟井身边蹲下，探头看着她的手边。葛城的后背挡住了我的视线，我什么都看不见。

"怎么回事？"

"电话打不通。"久我岛不知所措地说道。

"咦……是因为打雷产生的高压电流吗？"

如果有落雷打到电线杆或者电线附近，就会产生高压的诱导电流。这是打雷会导致电子产品坏掉的主要原因。

"这下麻烦了。"葛城有些不快地说道。

我不太理解。葛城别过身子，让我看他的手边。靠近电话机那端的电话线被烧成了黑色，看来是被烧断了。连电话线都被烧成这样了啊，这落雷离此处应该是相当近了。

房间中弥漫着烧焦的味道。

葛城有些可惜地用手指抚弄着电话线的断面。

"不管怎样，"飞鸟井长长地叹了口气，"这里也没有和外部取得联系的工具了。"

飞鸟井走向久我岛，冷静地说道："你收拾一下必要的东西，我们赶紧离开吧。"

久我岛点了点头，走进了二楼的卧室。大概三分钟后，久我岛拿着一个大号波士顿包走了出来。他说里面放着存折等贵重物品，还有T恤衫和内衣一类的。还真是个机灵的男人。

"不好意思。我还要再去拿些我太太的个人物品。"

他走下楼梯，进到和室。我们则在一楼的地炉旁边等着他。

葛城走到拉门边蹲下，手指轻抚着拉门的右下方。我不禁扶额。葛城的"开关"已经打开了。内向的他，一旦发现了在意的东西，就会像点着了火一般，完全不在意自己的举止。可他为什么如此在意久我岛家的东西呢？我靠近葛城，小声说道："你这家伙，突然在别人家里干什么呢？"

"田所君也来看看吧。这里，好像最近被开了个小洞。搞不好就是刚才去避难之前弄的。"

在葛城所指的地方，确实能看到门上贴着一块和纸。

"这里确实修补过了，但你怎么知道是在避难之前弄的呢？"

"胶水还是湿的呢。"

久我岛在和室深处的梳妆台前。梳妆台上放着还没开封的全新化妆水和口红，拉开抽屉，能看到一些贵重的首饰和化妆品。墙上挂着的日历上，今天的日期边有圆圆的文字写下的"外出购物"的字样。

我回头一看，葛城正在开衣柜。"衣服都放在这里呢，久我岛先生，还是快点收拾一下吧。"他这样说着。久我岛眯起眼睛，似乎对于有人在自己家中乱看这件事感到稍微有些紧张。

"哎呀，都说了不要随便在别人家里乱看啦。"

葛城耸了耸肩。久我岛说着"啊，没事，请不用在意，毕竟是非常时期，多个人帮忙也是好的……"，露出了掩饰的笑容。

衣柜里装着曲拐臂，衣架上挂着的衣服应该都是他妻子的。此外还放着看起来用了挺久的皮鞋和手袋。

"啊，对，栗子可能也要避难。我也给她带上些T恤和穿着方便的衣服吧。"

久我岛探身进衣柜，葛城对着他的背影说道："那个手袋里装着化妆包，给她带上的话她应该会很高兴吧。"这也太多管闲事了。

"对了，久我岛先生。您给太太留张便条吧，就说'去财田家避难了'。"

"咦？"

"不然万一走岔了呢？"

久我岛露出有些茫然的表情，而后笑着说道："啊，好建议啊。确实是这样。"

葛城继久我岛之后也走到梳妆台前，翻腾着旁边的垃圾桶。就连跟他相处了这么长时间的我都有些目瞪口呆了。

"你这也太过分了吧。垃圾桶可藏着人家的个人隐私。"我对他耳语道。

可是葛城什么都没说，也许是正全神贯注吧。他为什么这么在意久我岛家的情况呢？

幸运的是，久我岛一直背对着我们，并没有看到这一幕，因此没有引发争执。飞鸟井的视线和我的对上，她冲我报以苦笑。

葛城抬起头来，带着满足的表情，若无其事地走了回来。可真是个让人不省心的家伙。

"啊。我把图章忘在卧室里了。我马上回来，你们稍等一下。"

久我岛咔嗒咔嗒地走回了二楼。

葛城目送着他离开，然后打开了玄关处的鞋箱。里面放着一双女式运动鞋和一双男式皮靴。虽然运动鞋看起来已穿了一段时间，鞋带却是新换的。看起来保养得不错。

我抑制不住好奇心，等飞鸟井看向外面的时候，我也去窥探梳妆台旁边的垃圾桶。我把里面的报纸广告拿出来，下面是揉成一团的纸巾和沾了化妆水的化妆棉，以及空了的化妆水瓶和口红空管。报纸广告上面那页是今天的，下面的是昨天的。口红空管是打开着的状态扔进了垃圾桶，一眼就能看出是用完之后被扔在这里的，这样就不会和新口红弄混了。我也会这么干，不是口红，我会把用完的自动笔芯盒这样扔掉。

葛城到底是看到了什么，才会露出那样的表情？

我原本以为会看到什么神秘的字条，结果现在这样把我弄得更迷糊了。

"抱歉、抱歉，终于收拾完了。咱们走吧。"

久我岛的脑门上挂着汗珠，突然，我闻到了一股刺鼻的味道，像是什么东西烧过的味道。难道说火已经快烧到这里来了？

我们赶紧离开了久我岛家。可回头一看，发现葛城不见了踪迹。我不安地喊着"葛城"，只听他回答"我在这儿呢"，出现在了玄关，应该又是去调查什么了吧。真是个任性的家伙。

6 归来【距离馆被烧毁还有 26 小时 58 分钟】

"哦，你们回来了啊，还真是可喜可贺。"

打开财田家的大门，出来迎接我们的是小出。

"看你们这灰头土脸的样子，要不要先去洗把脸？"

"自来水还能用吗？"

"不行,已经停水了。"贵之摇了摇头,"看来我之前让他们用盆接些水是正确的选择。虽然还有天然气,不过警报器停止工作了,没有专业人员维修的话最好不要用。电器倒是都还通着电,可以使用。我们有备用电源。"

也就是说可以保证最低程度的生活。我稍感安心。

葛城和久我岛没有说话,一脸精疲力竭的样子坐在沙发上。

"电话怎么样?"贵之问道。

葛城无力地摇了摇头。

"似乎是打雷时把电话线烧断了。"我说明道。

"什么?"贵之瞪大了眼睛,"居然这么严重吗?"

"也就是说,我们只能在这里等待救援了吧……"

文男抚着下巴。到目前为止,财田家的人还都没有出过门,身上没有沾到烟灰,甚至连汗都没流过。看着他们一个个冷漠的样子,我不由得生起气来。不过我自己也知道,这气着实生得莫名其妙。

"密道找得怎么样了?"

我发现自己询问的声音听起来气势汹汹。

文男摇了摇头。

"没找到。在你们去久我岛家的这段时间,父亲、妹妹、我,还有小出小姐四个人分别在宅邸里进行搜索,但没有找到类似的地方。不过我们发现一楼的地板很奇怪,就试着在地上四处敲了敲……"

"结果发现都是些故意吓人的机关。"小出一脸天真的样子说道,"特别是四角上某个塔里的电梯,真是太有意思了。那个塔里有螺旋楼梯,但在塔的正中心还有个小房间,可以作为电梯来使用哦。螺旋楼梯就像以电梯为转动轴一样,将其包裹着一圈一圈向上。"

这个转动轴电梯会不会与延伸到地下的密道有关呢？我不由自主地想站起身说出自己的这一推论——

小出像是发现了我的想法，抢先了一步。

"啊，当然，我也在电梯向上运行的过程中想过，会不会有通往下面的路呢？我调查了一下，很遗憾，此路不通，下层是石板。"

本以为是相当有价值的线索，结果还是行不通啊。我老老实实地坐好，小出露出了不怀好意的笑容。

"太异想天开了。我们还是别再浪费时间了，保留体力，等待救援吧。"贵之冷笑着说道。

他从最开始就很怀疑所谓密道是否存在，会有这样的反应也是理所当然的。

"父亲说得没错。大火离我们还挺远的，应该会有直升机过来救援。现在还不到六点，虽然有一点早，不过大家都先回房间休息吧。"

"太好了。能给我们自己房间的钥匙吗？"

听了小出的话，文男耸了耸肩。

"虽然我觉得这种非常时期应该不会有小偷。每个房间的钥匙只有一把，请各位注意不要离身。"

"你能理解吗？我也是女孩子，自然会在意这种事。"

小出寻求着飞鸟井的赞同。飞鸟井露出吃惊与认同混杂的笑容。

"那么，我先去休息了。"飞鸟井一脸疲惫地说道。她从文男那里拿了钥匙，去往二楼的客房。

在座的人也大都表露出想要解散的意思，大家都没有心情交谈。

"不过说起来，"小出仰头看着天花板，一副没在和任何人说话的样子，"还真是朱门酒肉臭，路有冻死骨啊。"

"啊？"我含糊地应道。

小出马上像是故意的一般大声说道："父母再怎么有钱，也不能坐吃山空。贵之先生的公司是一家很有名的制药公司吧。我记得八年前，曾经有过该公司向政府行贿的传闻。当年贵之先生就已经是公司里的负责人了吧？"

小出这样说着，将头转向贵之所在的方向。

小出的话让我感到有些不安，我害怕地看着贵之。如果气氛变得紧张，在这里的避难生活可就不好过了。

然而，贵之相当冷静。他装糊涂般地歪着头。

"你，到底是什么人？"

"只是个避难者罢了。"

小出站起身。

"那么，各位晚安了。"

她一脸若无其事的样子离开了。我目送着她离开，感觉更加疲惫。然后我看向贵之，他耸了耸肩，露出苦笑。

小出的态度让我有些疑惑。明明是非常时期对方向我们提供了避难之所，双方又是第一次见面，她为什么会说出那样的话呢？贵之的冷静应对值得赞赏，但他也有可能被激怒而将小出赶出去。小出的态度实在是太失礼了，简直就像个追踪小道消息的新闻记者。

然而，尽管她的话中饱含恶意，但这种话一旦过耳，就很容易让人浮想联翩。在怀疑小出的同时，我也疑惑地看着贵之。既然是所谓的负责人，那贵之与那起事件到底有着怎样的联系呢？

但我放弃了继续思考。还留在客厅里的人们各自领取了基本生活物资，脚步沉重地回到了自己的房间。

"你什么都没有注意到吗？"

睡觉之前葛城冷不丁地说道。他躺在床上，所以我看不到他的表情。

"你想说什么啊？确实，大家都小心翼翼的，气氛很僵，感觉怪怪的……财田家的人似乎各有秘密，小出在想什么我也不知道。不过久我岛先生应该是无害的吧，他好像很软弱。"

"这样啊。"葛城发出嘲弄般的笑声，听起来正是在嘲笑我，"你还真是心大。"

"喂，你什么意思？"

"晚安。"

虽然知道他应该很累，但也不至于如此惜字如金吧。不知是因为被我惊到了，还是被我气到了，我想要再多问问，这位装模作样的侦探却无意再开尊口。

7 夜 【距离馆被烧毁还有 21 小时 31 分钟】

睡不着。

我的心情还很兴奋。树木燃烧时发出的噼里啪啦的声音似乎已经近在耳边了。

因为只有四间客房，我和葛城便住同一个房间。躺在床上的葛城已经呼呼大睡了。虽然是我自己提出打地铺的，但看到他那副样子我还是感觉相当生气。要说心大，那还得是葛城。

我在黑暗中摸索着矿泉水瓶。好轻。试着倒了一下，发现里面只有几滴水了。

要不要去一楼取一点水呢？

餐厅里放着矿泉水和罐头等应急物资，我想起贵之提过让我们适量取用。

我感觉身体异常沉重，只是从地铺上爬起来就几乎耗尽了力气。

我在餐厅里找到了矿泉水，喝到了生命之水。仅仅是这样，就感觉身体恢复了活力。

反正怎么也睡不着，我便去了一楼的走廊。夜晚的财田家很安静。我的脚步声被吸入了地毯中。宅邸中充满静谧的神秘气氛，一时间我甚至忘记外面正在发生什么。

我停下了脚步。

那个有升降天花板房间的门开着，门里是宽敞的黑色空间。因为没开灯，所以看不见房间内的情况，让我感觉就像是打开了通往异世界的门一般。我产生了错觉，这片黑暗的障壁到底会通到哪里呢？

为什么这扇门会开着？我想要走进去。可因为害怕这不知会延伸到何处的黑暗，又停下了脚步。我们去久我岛家时其他人在宅邸中探索过，这门可能是当时打开的吧。对，我这样劝说着自己。

（说起来……）

我想起了小出提到的塔。

能够变成电梯的小房间……不管是寻找密道，还是找个地方透透气，听起来都是个不错的选择。

我打开走廊尽头的门，走向与螺旋楼梯相接的房间。螺旋楼梯的宽度几乎只能容纳一个人通过。

螺旋楼梯所围起来的空间，就是我想去的小房间。

这还真是个相当狭窄的电梯间呢。因为四周都是石壁，给人感觉稍微有些闭塞，但好奇心还是占了上风，我走了进去。房间里有电灯照明，这也让我减少了一些抗拒感。我试着按下里面的开关，房门自动关闭了。我就被关在了这个圆形的空间内。

只听"咣"的一声巨响，电梯启动了。

我的身体不由得震了一下。虽然之前听他们说过，但亲身体验的时候还是被吓了一跳。

到达上层之后，对面的门自动拉开了。

出现在我眼前的，是位于螺旋楼梯顶端的一块宽广的平台，以及两扇上下开的窗户。可以将上半身探出窗外，眺望外面的景色。

一阵强风迎面吹来。仔细一看，原来宅邸的背面就是陡峭的悬崖。透过另一边的小窗则能够看到烧成火红色的树林。从地上猛烈窜起的大红色火光，将漆黑的夜晚染得通红。

此时，从楼下传来嗒、嗒这样富有节奏感的脚步声。

我吃惊地回过头去，看到小翼站在那里。

"哎呀，什么啊，原来是田所君。"

她的肩膀剧烈地上下起伏着，额头上冒出了汗水。汗混着烟灰，将她的额头染成了黑色。

"现在可不是说'什么啊'的时候吧。"

"因为我没想到这个时间还有人醒着，还以为是谁呢，吓了我一跳。"

她问我能不能站到我旁边，我有些紧张地"嗯"了一声。

带着烟灰的风吹过，吹起了她的刘海。

"和你一起的那位……是叫葛城同学吧？他是你的同学吗？"

"嗯，我们是高中一年级合宿时认识的，虽说认识的契机挺离奇的。"

"咦,是这样啊。那能不能说说你们认识时的故事啊。"

熊熊火焰就在她的背后燃烧着,而她却像是忘记了这恐怖的现实一般,天真无邪地说道。

我回忆起和葛城相遇时的事情,不禁面红耳赤。

接着我尽量用情感充沛、充满趣味的方式将和葛城初次相遇时的事讲了出来。

在合宿地发生的杀人事件,二人间的推理对决,以及葛城的精致推理。

那时的我,还在烦恼着想要成为侦探的事。因此,面对在我面前展开推理的葛城,难免有些嫉妒,并产生了想要打败他的想法。也正是因为那次事件,我明白了自己在推理方面并无天赋。我发现侦探必须具备天赋和才能。葛城提到了侦探的"生存方式"——不管什么时候都应该正视谜题、揭开真相,这就是侦探的使命。而我却并没有这样的觉悟。

尽管如此,和葛城在一起时,我却又总是担心着一门心思专注于推理的他。也许难以调节心态时,就是他被逼上绝境之时。正是因为有这种担忧,我才没办法对这位投缘的友人弃之不顾。

听着我的讲述,她时而开口附和时而做出动作,脸上还会露出夸张的表情,实在是个反应丰富的倾听者。这让我感觉自己就像一位知名的演说家一般。

"欸——真是完全无法想象田所君和葛城同学针锋相对是什么样子,现在你们两个就像是黏黏糊糊的好兄弟一样。"

"什么黏黏糊糊的,哪有黏黏糊糊啦。"

听到我不满的反抗,她发出了银铃般的笑声。

在别人眼里我们是黏黏糊糊的吗?我有些不安。对我来说,葛城是孤身独行的名侦探。然而，对于葛城来说，我却大概并非那样的存在。正是因为感觉到了这份不安，我才会想要拴住葛城吧。在他人看来我们的关系却变成"黏黏糊糊"的了。葛城知道了会怎么想呢？

"真不错啊，田所君。"

我从胡思乱想中回过神来，再次看向她。她正有些茫然地看着下方着火的方向。

"什么？"

"什么？"她露出茫然的表情，之后慌忙补充道，"就是有一个可以敞开心扉的对象。"

她的意思是，和家里人一起待在大宅里的这段时间，她没有这样的朋友吗？

"啊——等到暑假结束，我应该会更开心一点吧。"

"我觉得像这样和家里人一起在山上过暑假，也挺好的啊。"

她倚靠在窗边，说着"你明明什么都不知道啊"，眼神中带有一丝愤恨。我耸了耸肩。

"因为在葛城同学和田所君来之前，我实在是太无聊了。和家里人待在一起很没意思。顽固的老爸和坏心眼的哥哥，爷爷还不能说话。"

"这样啊……"我换了个话题，"说起来，为什么你管我叫'田所君'，而管葛城叫'葛城同学'呢？"

"因为啊，"她脸上的神情从刚才的茫然，变成了微微带笑的样子，"因为田所君给我感觉要更容易亲近一些嘛。"

"这样啊。"

也就是说她觉得我人畜无害吧。作为男人，听到女生这么评价自己，着实有些心情复杂。

熊熊燃烧的火焰就像某种舞台装置一样，点缀着这样的夜晚。我的心情也有些激昂了起来。

"我现在是真的很开心。之前家人不让我在宅邸里随意走动，怕我遇到危险，我一想要随便逛逛就会被阻止。他们只让我出入书房和客厅。可现在我却像是在寻宝一样！正因为田所君来了，我才能随心所欲地探索自己想去的房间。这种事情之前可是从来都没有过的！"

当然，这种好心情也来自于她那异样的天真性格。在我们被卷入如此状况的前提下还能说出这种话，让人觉得她神经大条，但又显得天真无邪。是因为我的大脑也开始变得奇怪了吗？

对啊，我曾经也有过这样的感觉。

那是我第一次遇到飞鸟井光流的时候。

此时财田翼站在我面前，我才终于意识到。那时的我是恋爱了。我爱上了"侦探"这个身份。我真正想要对飞鸟井说的并不是想要成为她那样的侦探，而是想要待在她身边。这才是我真正想要表达的。

所以我并没有成为侦探。

这个我用了十年才终于发现的答案，深深地叩击着我的内心。

"田所君，今天很累吧？过来的路很远吧？"

"啊，是啊。真的是很远很远的路。"

我真的很累。这是走了十年的疲惫感。

我长叹了一口气，长得似乎没有终点。之后有一种想要马上安然入睡的冲动。

然而，她的声音唤醒了我。

"我们也许会死在这里吧。"

她无力地微笑着，声音微微颤抖。那是一种将内心的恐惧化为调侃的笑吧。

我的喉咙有些干涩。我可真是个笨蛋，竟然还去思考她怎么如此乐观？她只是个与我年纪相仿的女生，会感到紧张也是很自然的事。

"一定会有人来救我们的。"

竟说出如此靠不住的话，把我自己都惊呆了。我甚至连撒个谎，说我会保护你的勇气都没有，这实在让我无地自容。一定会有人来救我们的。不，葛城一定能救我们，在山火面前，我还保有这样的乐观。

她露出暧昧的微笑。她的担忧也让我痛苦。

不行，我摇了摇头。如果就这样分别，她今晚一定无法好好入睡。虽然我并不是侦探，但也不能就此选择逃避。

"翼小姐。"

叫她名字的时候我有些紧张。

"你平常休息时喜欢做些什么呢？"

她眨了眨眼。

"去公园或者河边……我喜欢在明亮的地方散步。"

"我的话呢，喜欢去看电影，回来的路上再去咖啡馆看看书。如果是和朋友一起，就再一起去餐厅聊聊电影的观后感。"

"嗯，听起来确实很像是田所君会做的事。"

"什么意思？"

她终于笑了起来。

"你不喜欢电影？"

"我几乎不看。"

"如果我邀请你，你会去吗？"

她瞪大了眼睛。

"可能会去吧。"

"那么，等开学后，哪个周末我们去看电影吧。看完电影再去我喜欢的咖啡馆，那家店的柠檬汽水是自制的，特别好喝。"

"可是，要花钱的吧。爸爸不会同意我去的。"

"没关系啦。葛城家有得是钱，让他请客就是了。我们三个人一起去。可以看黏糊糊的恋爱电影，也可以看不带脑子的喜剧片。三个人一起去看电影，然后可以通宵聊感想。反正就是三个人一起去玩。"

言语止不住地从嘴里冒出来。我根本无法阻止自己说出葛城的名字，虽然自己也觉得很难为情，但就是控制不住。

"所以，我们一定要活下来。"

小翼认真地盯着我看了半天，然后忍不住笑了起来。我也一起笑了。

"田所君，你还真是会自说自话呢。"

"让你不开心了吗？"

"不，完全没有。"

她摇了摇头，然后伸出了小指。我知道这是"约定"的意思，也伸出了小指，和她拉勾。

"那就约好了哦。"

"嗯，约好了。"

我用力地点了点头，她抽出小指后，马上迈着像是跳舞一般的步子离开了。她走上螺旋楼梯，回过头来。

像是依依不舍般挥着手。

"明天见。"

明天。在这种情况下，却定下了明天的约定，在旁人看来一定是非常滑稽的场景吧。然而听她口中说出这句话，我十分欣喜。不管是多么微小的成果，对我来说都可以算作一枚勋章。

"明天见。"

我心中那十年份的疲惫稍微缓解了一些。

*

财田贵之站在雄山的房门前，即便只是站在这里，他就已经怒气冲冲了。

（哎呀！老爸这个人，生命的最后还要给我添麻烦！）

贵之走进房间，眺望着正安静沉睡着的父亲的脸。胸中的愤懑之气爬到了脸上，让他看起来像是要把眼前的老人勒死一般。

财田雄山是个小说家，而且是典型的老派作风男作家。他谦虚地创作小说，三十六岁从公司辞职时已经写了两本书，被誉为松本清张的继承人。他连续创作出畅销作品，很快便进入了畅销作家的行列，建立起了自己的王国。他好色、性急、暴躁，只有在作品完成的瞬间会恢复为正常人，而当尖酸刻薄的书评被登载出来时，他就又马上变成了暴君。

贵之站在书架前，想抚摸那上面并排摆放的松本清张的作品，却停下了。

正是因为与松本清张相对比，雄山的作品才得以拥有市场与读者。因此，雄山对清张可谓爱恨交织。每当清张写出杰作时，他或是欣喜，或是乱发脾气，或是闷闷不乐。孩提时代，贵之去书店买漫画杂志，看到松本清张有新书发售，就会联想到父亲的反应而因此害怕。想着父亲只要不乱发脾气就好，他的胃会剧烈地抽痛。

贵之也曾是个文学少年，父亲刚开始发表小说时他非常欣喜。中学时代的他还曾一度沉迷于阅读小说，然而很快他就开始讨厌起小说来，并发誓绝对不要变成父亲那样。因为那段时间父亲让他阅读了一份原稿。受到松本清张的影响而一直在创作推理小说的父亲其实志在纯文学，但并没有创作纯文学作品的才能。松本清张有一本以女性视角写作的手记体长篇小说，名为《玻璃之城》，父亲却无法像那部作品那样描写出女性的欲望。读了父亲写的那篇一对男女自杀的故事之后，他觉得充满低级趣味，不过是一堆废纸。

我才不要搞什么文学呢——

贵之开始远离小说，之后考入了一流大学的法学部，进入了一流的公司就职。为了不借助雄山的力量一个人生活，他拼命努力工作，终于在职场上打拼出了一片天地。

（这一切——这一切！到了最后，还是被这个可恶的老爸给毁了！）

由于情绪过于激动，贵之的呼吸紊乱了。也许是因为他在为接下来即将实施的犯罪行为而感到紧张吧。

8 第二天早晨【距离馆被烧毁还有 13 小时 14 分钟】

"你准备睡到什么时候？"

睁开眼睛，最先映入我眼帘的是粘着烟灰、满脸写着不高兴的葛城的面孔。

"……早上好。"

"早上好。"

"好奇怪啊。合宿的房间不是这里吧？"

"你还没睡醒吧，这里不是我们合宿的宿舍啊。"

我自嘲地笑了起来。睡一觉醒来发现一切都是梦，危机已经结束，那样就好了。

"如果全都是梦的话，昨晚的事就也是梦了，"我自言自语道，"那还真是寂寞啊。"

"怎样都好啦，你还不赶紧起来？现在可不是睡懒觉的时候。"

我痛苦地支起身体，看了一眼手表，现在是早上七点。昨天和小翼分别后，我又半夜起来上了一次洗手间，然后就沉沉地睡了过去。说起来，洗手间里的灯泡好像该换了。

我起床收拾了一下，因为没带换洗的衣服，只能继续穿昨天的。然后我用葛城准备好的毛巾沾着水擦了把脸，这才稍微清醒了一些。

走下楼梯，看到小出、久我岛、贵之和文男都已经起来了。

"哟，两个小朋友，还活着啊。"

大清早就要面对尖酸刻薄的小出，让人感觉有点累。我轻声回了一句"托您的福"。

"只有飞鸟井小姐和小翼小姐不在吗？"

"父亲还睡着。早上六点我去检查了他的各项体征，顺便给他换了尿布。那时我敲了一下小翼的房门，不过她没回话。门是锁着的，那孩子应该是累着了吧。"

"确实，昨天实在是太忙了。"

听葛城这么说，贵之点了点头。

"飞鸟井小姐呢？"

"我去叫了她一次，不过她好像有点不舒服。"

贵之说着，左手拿着塑料容器，右手往里面盛了些清汤，然后拿给了我们。

"家里还有点蔬菜。冰箱因为打雷停止运行了,在这些菜变坏之前,大家还是赶紧吃掉吧。卡式炉配套的燃气瓶应该能比预想的多用一阵子。"

应该是打雷时产生的电流烧坏了冰箱。

文男"啊"了一声,举起手来。

"当然,我昨天没有出门,手是干净的。"

大家都不由得笑了起来。可以说暖呼呼的热汤也温暖了我们的心灵,虽然是用简单的器具煮出来的东西,但这珍贵的食物也滋养了我们的身体。

也许是因为财田家的防灾意识比较好,家里准备了不少饮用水和自热米,倒是不怎么需要担心食物方面的问题。

"外面什么情况?"葛城问道。

文男回答道:"我去尖塔上透过窗户看了一下,火已经烧过来了,烧过河只是时间问题。"

"怎么会这样……"

"不要这么害怕啊。今天应该会有人来救援吧。那个……我和父亲再去叫一下小翼吧。"

"那我们再找找密道。"

我自信满满地起身,可能是因为害怕和小出两个人独处,之后久我岛也跟了过来。

在走廊里走着时,葛城突然停下了脚步。

"喂,田所君——这到底是怎么回事?"葛城说道。

他蹲在那个升降天花板房间的门前,视线注视着门下的暗红色痕迹。

我感到身体一阵发冷。昨天夜里,这扇升降天花板房间的门是开着的。当时只能看到门里是一片黑暗,给人一种通往异世界的入口的感觉。然而，现在看到的暗红色痕迹并不属于异世界，这是活生生的现实，是暴力所留下的痕迹。

这是血。

我全身寒毛倒竖。

"信哉……快开门！"

"门旁边有开关！是内开的电动门！"

门终于有了反应，但似乎被什么卡住了动不了。

"这、这是怎么回事啊？应该是通了电的……"久我岛眨着眼睛说道，他的呼吸已经乱了。慌乱的呼吸声让我有种不祥的预感。

葛城铁青着脸喃喃道："是天花板……"

"咦？"

"天花板降下来了，所以向内开的门打不开了。"

我"啊"了一声。

"天花板降了下来——也就是说——"

我想起门下的血迹，不由得捂住了嘴。脑海中出现了讨厌的想象，我想起了没来吃早饭的两个人，飞鸟井和小翼。我拼命地摇着头。

"快点，我们得赶紧去隐藏房间确认一下。久我岛先生——不好意思，能请您去把财田贵之先生和文男先生叫来吗？接下来必须要有主人帮忙才行。"

随后，我、葛城、久我岛、文男和贵之聚集在有升降天花板的房间前。小出听到骚动，也饶有兴致地跟了过来。

按下了走廊地板上的开关之后，画框转动了起来。我们进入了那个有绞车的隐藏房间。升降天花板房间里的天花板正是由这里的绞车来控制升降的。

而两台绞车上卷着的钢缆都掉了下来。

"这究竟是怎么回事？"

"我想是因为这个吧。"

葛城从地上捡起了什么东西看着。是几个金属零件，看起来像是螺丝钉。

"钢缆的末端是用这个钉在绞车上的。两端折回绞环的地方用螺丝固定，就像是用夹子夹住一样。是个非常简单的方法，但必须定期上紧螺丝才行。如果像这样……"葛城轻轻地将一个螺丝提了起来，"螺丝牙有的地方生锈了，就固定不住了。这也就是事故原因。"

"你怎么连这种事都知道。"

我吃惊地嘀咕着。葛城的表情非常认真，所以我也努力绷紧了面孔。

"我们试试能不能把天花板再吊起来吧。"

贵之的提议获得了在场所有人的赞同。

"找个新的螺丝钉，将绞车上的钢缆重新固定好，就能把天花板再升起来了。"文男脸色发青地说道，"快去找找……"

文男嘴里念叨道"我记得仓库里应该有多余的螺丝钉"，走出了房间，他那摇摇晃晃的脚步让人觉得很不可靠。不安感让我有些崩溃。

"喂，这样应该是没法连上的。"小出拿起钢缆的一端说道，"这里断了。"

这种钢缆是由许多根钢丝捻成一股、多股再绞合而成的。一股钢丝捻成的东西被称为绞绳，多股绞绳绞合形成一根钢缆。现在，应该固定在绞车上的那部分钢缆，有一根钢丝断了。

"钢缆是由许多根钢丝捻成的钢丝束绞合制成的，每根钢丝弯曲的位置都稍微错开了一点。就像田径比赛中，选手们起跑的位置会错开那样。"

"钢缆移动时负荷增大，外侧的钢丝就有可能断裂。不过只是断了一根的话，倒是问题不大。"

"你错了，田所君。哪怕只断了一根，也会导致剩余的钢丝负荷增加。很可能这根钢缆早已磨损严重，用来固定的螺丝钉也超过了负荷……"

"这样似乎就能说得通了。"葛城说道，又小声地加了一句，"如果这真是一起事故的话。"

"可是啊，"小出哼了一声，说道，"就算能重新接上，已经坏掉的部分也不能再用了吧。"

"就吊车的结构而言，一定不止有两圈钢缆，还会有一些没用的，也就是富余的钢缆。一般会有五圈或八圈，总之大部分情况下都会多缠几圈……嗯，看起来这里也是。"

贵之小声地说了句原来如此。

"我们避开断了一根钢丝的部分，使用剩下的钢缆再固定一次。试试看吧。"

文男抱着工具箱回来后，和贵之两个人一起操作了起来。他们拿的螺丝钉看起来是专门用于固定钢缆的，大小正合适。二人将已经生锈的螺丝钉换下，重新将钢缆固定好。

我和葛城也上去帮忙，因为大家都不是专业人士，所以重新固定这些花了相当长的时间。总之最后看起来像是可以运行后，我们重新启动绞车，拉动钢缆。

天花板动了起来，感觉整个宅邸都在晃动。可能因为这里正好处于升降天花板房间的里侧，所以震感尤为强烈。

"真是慢啊。"贵之焦躁地说道。

"因为绞车在一点一点转动啊。放下来的时候也这么慢吗？"

"如果使用绞车转动，放下来的时候就也很慢。升降的速度应该是一样的。但是如果钢缆是被切断的话……"

文男没把话说完。

他应该也意识到自己此时已面如死灰。

天花板应该是一下子落下来的。

我们好不容易把天花板升了上去，花了一分钟。接下来我们要去开升降天花板房间的门。房门是石头的，太重了根本无法手动打开。

"接下来就要开门了。"贵之大声说道，"刚才对钢缆的修理只是应急措施，因此请大家待在这道内开门的安全范围内——"

贵之话说到一半就停下了，其他人马上就理解了其中的理由。

"啊、啊、啊、啊、啊。"

久我岛掩住嘴，背靠在门上，勉强支撑着身体。他脸色铁青，眼前的事态带给他的冲击似乎比任何人都强烈。

"这……可真是刺激啊。"

小出的反应相当随意，不过她的嘴唇也在微微地颤抖着。也许她用这种随意的语气说话只是想化解紧张。

"喂，开玩笑的吧，呐，告诉我这不是真的。"

文男跑向了"那个东西"，并没有人阻止他。没有人现在还能想到这一点。

不。

"死了。"

面对只有他看到了的事实，这个男人喃喃地说道。

我向房间里望去。走廊的亮光照到房间的地板上，照得那个奇形怪状的物体发出艳丽的血光。

她被砸碎了。

地上全是鲜血。她的身体横在地板中间，手和脚以人体做不到的方式弯曲着。

——我们也许会死在这里吧。

复苏的记忆是残酷的。

没人能预想到这样的死亡方式。

她手肘处的骨头刺穿皮肤凸了出来，撕裂的连衣裙上溅满暗红色的血迹。她的身体变成了一坨黏糊糊的液体，连内脏都被压扁，看不出形状了。完全失去了人形，只能凭借那件连衣裙判断是她。她的手腕向外扭着，稍远一些是已被砸烂的手部。

昨天夜里我真切地触摸过这只手。

小翼被砸烂，死掉了。

＊　闪回

"啊……"

我听到自己的声音渐渐沉了下去。身体变得无力，头低垂着，我用手抱住脑袋。

"话说得太过分了……"

"'不要被任何事物伤害'，我还真想像光流一样，说一次这句台词呢！"

美登里嘿嘿地笑着说道，我则说着"好烦啊"回应她。

我们这对女高中生二人组，刚刚解决了一起发生在酒店餐厅的毒杀案。此时我和甘崎美登里身上还穿着打工的制服，趁着休息时间来到酒店的天台上。

清爽的风抚过，吹动我长长的黑发。

"给那么小的男孩子建议,还真有点不习惯。明明我连社团都没参加过,倒是美登里更擅长这种事吧?美术部里不是有不少学弟学妹仰慕地喊你'美登学姐,美登学姐'嘛。"

"你嫉妒了?"

"你好烦。"我厉声说道,却不由得叹了口气,"美登里平时很会教导后辈,还经常和他们一起玩……我就不擅长应付这些。如果那个孩子崇拜的是美登里就好了。"

对于故意闹脾气的自己,我也感觉有些麻烦。美登里露出略显吃惊的温柔笑容,"你还真是什么都不知道啊。"她这样对我说道,"所谓的前辈,并不是一定要和后辈搞好关系,紧贴在身边手把手地教导后辈才是好的哦。"

"是吗?"

"就是这样。只是让后辈注视着自己全神贯注地为某些事努力,也是不错的。所以你没必要情绪低落,今天的光流非常帅气。"

我抬起头,看着离我近得超乎想象的美登里的脸,问:"真的吗?"

"嗯,真的。你怎么这么天真啊,我的侦探小姐。"

"不好意思,我真的太累了。要比别人更快地发现那些东西,真的很让人疲惫。"

"嗯。所以说,光流是独一无二的啊。侦探要一个人解决一起事件,光流有自己独特的价值。对于我来说,光流就是独一无二的名侦探。"

被美登里这么夸奖倒也不错。我知道自己的嘴角已经绽开了笑容。

"可是换位而言,我这样的角色,倒是谁来做都可以。侦探是独一无二、不可取代的,但华生的角色却随时可以被取代。真正该担心的人明明——"

我感到脑袋里血气上涌。

我抓住了美登里的衣服前襟,制服上印着的酒店 Logo 都因此扭曲了。

我靠近美登里的脸,近得能够感受到她的呼吸。美登里还是一副自在的表情,原本就有些生气的我,因为发现自己仍然喜爱着她这样的表情而对自己更加生气了。

"对于我来说,美登里就是独一无二的华生。"

"那我真是高兴啊。"

"除了美登里以外,我不想要任何助手。"

"你真热情呢。"

"我不是在开玩笑。"

美登里歪着头。

"所以不要再说那种话了。"

她长时间地盯着我的脸,没有做出任何回答或反应。

决心到了嘴边却变成了蠢话,我深深地叹了口气,松开了她的衣襟。我突然觉得有些不好意思,便把下巴搭在天台的栏杆上。美登里也一下子钻了过来。

"不过,那个孩子也许真的能当侦探。"

"他看着像吗?"

"看着像?那个孩子推理出过什么吗?"

"咦?啊,我说的看着像是指脸蛋啦。"

"能不能成为侦探,和长什么样没关系。"

"怎么说呢,那至少……"美登里从背包里取出一本素描本,啪地打开,"和我想不想画有关,所以是重要事项。"

甘崎美登里爱好绘画。她能用铅笔画出细致的素描，再用水彩上色，这是她在美术部的特长。不过她对于参加比赛没什么兴趣，只是为了使用场地和画具才加入社团的。

"我啊，"事已至此，我产生了想要坦诚相对的心情，"是因为美登里的希望，才成为了侦探。"

"因为我？"美登里瞪大了眼睛，"给人压力真大。"

"我说啊，人家是认真的——"

我正出言回应时看到了美登里欣喜地眺望着星空的样子。不知道有什么可笑的，她兀自笑了起来，那是天真无邪的笑容。她是不是在笑我呢？一方面我因为在思考这一点而无法冷静，另一方面又被她的笑容所吸引。对于总是把事情想得太复杂的我，有个像她这样的搭档是非常有必要的。

"对了。既然光流是因我而改变，那我也要因为光流而改变。"

"欸？"

"我啊，"美登里说道，"正在帮亲戚的小说绘制插画。他是写小说的，看了我的素描后，就想让我帮他绘制插画。我读了小说的原稿，觉得非常有趣，现在也很享受绘制插画的过程。"

我想要说些什么，却没有开口。

为她即将实现梦想而高兴的情绪，以及——内心被轻微戳刺的痛苦。

连我自己都不知道我到底是什么感受。

"对了，光流。"

美登里转过头来看着我。她的短发飘动着，腼腆的微笑让她更加夺目。她用柔软的手指触碰我的指尖，接下来像是缠绕一般握住了我的手。

"我们正在一点一点地改变。但无论怎样我们都要一直在一起,这一点永远都不会变吧?"

美登里为什么会说出这样的话呢?我压抑住内心的激动,只是点了点头。

"等到书出版之后,我要送给光流当礼物。"

我从紧张的气氛中解放了出来,开玩笑地说道:"那你这个未来的大画家得给我签名。"

"那就给光流送出我的第一个签名。"美登里笑着说,"会升值的哦。"

"那我期待一下。"

我这样说着,美登里满面笑容地握紧了我的手。

接下来的瞬间,周围变得一片漆黑,她的手还留在我的手中。

就是字面上的意思。她的手被人从手腕处切断了。与之连接的身体像是幽灵一般飘走了,只留下被冷酷切下的冰冷的手。之前的鲜活触感似乎还残留在我手中,让我以为现在她还能回握我的手,仿佛这只手仍不可思议地具有生命的气息一般。

尸体的指甲做了蓝色的美甲。这是美登里喜欢的颜色。

……我抬起头,看着陌生的天花板。

呼吸着粗糙空气的记忆依旧清晰。山中。大火。财田家的宅邸。我们为了躲避山火而来到宅邸中避难。

……我的手中还残留着那份触感。

我低喃着脏污的语言,连自己都听不到。

那是一场噩梦。也是我最幸福的梦。梦里我对自己是侦探以及身边有一位女性始终陪伴一事深信不疑。而后我失去了一切。只是那只手的触感还残留在我手中,使我的身体不由得颤抖了起来。我打了个喷嚏,鼻子感觉有些堵。看来昨天的感冒还没好。不,也许还是因为害怕吧。

是因为那个少年再次出现在了我的面前吗?他让我想起了我万分不愿意回忆起来的事情。现在我已经二十八岁了,我的心已经变得如同象牙一般坚固,不会被任何事物伤害。这句话,成真了。

以及,甘崎美登里已经不在我的身边了。

——可是哪怕这样,我们也一直在一起吧?这一点一直都没变吧?

这是她留给我的话。

所以我开始讨厌她了。我无法变回到认识她之前的样子了,也无法变回到失去她之前的样子了。她将"永不改变"强加给了我,我也做出了回应。可是我做不到。所以我才会用讨厌她来维持内心的平衡。

所以才会变成这样。

失去美登里之后,失眠的夜晚变多了。可像现在这么糟也已经很久没有体会过了。

我感觉每一次呼吸都像是向肺里送入烟气,皮肤上粘满汗水与污垢也让我感到难以忍受,我不想去思考,只想赶紧从这里逃出去,好好洗个澡。可我又不能放弃思考,如果真的那样做,我就无颜再面对她了。

……偶尔也去思考一下吧。

我一般会在心情不好的夜里,或者宿醉头疼的早上,还有像今天这样看不到任何希望的昏暗清晨,去思考。

如果还像原来那样和我待在一起,甘崎美登里会幸福吗?

恐怕我是不会让她幸福的。我有诸多理由推开她,可是即便如此，她还是愿意收起自己的羽翼，自说自话地待在我的身边。

而且她从不提及自己的不开心。而我也没有察觉，甚至假装什么都不知道。

那时我是不是搞错了什么呢？无论怎样我都希望待在她的身边吗？

敲门声响起。

"你没事吧，飞鸟井小姐！"

是那个叫田所的少年的声音。"你没事吧"，他用了这种不祥的遣词方式。通过这句话，我已经意识到了什么。我的身体突然沉重了起来。以前我的身体就能敏锐地察觉到悲剧发生的气息，今天，对于眼前所发生的事，虽然稍有延迟，但我仍然意识到了。同时我也感到一阵轻微的焦虑，差点撞到墙上。发生了这样的事，我居然还能呼呼大睡。

"我说。"

"怎么了吗？"

"我想请问你一件事，葛城君。"

"嗯。"

"死的人是谁？"

门外的葛城似乎并未感到惊讶。

"……是那个孩子。"

我闭上眼睛，答了一句"我马上过去"，之后门外那两个人的气息消失了。"那个孩子"是什么啊？我对这种描述方式感到生气。"如果是你的话能听明白的吧？你能明白吧？"他的话里带有这样的信息。我讨厌这样。我的头像是裂开了一般的疼，这是最糟糕的感觉。

喂，美登里。

看到这样的我，你会惊讶吗？

9 尸体【距离馆被烧毁还有 11 小时 40 分钟】

"……好过分。"

听到这轻微的嘟囔声，我回过头，发现飞鸟井正捂着嘴，神情痛苦。

我和葛城去喊了飞鸟井之后又回到了现场，然后站在内开门的"安全地带"向房间里张望着。

此时待在这里的只有我、葛城、小出，以及刚来的飞鸟井四个人。

刚才文男和贵之抱着尸体的残骸，一副失了魂的样子。文男劝说着"爸爸去沙发上休息吧"，然而他自己也是脸色苍白。这也情有可原。

久我岛在看见尸体的瞬间，脸色一下子变得极差。"想吐的话就去外面吐。剩下的饮用水只有二十瓶了，从人数上考虑剩的并不多，不能用珍贵的水来清理现场。"听到小出这样说，他就走了。胆小的他在显得比较冷静的我们之中倒像是个异类。

"田所君，你的手机还有电吗？可以的话请你拍摄一些现场的照片，之后可以拿给警察作为搜查的参考。"

"听起来就像是调查杀人事件一样啊。"小出冷笑着说道。

虽然我提不起什么劲，但还是开始拍照。

"哎呀，压轴的出场了。"飞鸟井走进房间时，葛城说道。他很少用这种找碴的语气说话，也许是因为这位同行的存在，令他燃起了竞争意识吧。

飞鸟井皱着眉盯着葛城，接下来又看了看我。

这时，我产生了一种不可思议的感觉。昨天我总感觉飞鸟井的眼睛毫无神采，就像幽灵一般。没有目标、让人捉摸不透的幽灵。

然而，现在她的眼睛变了。虽然视线冰冷，但直视着我的双眼中充满力道。为什么会这样？是因为发生了杀人事件，也让她的本性被点燃了吗？这样的话，侦探这种职业还真可以说是因果相生。

"不好意思，"我试图插入到飞鸟井和葛城之间，"昨天我跟葛城说了你的事。而且，葛城他很感兴趣。"

她盯着我看了看，然后默默地戴上了手套。

"咦，是手套啊。还真挺像那么回事啊。"小出语气讽刺地说道。

"侦探什么的，我早就不干了。这个是为了防晒放在包里的。"

飞鸟井没有继续解释下去，而是一脸随便你的样子，默默地开始检查。虽然我有些吃惊，但也知道现在并不是问东问西的场合。

这个升降天花板房间的构造相当简单。因为吊起天花板的装置放在旁边的隐藏房间里，所以这个房间里没有任何家具。若除去那道电动内开门，整个房间看起来就像一个水泥箱子一般。门的开关在门边和肩膀差不多高的位置，走廊里的开关也差不多安在同样的位置。如今这个灰色的空间里到处都是诡异的红色，仿佛孩子曾天真无邪地挥动画笔。

小翼的尸体在房间靠前的位置——也就是靠近门的位置。周围都是血迹、碎骨头和被碾烂的肉块，里侧的墙壁和地板上也溅上了少量血迹。

"为什么血会出现在门的下方呢？如果没有那些血迹，我们也许都不会发现她。"

听我这么一说，葛城点了点头。

"从尸体所处的位置来看，很难想象那些血是直接从尸体身上流到那儿的。尸体应该被移动过，在移动的过程中，在门附近的地上留下了痕迹。也就是说，凶手的衣服和手上应该也沾上了血迹。"

"既然血迹附着到了门的下方，那么凶手的鞋和裤子上应该也有。"

听了我的话，葛城又点了点头，说道："凶手应该把那些衣服处理掉吧。"看来他已经知道我要说什么了。

"在这种非常时期能处理掉衣服吗？"

听我这么问，飞鸟井耸了耸肩，道："谁知道呢？或许有人处理衣服并不麻烦呢。"

住在宅邸里的人……

"话说回来，这种残酷的死法——"飞鸟井看了看那残破的尸体，扬起了头，"是由升降天花板造成的吗？"

从尸体所在的位置往上看，白色的天花板上确实留下了鲜艳的红色血迹。地上还有从天花板滴落下来的血迹。而现在天花板上的血迹应该都凝固了。

"从天花板上的痕迹来看，应该是升降天花板造成的惨剧吧。"我说道，"不过也有可能是在什么地方坠落致死，凶手再将尸体搬运到了这里。"

"如果只看尸体状况，确实有这种可能，"葛城摇了摇头，"可那样的话，把天花板降下来就没有意义了。而且，将在别处坠落致死的尸体不着痕迹地搬运到这里，也不现实。"

我的推理一推即翻，不过葛城的论证非常严密，让我并不怎么生气。

"这个房间里没有家具，就是为了确保升降天花板的移动路线上没有障碍吧。"飞鸟井自言自语地嘟囔着。

"还真是个空空荡荡的房间，就连绞车也放在别的房间里。"小出一个人解读着，"还真是天花板降下来弄死的啊，真是吓人。"

"这要怎么形容呢……'压死'吗……"飞鸟井语气沉痛地说道。她消沉地低头看着小翼的尸体。"落下的升降天花板导致大量出血和全身复杂性骨折，应该是一压人就垮了。"

听了她的话，我再次低头看着那具死状惨烈的尸体。那画面让人无法直视。

在原本应该是小翼的胸前部位，我发现了一个闪闪发光的东西。

"这是……？"

我还在纠结，飞鸟井已经踩到血泊里，在小翼的胸口探查了一番。小翼的脖子上戴着项链，项链上挂着一把钥匙，钥匙上还有个铃铛。我想起在山道上听到过的铃铛声。

飞鸟井用手帕包着钥匙拿了起来。这是哪里的钥匙呢？也许是因为天花板降下的时候被压到了，钥匙的一端扁了，看起来已经不能正常使用了。

"问问贵之和文男先生，他们可能知道。"

飞鸟井说着，将钥匙吊坠从尸体身上取了下来。

"这种恐怖的死法吓着大家了吧？"飞鸟井回头看向我们，"其他人怎么样了，田所君？"

我把发现尸体时的情况告诉了她。现在回忆起来，也不知道作为亲属的贵之和文男受到了多么大的打击。

听了我的描述之后她闭上了眼睛,也许是在思考什么吧。

"我记得启动升降天花板装置的机关在一楼的隐藏房间。"

"是的。"葛城回应了飞鸟井的话,"在一楼走廊那边的隐藏房间里,放着能吊起这里的天花板的绞车。发现尸体的时候绞车的钢缆断了,我们重新将钢缆卷好,把天花板吊了起来。当时是我和田所君,还有贵之先生、文男先生以及久我岛五个人一起弄的。"

"做得不错啊,"飞鸟井面无表情地说道,"不愧是现役侦探。从这个房间到隐藏房间,距离多远?"

"过去用不了一分钟。隐藏房间就在左边的第一个房间,打开隐藏房间的机关在途中的地板上,只要一下就打开了……"

"原来如此。也就是说正好和这个房间相接是吧?"

"话说,现在这样,这个天花板不会掉下来吗?"

听到小出这么问,葛城回答道:"现在已经固定好了,应该没事。

"发现的时候是天花板落下、门关着的状态。而且因为天花板堵住了门,所以门是打不开的。"

"钢缆还断了,无法吊起天花板。"

"这样一看,这些全都不对劲啊。"我低吟道,"是有人操纵绞车将天花板降下,杀死了在这个房间里的小翼吧?这到底是怎么做到的啊……"

葛城和飞鸟井都没有回应。是因为侦探都喜欢摆架子吗?他们完全不搭理我,搞得我也有点上火。

"不可能做得到吧。第一,要怎么精准地狙击呢?昨天我也进过那个隐藏房间,从那个房间看不到这边的情况……"

听到葛城的话，小出从鼻子里发出哼的一声。

"正如你所说，这个房间只有一道门，连扇小窗都没有。也就是说，没有办法从外面确认里面的情况。"

"能不能通过声音来确认呢？"我想到这一点。

"要试试吗？田所君现在去那个房间，看看能不能听到我们在说什么。"

我表示赞成。飞鸟井有些不情愿，但也同意了。于是我和小出去往隐藏房间，飞鸟井和葛城则留在升降天花板房间。关上门时两个人都露出了不安的神色，不过我们约好三分钟后一定会来开门，他们才安心。

我和小出在隐藏房间里等了三分钟，却没有听到任何声音。

"回去吧？"小出有点无聊地说道。

我们回去时看到葛城的脸涨得通红，飞鸟井也是一脸不舒服的表情。

"我们用了吃奶的劲儿，大声地唱了校歌。"

"真的假的啊。"小出吹了声口哨。

"完全听不见。不好意思，葛城。"

"不，没关系。看来只要关上门，隐藏房间里就什么声音都听不到。如果站在门前呢？"

"一样。因为墙壁很厚，完全听不到里面的声音。"

"嗯。"葛城点了点头。

"关上门之后，我们又发现了一件事。"葛城调整着呼吸，换了个语气说道，"这个房间的门是双开的内开式，所以，在门开着的状态下，也就是能从外面看到里面的情况下，天花板是可以停在门上的。"

石造的厚重大门高约两米五，这门相当重，用手根本无法推动。门的内外两侧都有电动开关。

有这般厚重的石制门，哪怕天花板降下来，也不会把门压垮吧。

"如果门开着，下降的天花板会变倾斜吗？还是说那时候小翼已经被压死了……"

"嗯，所以，小翼死的时候，门应该是完全关上的状态。"

"如果是这样，凶手到底要怎么确认小翼在房间里呢？"

我揉着太阳穴，进行推理。

"有几种假说。第一，事前从本人那里得知。第二，凶手看到她进入了房间。第三，凶手能够预估到小翼有进入这个房间的理由。"

"目前来看，这几种都有可能。"葛城皱着眉头，"可是，这样考虑的前提是凶手的确是用降下天花板的方式杀害了小翼……而最大的问题是，为什么小翼不打开门逃走呢？"

"啊……对啊。"我点着头说道，"如果门是向外开的，那凶手可以设置路障，防止被害人逃出。但门是向内开的，所以不存在这种可能。而且这道门没有把手，无法从外面将门锁上。"

"晚上，在这个没有灯的房间里，很难想象小翼进入房间后会把门关上。而且在尸体旁也没有找到手电筒之类的东西，把门关上就是完全的黑暗状态了。在这个什么都没有的房间里，她要在一片黑暗中做什么呢？"

"……用荧光涂料画什么东西吗？"

葛城白了我一眼。

"总之，我们假定事件发生时小翼打开门进了房间，之后凶手按下了走廊里的开关，将门关上。然后凶手再到有绞车的隐藏房间里，破坏了用来固定钢缆的部分。我们找到钢缆时，发现用来固定的螺丝被卸下来了。这还真是个大工程。"

"只要卸下一个螺丝，由于重量的作用，其他的螺丝就也可能松掉。但也必须使用工具才能完成这些操作，而且两台绞车要分别操作。不管怎么说，至少需要五分钟吧，现实一点考虑，大概要十分钟吧。"

"五分或者十分啊。"葛城沉吟道，"小翼小姐注意到门被关上之后，有十分钟的时间可以打开门逃出去。"

"会不会是被绑住了，或者喝了安眠药一类的？"

飞鸟井回应着葛城的疑问，但她并没有看向我们。

葛城说道："我查看了还算是保有原状的那部分皮肤，上面并没有类似被捆绑过的痕迹或者此类压痕。还有她的手腕和脚腕这些地方也都没有。"葛城也没有看向飞鸟井，"安眠药倒是有可能，但从哪里能拿到这种东西呢，也是个问题。"

"还有别的可能性吧，"我插嘴道，"会不会是为了逃离凶手，她才躲进了这个房间？"

"特意逃进这个房间？如果要逃跑，还有好多房间可选，而且就算逃进了这个房间，看到天花板降下来，她也可以出去啊，没必要把自己压死吧。"

"那么……"

正当我打算再说一个假说时，飞鸟井给我泼了冷水。

"你们俩还真是配合默契啊。"她说出了自己的感想，"现在讨论可能性还为时尚早。不过提出问题和假说的田所君，还有对判断和假设进行整理、再一一否定的葛城君，你们分工得不错。两个人的脑子都转得很快嘛。"

"倒也没有那么厉害……"葛城撇着嘴说道。

既然飞鸟井这么说了，意思就是并不想跟着我们的步调走。

我意识到她嘴上在夸奖我们,实际上却话里有话。

"可是你们的步子迈得有点太大了。"

"还请'前辈'指点一二。"葛城趁势说道。他的口气稍显强硬,这对于不擅社交的葛城来说可谓少见。我无法从他的表情看出他的想法,不知是对这位女侦探产生了竞争意识,还是单纯的尊敬。

"那就先来确认前提吧。先带我到有绞车的隐藏房间去看看怎么样?"

于是我们带着飞鸟井,走向刚刚去过的隐藏房间。

她蹲在绞车旁,视线停留在此时还固定在绞车上的那一部分钢缆上。飞鸟井叫了一声葛城,询问发现钢缆断裂时的情况。

飞鸟井检查的期间,葛城从隐藏房间的入口到最里面来回走了好几趟,不知道是不是因为太无聊了。

最终飞鸟井叹了口气,说着"我们回客厅吧",然后站起身来。

"这家伙还真是的,"小出笑着说,"果然侦探都喜欢装模作样啊。"

这时,某处突然传来"轰"的一声巨响。

"怎么回事?"小出四处张望着问道。

"像是打雷的声音。"

"暴风雨又要来了吗?"

"可是没看见闪电啊。"

我们透过走廊里的窗户向外张望,却并没有看见闪光。

"是不是落在其他方向了。"

我这么说着。葛城抬头看着天上,回答着"啊,应该是吧"。

我无意间看了眼时钟,现在的时间是早上九点。距离发现小翼的尸体已经过了一个小时。

我们正准备回客厅的时候，久我岛从里面走了出来。他手里拿着收音机，气喘吁吁的，额头上还冒着汗，看起来正要向走廊深处走去。

"喂，你怎么慌慌张张的？"

"怎么回事，你们没听到吗？"他大声说道，"救援，救援要来了！"

救援？这时我突然听到了直升机的声音，不由得"啊"了一声。

"直升机来了！"

"嗯，是的，我正打算去塔上求助。文男和贵之先生也要出去呼救呢。从空中可以看到那里。"久我岛提起收音机继续道，"收音机里正在播报山火的新闻，不过信号太差了，根本听不清。我想着爬到塔上的话收音信号应该会好一些……不过收音机什么的都无所谓，我们马上就要得救了！"

我感到希望从胸口涌了上来。如果说希望也有声音的话，现在这声音就是直升机螺旋桨的声音。

我们四个人跟着久我岛爬上塔。是宅邸的四个塔之中靠前侧，也就是面向山外侧的那座。

从塔的窗户往下看，能看到正在燃烧的森林。草地上的火势已经蔓延开，现在烧到了河边的矮树丛附近。大火距离我们只有一公里了。

我抬头看着上空，一架白色的直升机正在盘旋。此时它距离宅邸大约五十米。

我们要得救了！我的身体被安心感以及随之而来的欣喜充满。

"喂！"久我岛拼命大喊。他从窗户探出身体，来回地招着手。飞鸟井说着"危险"，从后面按住他的腰。不过她的脸上也浮现出安心的表情。

这时，直升机突然开始剧烈地摇动。

"怎么了？"

我一边说着一边看着旁边的葛城。葛城的脸色发青。

"是风……"

"什么？"

"是强风。因为强风，导致直升机无法靠近。"

在场的所有人都一脸惊呆了的表情看着葛城。飞鸟井摇了摇头。

"确实，从昨天开始就一直在刮风。山的那一侧是悬崖，风会吹上来。直升机安全航行能接受的最大风力是八级，秒速约二十米，就是那种能折断小树枝的风。"

为什么葛城和飞鸟井对风力知识都如此了如指掌，我感到目瞪口呆。昨天晚上，我上到对侧的塔上时就感受到了风力之大。现在看到直升机的倾斜程度，想必上空的风一定吹得更加厉害。

"看直升机的晃动程度……应该是超过八级的大风了吧。这样的话，直升机也没法丢下绳索。不行，我们无法安全避难。"飞鸟井咬着嘴唇，不甘心地说道。

"怎么会这样……"

正当我意志消沉的时候，突然听到葛城"啊"地叫了一声。

"快、快看！直升机回去了！"

只见直升机向着其他方向飞去，渐渐消失了。我们有一种被背叛的感觉。在有了希望之后，这种伤害变得更加沉重。飞鸟井和葛城都茫然地看着直升机消失的方向，久我岛则坐倒在地上，小出不快地咂着舌。

被久我岛放在地上的收音机,像是火上浇油一般发出了声音。

"从昨天开始,在 N 县 M 山发生的森林火灾……已经蔓延至海拔一百米左右……虽然派遣了两架无人机拍摄,但都因为风力过大而坠落……采访直升机也无法靠近着火现场……消防厅的援救直升机尝试在强风中靠近……却无从进行救助……"

我们迈着沉重的步伐走回客厅,文男和贵之已经回来了。此时除了雄山以外,宅邸内还有七名幸存者。财田贵之蹲在沙发前,双手扶着额头。财田文男则深深地陷在椅子里,抬头看着虚空。

"你们回来了啊……"文男出神地说道。也许是因为小翼的死让他憔悴,再加上救援直升机离开带来的失望,他的脸看上去毫无生气。

"这样下去,还会有人来救我们吗?"久我岛铁青着脸问道。

他的问题让大家更焦虑了。

"不知道啊。"文男应付道。

"接下来,寻找秘密通道这件事更具现实意义了啊。我不会再嘲笑做这件事是白日做梦了。"贵之无力地摇着头说道。

飞鸟井像是死心了一般闭上了眼睛。

"在无法期待直升机救援的情况下,我们只有一件事能做了。那就是所有人一起,齐心协力——"

"所有人?"

文男身上的气息变了。

"不……不行。不是所有人一起。到底是谁干的,到底是谁对小翼做了那样的事……我不能原谅……绝不原谅!"

文男的语气变得狂暴了起来。

"如果我们当中有人杀死了小翼,那家伙就没有获救的资格!他应该一个人烧死在这里。在弄清楚凶手是谁之前,这里不需要你们帮忙。"

对啊,凶手到底是谁……而且,为什么要在这种时候行凶?所有的疑问,推导到最后就集中在了这两点上。那奇怪的杀人手法,以及内开门与升降天花板的移动路线,这两个细节问题也还没有解决。葛城会给出怎样的答案,虽然有些不合时宜,但我还是对此充满了期待。然而一想到这里,下一个瞬间,小翼的笑容就会浮现在我的脑海里,深深地打击着我。

"不。"

打破沉默的人是飞鸟井。

"那不是杀人事件。这里没有凶手。"

然后这位前侦探平静地继续说道:"这是一起不幸的事故。"

10 讨论 【距离馆被烧毁还有10小时31分钟】

"是事故?"贵之有些抓狂地大声问道。

我也不明白飞鸟井话中的意思,以及她说这句话的意图。那真的是事故?

"事故?你有什么依据吗?"贵之问道。

"因为这么想最为合理。首先,钢缆的裸线断了一根,那是由于弯曲导致的裸线扭曲,是积年累月造成的老化现象。而钢缆断裂,是因为承受不住重压,所以才会产生粗糙的断面。"

葛城小声道:"我也这么认为。"

"裸线断了一根之后,剩下的裸线承受的压力就会急剧增加。固定用的螺丝也因为承受的负荷过大而坏了一颗,固定处负担增加,导致螺丝无法再钉住钢缆。这才引发了这次令人心痛的事故……"

飞鸟井懊恼地摇了摇头。

"这是一起令人悲伤的事故。但没有必要去怨恨谁。接受它是一起事故的事实,眼下继续往前走吧。如果可以的话……"

"两个同时吗?"葛城厉声问道。同时箭一般的目光射向飞鸟井,让人感觉浑身发冷。

"什么意思,葛城君?"

"两台绞车同时发生了事故吗?这也太巧了吧?"

"也不是完全同时。第一台绞车坏掉的时候,另一台吊着天花板的绞车所承受的重量加倍了。这多出来的负荷导致另一台绞车也坏掉了……我是这么认为的。当然,激增的负荷是有时间差的,不过应该不到一分钟吧。"飞鸟井用淡淡的语气说道,"而且,如果这不是事故,那又是什么呢?"

我注意到她的嘴角浮起了浅笑。我的确看到了,但因为只是一瞬间的事,所以不敢太肯定。她是要引诱葛城,她是想要从葛城嘴里套出什么话来。

"是谋杀。"

葛城咬牙切齿地回答。文男和贵之的脸上流露出紧张的神情,久我岛则屏住了呼吸。小出的表情让人难以理解,她像是在观察某种很有趣的东西。

"说起来……你是个侦探吧?"文男看着葛城说道,"如果这是杀人事件,那请你告诉我,凶手是谁?我应该惩罚的人是谁?回答我啊,侦探。"

"哈哈,这就有意思了。葛城是侦探?"小出夸张地拍着手,"飞鸟井之前说过她'已经不当侦探'了吧,那这不就是侦探和前侦探的对决了?"

贵之和久我岛都因为突然出现"侦探"这个词而感到震惊。这也是理所当然，在这个密闭空间里，竟然有两个挂着"侦探"这个怪异身份的人物，也太凑巧了。

"我认为天花板是人为降下来的。但绞车的钢缆并不是被人为切断的，而是像飞鸟井小姐所说的那样，属于自然现象。然而，是有人故意拧松了螺丝。"

"可是，那要花多长时间来操作呢？葛城君和田所君计算过相应的时间吗？先在升降天花板的房间外将房门关上，再移动到隐藏房间，对隐藏房间里的两台绞车进行操作，让天花板落下来。依你们的推理，需要五分钟，甚至十分钟吧？这样的话小翼有充分的时间逃跑啊。"

"可是——"

"第一台绞车的螺丝被卸下之后，升降天花板房间中的人应该会注意到房间里的变化。那时小翼完全可以按下电动门的开关，打开房门逃出去。"

"这个嘛……"

"还有，哪怕是杀人，也没有必要特意卸下螺丝吧？直接把天花板降下来不就行了，操纵绞车就能完成。为什么要特意在螺丝上做手脚，搞得这么麻烦呢？"

葛城沉默了。

"如果是事故，这些就都能说得通了。可是如果当成杀人事件来思考，就必须解决几个矛盾之处。为什么要选择这样的杀人手法呢？为什么要如此费力地在螺丝上做手脚呢？为什么小翼注意到天花板的变化，却没有逃出去呢——"

飞鸟井的说话方式听起来就像是老师对着差生温柔地进行谆谆教诲。这种老师往往会给周围的人留下很好的印象，却会给特定的学生很大压力,可以算是有点狡猾。

"……是门!"

葛城像是反抗一般提高了音调。

"先利用钢缆对门做些手脚!这么想如何?先让天花板倾斜,堵住门。将被害者逼到不得不离开门边,逃进房间,之后凶手再慢慢地将另一个绞车的固定螺丝卸下来。"

贵之和文男的神色明显一变,残酷的想象使得他们的脸色阴沉了下来,并且开始对说出这番推理的葛城感到排斥。久我岛半张着嘴,浑身发抖,他似乎在拼命努力理解眼前的事态。小出露出了笑容,像是觉得这番发言十分有趣。这是葛城的失败。因为他过分专注于追求真相,而忽略了现场的气氛。

飞鸟井张开了嘴。她眯起眼睛,脸上的表情很温柔,露出甚至可以说是慈爱的笑容。就像是在说"**真是没办法啊,只能由我来告诉你答案了**"。

"小翼小姐的尸体,是在升降天花板房间的何处被发现的呢?"

"是在靠外面的地方……"

葛城停下了。

如果葛城的推理是正确的,那么小翼应该是在房间靠里侧被压死的。

"和你的说法不符啊。"

"怎会如此……"

贵之像是要将杂念抛开一般摇了摇头。

"事故吗……这样的话妹妹就无法超度了,但听起来确实有一定的道理。"文男悲痛地说道。

"可是!那样的死法!那样的死法,应该不是事故吧!"久我岛发出大声的惨叫。

"听起来真是够巧的。"小出从鼻子里发出哼声,说道。

"等、等一下。"

我慌忙站了起来。如果现在不反驳,这件事就会被定性为事故了。

"的确有事故死亡的可能性。有关钢缆的说法,以及天花板降下来的时候小翼为什么没有逃走,确实如飞鸟井小姐所说,有种种不自然之处。但这些疑问应该也有其深意……"

"那么,关于真相,你能说出什么想法吗?"

我的身体僵住了。接下来,一股无力感向我袭来,但我无法回答"我不能"三个字。

葛城的鼻翼抽动着。

来了,我做好了准备。他开始有反应了,搞不好他会引发新的混乱。不过这也确实是打破僵局的契机。

"你啊……为什么那么拘泥于事故呢?"

"你说的拘泥是什么意思,我只是在陈述自己的意见。"

说到这里,飞鸟井停了一下,又加强语气说道:"真正拘泥于什么的人,难道不是葛城君吗?"

葛城的视线有些犹疑。他动摇了。葛城这家伙。

"……田所君说你以前曾是个天生的侦探。"他开口道。

"天生?这说法可真够怪的。算是这么回事吧。不过都是过去的事了。"

"所谓的侦探,不管在什么时候都应该追求真实。是不管要造成多少冲突,都一定要将真相置于阳光之下的人。至少我是这么认为的。我们都要忠于事实,不管什么时候,只有正确的推理才是正义的吧?"

飞鸟井露出了厌恶的神色，神情有些扭曲。不过她马上回过了神，露出略带迷惑的笑容，慢慢地摇了摇头。她的表情中包含了某种幼稚的热情，以及忧郁、怀念的气息，又像是解除了心病一样的感觉，还散发着"你还年轻啊"的信息。

我回想起十年前和飞鸟井光流相遇的那个夏天。这十年里到底发生了什么呢？到底是什么把她变成了这样？

"有时，推理也会夺取人的生命。"飞鸟井语气冷静地说道，"所以我不再当侦探了。"

葛城没有说什么，我也一样。

"十年前的冬天，有一个叫甘崎的女孩被杀掉了。就是因为我是个侦探。"

我终于知道为什么那个人不在她身边了。

飞鸟井在椅子上换了个姿势，像是正压抑着自己的感情一般说道："在我和甘崎就读的学校里接连发生女学生被害事件，杀人犯会对尸体进行猎奇的装扮。我们的同学中有人不幸丧命，尸体也被杀人犯依照喜好用花装饰了一番。那时，甘崎说……"

——我们一定要抓住这个家伙。

还真是傲慢啊。不过，能让她们产生这种决心，那起事件应该对两个人都造成了冲击。

"我和甘崎有解决杀人事件的经验，那些事件几乎都是以前打工时遇到的。"

"我和飞鸟井小姐相遇时的那起事件就是其中之一吧？"

飞鸟井露出有些微妙的表情，点了点头。

"有同学在这起连环杀人事件中遇害，这对我们造成了相当大的冲击。而且之前我们从来没想过会接触抓捕连环杀人犯这样的大事件。"

真是太把自己当回事儿了，飞鸟井自嘲般地笑了起来，看上去像是在责怪自己。

"我们发现了杀人犯的行凶模式。每隔八天，他就会杀一个人。作案地点也有一定的规律。在地图上标出来之后，就能看出他的意图。"

原本还沉浸在家人去世的悲伤与愤怒中的贵之与文男，此时也倾身向前听着她的讲述。他们应该是被飞鸟井的故事吸引了。

"当时甘崎的哥哥在警视厅任职，我们通过他向警方提供了调查出来的信息。我们推测接下来凶手会在星期五去某个地方作案。其实那时我们的推理更像是在玩游戏，不过警方还是提前在那个地方进行了紧急安排。而当天确实发生了杀人事件。"

这时，久我岛胆怯地说道："飞鸟井小姐防范了那起杀人事件吗……"

自信在句尾消失了。

"没错，我防范住了那起杀人事件。然而，之后又发生了一起杀人事件。"

飞鸟井接下来的讲述充满了痛苦。她神情苦涩，交握的双手颤抖着。

"……听说警察内部有人泄露了消息，告诉了连环杀人犯户越悦树是我们提供了信息。"

那是冬天，下着冷雨的星期一发生的事。

* 回想

从早上开始就一直下着冰冷的雨。湿度很大，嗓子的状况不错，张嘴却吐出来一团白气。我平时怕冷，所以穿上了保暖紧身裤。

我把嘴从围巾里探出来，呵了一口白气。今早实在是太无聊了，搞得我要用这种无聊的举动来打发等待电车的时间。

我站在八号车第三道门的上车等候处。站在这里的话，就能看到总是比我晚两分钟到的甘崎美登里说着"早上好"，挥着手从我的视野左下方出现。我们会开始没什么意义的对话，兴致好的时候她会从后面抱住我，兴致不好或是身体不舒服的时候，她就会默默地站在我身后，要由我来主动搭话。换季的时候我经常心情不好，她就会夸我的衣服好看，我会回答"明明每年都穿这几件啊"，她则会笑着说"好久没看了很新鲜"。对于她来说，不管是酷热的夏天，还是严寒的冬天，的确每年都会感到新鲜，我还真有点羡慕她这一点。

从夏装到秋天套上毛衣外套，再到今天终于换上了冬衣，可她却没有出现。很遗憾，今天没有属于我的夸赞了。我的心中就像被开了一个小小的洞，始终无法平静下来。

到了电车到站的时间她也没有出现，我像平时一样上车坐到靠边的座椅上。一位穿着西装的大叔冲了进来，坐在了往日甘崎坐着的位置上。

昨天是周日，甘崎去见那位写幻想小说的亲戚了，给对方看她画的插画。

"好期待啊，这可是我的自信之作呢。"

我之前曾央求她给我看看，她却说着"不行"，死死抱住常用的文件夹，摇着头拒绝。那是一个A3大小的折叠式文件夹，里面装着她的素描本，她总是随身携带。

"为什么不行啊。这个文件夹里面还装着个塑料文件夹，我知道的，那么重要的东西肯定就放在里面。还有啊……"我继续说道，这时我的心里生出了一点恶作剧心理，"到时候出版了，会被更多人看到啊。"

"光流好过分。可是给光流看草稿是另一码事嘛。因为光流会在大脑中将想到的东西完美地拼凑在一起，然后再说出自己的推理，不是吗？"她有点赌气地说道。可这根本就是两码事。

我听她讲过那本幻想小说的故事片断，也在心里形成了一些印象。故事大概是讲有八颗宝石散落在世界上，少男少女们必须经历一次一次的冒险，将这些宝石收集起来。但越是有了一定的印象，就越是难以想象她会画成什么样。就让我看一下嘛，我怀着轻微的嫉妒心，请求美登里给我看看草稿，她却坚决反对。

——真是好期待啊。

那位作家算多有名呢？这本书的印量会是多少呢？她曾经说过期待看到书店里摆满这本书，但如果到时候这本书并没有摆在展示台上，而是只有一本插在书架上，她会感到失落吗？我的脑子里净是这类毫无意义的想法，却从没在她面前开口提起。这些事都无关紧要。看到完成的书籍时，这个世界上就只有画出了插画的她和看着插画的我两个人，就连小说的作者也无法介入我们之间。

走出车站，我撑开伞，雨滴打到伞上的声音和周围同学们的交谈声钻入我的耳朵。

校门口聚集了一些学生，他们的样子很奇怪。我的心里有了一种预感，之前被卷入事件时我也曾有过这样的感觉。我嗅着现场的空气，将伞丢下，大叫着冲入人群之中。从远处传来"你们不要再看了"的怒吼声。

看到那副光景的时候我知道，今后的夜晚，我将再也无法平静。

她的脸十分苍白，痛苦地扭曲着，眼睛瞪得很大。她的身体周围摆着五颜六色的假花，在大雨之下，花朵闪耀着鲜艳的光彩。我看到了羽翼，她的身边发散出多彩的羽翼。现在回想起来，在我需要她的时候，甚至想要折断她的羽翼来将她留在我身边。**哪怕这样，我们也会一直在一起吧？一直在一起，永远都不会变吧？**夺走了她羽翼的人明明就是我。现在一切都太迟了。

凶手有为受害者美甲的癖好。拨开周围的花朵，我看到了简单的黑白格子图案美甲。

尸体旁丢弃着她平时喜欢用的文件夹。因为是纸制的，此时已被雨水浸湿。

从文件夹的一侧能看到一些纸张。我下意识地取出手帕包着手，打开折叠文件夹，但里面的塑料文件夹空空如也，她的画不见了。是凶手带走了吗？到底是怎么回事？我的大脑一片混乱。

取而代之的是塑料文件夹里夹着的一张纸。一张小小的纸片，上面用黑色笔迹工工整整地写着：

都是因为你，较量重新开始了。

一名女教师从我身后抱住我，这时我才终于意识到自己正在大吼大叫。纸片从文件夹中落下，掉到了地面上，沾满被雨水打湿的泥土，又被人踩踏。我意识到打湿脸颊的并非雨水。

"都是因为我！"

我听到自己破碎的声音在空中回响。

"都是因为我……"

*

"甘崎死后，我继续追查着户越悦树。最后，在警方实施抓捕前，他上吊自杀了。这算是我作为侦探的最后一项工作。"

由于她的结语过于简洁，导致我过了一会儿才意识到她的讲述已经结束。真是个让人不尽兴的结局啊。

"自杀……也就是说户越承认自己的失败了吗？"

"现场留下了遗书，也找到了连环杀人事件的证物。我和当时的警察都认为，这就是认输的意思。"

听完飞鸟井讲述的沉痛往事，大家一时间都沉默了。财田贵之带着一脸痛心的表情缓缓摇着头，文男抱着胳膊低着头，久我岛似乎不知说什么好，盯着飞鸟井。一直抱着胳膊靠在墙边的小出一动不动，也没有说话。

葛城的身体颤抖着，他数次动了动嘴，却又犹豫了。最后，他终于像是下定了决心一般说道："也就是说，最后，你逃离了侦探这个身份？"

我不由得站起了身。

"葛城！你这说得也太……"

现在的葛城正在发狂。他甚至无法注意到站在他那边的人正在减少。

"田所君。"也许是发现了我的不安，飞鸟井开口道，她的语气就像母亲一般温柔。

"我并不在意。"

飞鸟井虚无地笑了起来。

"葛城君说的没错。不管怎么说……"她缓缓地站起身来，"没错，我放弃了推理。不管是解谜还是当侦探，我都放弃了。"

飞鸟井的语气听上去满不在乎，像是一种将错就错的态度。

"不过那是因为，我已经知道有的事情是不能仅仅只靠推理解决的。我不再像过去那样盲目了。此时我们所面临的事情也是这样。"

她摊开双手。

"现在我们因为一场山火而处于危险之中，救援直升机又因为强风而无法靠近，被迫离开。我们的正面是大火，背面是悬崖，无处可逃。山火已迫近到我们前方一公里的地方，是祈祷风力减弱，还是等待消防员灭火，又或者期待一场奇迹般的大雨降临呢……这才是眼下要直面的现实。"

"不过，"她继续说道，"正如最开始葛城君所提到的，这个宅邸中可能存在通向外面的密道。如果能够找到密道，我们生还的可能性就大大增加了……我们不只应该祈祷，还应该利用自己的力量，努力寻找逃脱的机会。"

"前提是，密道真的存在。"

虽然小出泼了冷水，但其他人似乎都被飞鸟井的演说吸引了。

"所以，我们现在应该做的是分头寻找这个密道。或者说是分工合作，为了获得救援而分头工作。而绝不是……"

她低头看着葛城，说出了后半句。

"一味沉迷于推理，逃避现实。"

小出所说的这场侦探与前侦探的战斗——已经分出了胜负。

葛城坐在原地，抬头看着飞鸟井，咬着嘴唇。他似乎在回味飞鸟井的提议，评估着其中的人性问题。

"的确……你说的有道理。"此时贵之严肃地说道，"不管在这里怎么讨论，都无法改变山火迫近的事实。如果我们互相猜疑，全员可能都无法生还。飞鸟井小姐还真是个现实主义者。我赞同你的观点。"

年长者盖棺定论，定下了这场讨论的基调。

其他人也纷纷表示赞同，我和葛城被孤立了。

"你呢？你们怎么说？"飞鸟井问葛城。对于她后面才把我加上这件事我感到相当生气，说得像是我做不了主一样。

"的确，现在是大家齐心协力的时候。如果有体力活，就交给我们吧。毕竟我们年轻。"

虽然有些懊恼，但我还是用逞强到夸张的语气这么回应。虽然我也很想站在葛城那一边，但我更不想与其他人为敌。我就是这么软弱的人。

"我无法认同你的理念。我认为，推理也能改变一些事情。"

"这还真是年轻人的特权啊。我都听晕了。"

飞鸟井的语气像是在开玩笑，却带有煽动性的恶意。看来她对于某些无法再取回的东西产生了深深的恨意。

"……不过当下，我想，你的意见是正确的。"葛城屈服道。

我暗暗吃了一惊，却又认为这才是妥当的应对方法。此时明显大部分人站在飞鸟井那一边，我们应该尽量避免在这种封闭的环境下被孤立。

同时，我也确实感受到了她巧妙的能力。她用"年轻"这一理由解释了葛城的行为，巧妙地化解了贵之和文男的反感。**你们可别忘了他们还年轻啊**。她是特意说给那两个人听的。**所以，要不就宽宏大量地原谅他们吧？**结果最后，她成功让葛城也加入了自己的阵营。

还真是老奸巨猾啊，我的脑海里浮现出了这样的字眼。不过，确切地说，虽然我这么感叹，但被直接当成目标的葛城却并没有完全走进她的阵营。他还是有些不服气，证据就是他的手还在颤抖着。

飞鸟井光流应该不是这样的人啊……与此同时，我的心中生出失望感。虽然她的推理能力和思维还和过去一样优秀，但是她身上的光芒消失了。这是因为我变成了大人吗？还是因为她变成了大人？不管是哪一种，总之一切都变了。

她真的是像她所说的那样想的吗？是不是因为想要达成某种目的，才不想让我们追究真相？但是，她为什么要这样做？我搞不明白。

"我就算了。"

一直靠在墙上的小出终于挺直了身子。

"我不喜欢集体行动。不过，我也想要逃出去，我会一个人去找密道的。当然，如果我找到了也不会瞒着你们，从结果来说没什么变化。这样没问题吧？"

她的语气听起来不容分说。飞鸟井却并不退让。

"你真的会和我们共享信息？"她尖锐地问道。

"你不相信我？"

"也不能保证你不会一时兴起，自己一个人逃走吧？"

小出嘲讽般地笑了起来。

"如果真的能一个人逃走，看着你们六个人被烧死在火中，那也挺有意思的。啊，加上雄山先生的话就是七个人了。不过，你不用想那么多，这样做对我来说没有任何好处。"

好处，这个词让我心头一紧。

全员认可飞鸟井的提议时，也让大家产生了一个连带的错觉，好像这里的所有人是一体的。但其实明明还有并不认同她的葛城，以及乖张的小出。

如果事实正如葛城所推理的那样，财田翼是死于谋杀呢？

可以确定的是，只有那名凶手能从飞鸟井的提案中受益。因为这样一来，等于停止了对他的追查。

我尽量压抑住身体的颤抖，打量着在座的所有人。

这其中，大概混着杀人凶手吧。

11 对策【距离馆被烧毁还有 8 小时 58 分钟】

我们开始分头行动。

体力充沛的我、葛城、文男和久我岛在宅邸周围进行挖掘，挖出一条约一米深的沟，也就是通常所说的防火带。把带有水分的土翻到地表，可以阻止火烧过来，这是葛城提供的知识。

待在室内的小组以飞鸟井光流为中心，再加上贵之和小出。他们在宅邸中寻找密道。虽然小出说不想组队，但是她也说了"想在宅邸中调查"，方便起见，我就姑且把她算进了那个小组。

我们从堆着修剪钳和推车的仓库里找到了铁锹和铁铲。修剪钳上写着"贵之用"的字样，还在这种东西上标上名字，看来主人的性格十分严谨。葛城一边说着"没准这个能用得上"，一边也将修剪钳拿在手里，不过使用了一下就发现已经生锈了。

"这是左撇子用的啊。"

听到我这么说，葛城若无其事地回了句"啊，确实"。

"这个应该能用来修剪枝叶吧。这里有左撇子吗？"

"啊，我是。"久我岛举起手来。

"那这个就交给你吧。"葛城露出深思的表情，轻轻地将钳子递了过去，"高处的之后再拜托贵之先生吧，只要剪掉能透过窗户够到的就行。等我们挖完防火沟再剪吧，待在下面还是挺危险的。"

我们这一组的目标是：第一，把水分较多的土壤翻到地表。第二，挖掉宅邸周围的杂草，防止大火通过草地烧过来。如果能用修剪钳把伸向宅邸的树枝剪下，效果就会更好。

我们用毛巾捂住口鼻，这样可以避免吸入被风吹来的烟。

等到只有我和葛城两个人的时候，我想起了刚才我们和飞鸟井的较量。

"对不起。"我说道。

葛城露出一脸不可思议的表情。

"你说什么呢？"

"刚才飞鸟井小姐的事。你主张那是杀人事件，但最后大家都不认同。我也没有站在你这边，而是被飞鸟井小姐说服了。"

"是啊。你也认为'应该齐心协力'，而且你还说我们年轻人要多干体力活儿。全拜你所赐，现在我们干的都是脏活累活了。"葛城抬起铁锹笑着说道，"不过你不用在意，田所君的判断是正确的。我们的确应该避免在这里被孤立，如果招致贵之和文男的憎恨，被驱逐出去，就糟糕了。"

他看向我，又开口道："我想问你一件事。你第一次遇到飞鸟井小姐时，她就是这样的人吗？"

"不。她是个……"

我一时找不到合适的词语，感觉有些语塞。

"可以说她是一位非常果断的侦探……就是那种感觉吧。虽然也是因为当时有甘崎那样开朗的女性在身边支持着她，不过她本身应该就是更加直率的人。"

"这样啊，"葛城摇了摇头，背过身去，"那还真是可悲啊。"

也许他是在回味飞鸟井过去的故事吧。我只要想起来就觉得胸口发闷。

"那么，我们就活动下身体吧。"

"好。"

接下来就是严酷的体力劳动。我们把宅邸周围的泥地全翻了一遍。

"做这种事真的有意义吗?"

"我也不知道。不过,等到我们的体力慢慢减弱后,就弄不了这个了。"他这样说道。

这种时候,哪怕是撒谎也应该说句"有意义"吧。也许他之前这么建议我也只是为了提振士气。

久我岛也在按照指示工作,且一直没有说话。文男则是干一会儿歇一会儿,此时正靠着墙壁,茫然地抬头看着天。

"文男先生,要不你回去稍微休息一下吧,这里交给我们就行。"

听我这么说,他猛地回过神来,生硬地笑着,用手拿起铁锹,说着"没事,没事,我得动起来才能不去胡思乱想",又开始了挖土工作。

果然他还没从打击中恢复过来啊。

我回到自己被分配的区域,重新开始挖土。挖了一会儿,听到葛城一边挥着铁锹一边说道:"说起来,这弄得还挺不错的。"

"你说什么?"

"我说小组分工。"

葛城的脚踏向铁锹,将铁锹蹬入柔软的土地中,接着嫌弃地翻动了一下。

"要说体力好,飞鸟井小姐她能脸不红气不喘地在这山里逛完一圈吧。来这里的当天晚上,她一脸疲倦的样子,说了句'让我休息一下',然后就回房间了。她当时是在撒谎。当然也不能说她一点都不累,但听她的脚步声和口气,应该还很有精神。现在又巧妙地将我们赶出了宅邸,让我们无法调查。"

"这就是你说的'弄得不错'的意思啊。会不会是想多了?"

"怎么说呢,"葛城尽量维持着平静的语气,身体却抖了起来,"如果不能在宅邸里进行调查的话,就没法找到他杀的证据了。"

他将铁锹立在地上。"我说……"他语气纠结,声若蚊蝇,"我这么做是不是错了?"

我稍微有点意外。葛城确实不擅长与人交流,但他对自己的推理却有着绝对的自信。现在的他却陷入了迷茫。

"啊,对啊,确实错了。"我说道。

他像是吃了一惊,表情一变。我微笑着看向他。

"那你要改变一下策略吗?"

葛城眨了眨眼,好像叹了口气,然后笑了,带着似乎是故意做出来的夸张神情,有些僵硬地说了句"这玩笑不怎么好笑啊"。

"你也注意到飞鸟井小姐所说的那些疑点了吧?这一点都不像葛城你啊。说实话,虽然我表面上赞同飞鸟井小姐所说的,但是对于她的做法我却抱有疑问。"

"是什么疑问呢?"

"在这种情况下大家应该齐心协力,这个结论是正确的。但推导出这一结论的依据却很薄弱。是这样的吧?的确,他杀的说法会产生矛盾,飞鸟井小姐指出了这一点。然而,事故的说法也有疑点啊。比如说,小翼小姐走进有升降天花板的房间,并把门关上了,她是要做什么呢?这一点飞鸟井小姐并没有解释。所以,想要证明那只是事故,也很困难。"

"这有点像是……恶魔的证明[①]啊。"

"我也说不好。但因为是事故,所以大家应该齐心协力,这种逻辑也是闻所未闻。怎么说呢——"

[①]源自宗教的一种哲学悖论。

"就像是为了得出是事故死亡的结论而故意这么说的一样……"葛城低声说道。

"对。还有，"我打了个响指说道，"她为什么认定是事故呢？"

"是为了让大家齐心协力？"葛城这样说着，吸了一下鼻子，又说道，"托田所君的福，我终于能好好地动动脑子了。谢啦。"

"跟我还客气什么。"

他低下头，脸上蒙上一层阴影。

"我觉得她说的也有一定的道理。根据目前我们手头的信息，还无法确定那到底是事故还是谋杀，在这种情况下的确不应该胡乱行动，招致对立。眼下的工作就必须全员团结协作，才能进行下去。"

"可是，在她的引导之下你就不能进行调查了。她不太喜欢你吧。"

葛城动作夸张地耸了耸肩。因为我们一直将毛巾捂在脸上代替口罩，所以我看不出他此时的表情。

"她的说法是，"葛城继续说道，"不去推理，才能打破眼下的局面。但是，进行推理不该是身为侦探就要去做的事情吗？"

存在的理由[①]吗？

会因为概念性的问题而烦恼，果然不像是平时的他。是在这种被热气与烟包围的环境中，他的内心也变得千疮百孔了吧。

"因为她已经不再是侦探了吧。"

说出口的话连我自己都感到吃惊。明明也可以用其他方式回应，比如赞同他的意见，或者鼓励他，但实际上我只是在转移话题。

---

① 原文为法语。

"对于葛城来说，侦探是什么呢？"

逃避性地将话题转入抽象的讨论，我感觉无地自容。

"那还用说？"他的回答非常坚定，"是生存方式。"

我咽了一口唾沫。

"所谓侦探，甚至不能称之为一种职业。事实上，我们的'职业'应该是高中生，侦探只是一种行为而已。不管是保险调查员，还是总理大臣，都可以成为侦探。这不是一种职业，而是一种生存方式。所以它并不能像某种职业那样，可以选择辞职、跳槽。人是不能从侦探这个身份中逃离的。"

"也就是说，不能像对待一种职业那样，简单地说不干了，对吧？"

葛城没有回应我的问题。对于逃离了侦探这种行为的飞鸟井，葛城是有责怪之意的。

"不过这种生存方式也会有做不下去的时候。"

那样会变得很糟糕吗？我把这句话咽了回去。飞鸟井讲述的那个过去的故事的确让我有所触动，但讲出那个故事也很有可能是她的策略。

"葛城，现在说这种话可能有点不合时宜，不过你这家伙也太直接了。我不像你那么坚强，飞鸟井小姐一定也是。你可以随意选择自己的生存方式，那么她也可以把自己的观点强加于人，指责你的价值观是错误的。"

"今天你还真是能说会道啊。"

"因为没有其他人能跟你说这些了啊。"

"我就是生下来就对谎言格外敏感。如果不再以这样的方式生存，我就什么都不是了。"

"嗯……"

我的语气在不知不觉中也带了些焦急的情绪。他这种一根筋的性格有时确实很折磨人。

"是我的说话方式有问题。人不能拒绝自己的生存方式,你说得没错。可是这种生存方式也有可能把你逼入穷途末路,这样的话,为了自保……"

就只能逃走了——这句话卡在了我的喉咙里。我并不想用这样的话语指责他。逃走?为什么一定要用这样的词语呢?我看着葛城的脸。因为热气与危机感,此时的他显得怒火中烧,如果我对葛城说……

一阵风吹过,一股烧木头的味道钻入鼻腔。我有些窒息,接着剧烈地咳嗽了起来。

"那么,你能保证,"我的声音很粗野,"哪怕我死了,你也会继续当侦探吗?"

葛城瞪大了眼睛,他的瞳孔微微震颤着。他拿开掩在脸上的毛巾,像是故意不看我的脸一般喃喃自语道:"这样的约定……也太残酷了。"

葛城眼中浮现出的神色让我知道他在和我思考同样的事情。深重的沉默让我出了一身的汗。

我又拿起铁锹,动作生疏地继续干活。然而,这样的沉默过于压抑,导致手头的工作进展缓慢。

"……对不起,我刚才有点上头了。"

葛城先向我道了歉。

"不,我也挺不冷静的。"

"总有一天……"葛城像是自言自语一般说道,"我们也要迎来分别的一天。也许是互相背叛,也许是被挑拨离间,这些我都想到了。"

"是我不好，我说得太过分了。我绝对不希望这样的事情发生。我是最想在葛城身边、看着你推理的人。事件是如何开始的，又是如何结束的，这一切我想要亲眼见证。所以，我是不会离开你的。"

"飞鸟井小姐和甘崎小姐一定也是这么想的吧。"

我不知该说什么。不论怎么用语言表达，我觉得都无法再拴住葛城的心了。我低头看着脚下。

"要我直说的话……其实我也很不安。和葛城不同，我并没有特别擅长的东西。也不知道到底还能和你在一起多久。"

我到底在说些什么啊？我任由心中的不安怂恿，将这些不该说出口的话尽数吐露。在这温度不断上升的深山里，我的脑袋也变得不清楚了。

"这种时候了，我就索性直说了吧。"

葛城像是要开诚布公一般平静地说道。不知他有没有意识到，他用了我刚才用过的词语。

"我之所以认定你为我的搭档，是因为你从来都不撒致命的谎言，是个直肠子的笨蛋。"

"什么啊，你这家伙……"

我感到气血上涌的同时也松了口气，我明白他话里的意思。作为出生在上流社会的孩子，葛城一直生活在充满谎言的世界里。因为家境富裕，在学校里他也总是被同学们敬而远之。

所以我明白，这是葛城发自内心的对我的褒奖。

"你是想说单纯的笨蛋更好相处吧？"

"你嘴上这么说，不也挺高兴的嘛。就是这么回事。"

我不禁叹了口气。这声叹息伴有身体上的疲劳，也包含一种满足感。

"总而言之。"

葛城背过脸去。他的声音稍微有些尖，也许是因为对自己即将说出的话感到羞耻吧。

"在再一次面对飞鸟井小姐之前，我的大脑总算冷静下来了。我是不会放弃推理的，这起事件有很明显的蹊跷之处。"

"啊，是啊。但先完成手头的工作吧。"

我们又默默地干了三十分钟左右，渐渐地感到腰酸背疼，手上的动作也慢了下来。这时我听到背后的葛城说道："说起来，你给我说说吧，你和她第一次见面时的事。"

"昨天不是用二十五个字概括了吗？"

"我想更了解'敌人'一些。而且我想听点有意思的事情，手头的工作也太无聊了。"

我略感吃惊，不过还是按照他的要求讲述了起来。因为我也厌倦了一言不发干活的状态。

当然，关于飞鸟井，我所知道的信息也不多。我讲述了在酒店遭遇的那起事件，以及那时对飞鸟井光流和她的助手甘崎美登里的印象。

在我的讲述中登场的这位名为甘崎美登里的女性，最终被残酷地夺去了生命，这悲惨的事实让我的胸口万分沉重。再次回想起飞鸟井与过去截然不同的态度与言行，让我感觉到如同针扎皮肤一般的痛。

"我不会那么做的。"结束了手头的工作之后葛城说道，"我无法接受她的做法。我是不会放弃解开谜题的。不过啊……"

说到这里，葛城停下了。他将铁锹扛在肩上。

"我们的任务完成了，去看看那两个人怎么样了吧。"

最后葛城到底想说些什么呢？

不过我知道有什么东西已经开始在他的内心深处堆积。

*

久我岛将铁锹立在土地上休息。

(水……)

他知道自己的脚步已经踉踉跄跄。而再过几个小时,大火就会烧到这栋房子。一想到这里,他就害怕得嘴都合不拢。自己会死在这里吗?

(不,绝对不能死在这里——)

为了取水,他向一楼的餐厅走去。通往大门的楼梯前,有一个男人蹲着身子坐着,手支在腿上,捧着脸。

"文男先生。"

久我岛向他搭话,对方却没有反应。

久我岛打量了一下宅邸前的区域,基本没有任何进展。地上只留有用铁锹铲过三下,不,应该是两下的痕迹。而铁锹此时被胡乱地丢在地上。

文男缓缓地抬起了头。

"对不起……"

他语气坦诚,而且那份冷静不是装的。

"没人会责怪您的。等我弄完我负责的那一部分就过来帮忙。"

久我岛想尽量表达出积极的态度。

(他看起来很脆弱啊,不过这也情有可原,久我岛这样想着,毕竟妹妹才刚去世。)

久我岛在文男身边坐下,他已经忘了要去找水的事。在这里能听到那两个男高中生在远处工作的声音。久我岛试着亲切地说:"救援队真的不来了啊?"

"这会儿风太大了。"

对方显然不想跟他继续聊下去,而且似乎连站起身来都做不到。

"现在做的这些,真的有意义吗?"

"总比什么都不做强吧。"

文男的语气中带着焦虑。

"现在正是大家该团结的时候,"他继续说道,"飞鸟井小姐说过吧?她的观点是对的。而且大家一起决定了,现在可不是再回过头乱成一团的时候。"

久我岛用毛巾捂着脸,担心地看向文男。(可以理解,毕竟他现在很脆弱。)这种时候的确会想冲别人撒气。

"为什么会这样啊,"文男的声音颤抖着,"我也不想这样的。我不想这样。我从来没有想过她会遭遇危险啊。"

"您和妹妹关系很亲近吧?"

(可是,遭遇危险是指什么?)久我岛有些纳闷,文男使用了一个奇怪的说法。

文男抬起头来,表情阴沉,"啊"地呻吟了一声,然后说道:"是啊,那孩子是天使啊。"

这形容词也真够夸张的,久我岛觉得奇怪。不过,回想起小翼穿着清纯的连衣裙,天真烂漫微笑着的样子,身为家属的人会这样想也不为过。

"不管多么痛苦的时候,那孩子都会以微笑回应我和父亲。她应该不会原谅我们的,可是她什么都不懂啊,那个孩子,那个孩子……"

文男已经语无伦次了。

他的语气变得十分古怪,就像是在说其他人的事情。

"如果说这一天一定会到来,那现在确实是时候了。这一切都是天意啊。我……"

他是指小翼和祖父见面的机会吗,到底是什么意思啊?

"我真是坏事做尽啊。"文男看向久我岛,"啊,我净说些孩子气的胡话。"

"不,没那回事。"

听说财田贵之是一家知名企业的社长,他的儿子文男也在一家相当不错的公司里工作。他说的"坏事",是指公司里的事情吗?贵之的公司曾传出过行贿的流言……久我岛那爱打听八卦的习惯又涌上心头,可是看对方一脸不安的样子,应该问不出什么。

"到底是谁,做了那么过分的事啊……"

久我岛嘟囔着,对方反应剧烈。

"是谁?"他声音尖厉,"飞鸟井小姐不是说了吗!那是……那不过是一场事故!只是一出悲剧!"

文男的口气突然充满攻击性,久我岛感到全身僵硬。

"唔,文男先生……"

"倒是你老婆,不知道到底出什么事了啊。"

久我岛的身体颤抖了起来。

"你……你说什么?"

久我岛的脑海中浮现出令他厌恶的画面。妻子浑身冰冷,躺在他身边……

"别说了!"

久我岛捂住嘴,哆哆嗦嗦地蹲下,浑身发抖。

过了多久呢？两个人的呼吸终于平稳了下来，他们茫然对视了一会儿，之后开始小声地互相道歉。

"对不起，我太过分了。"

"不，我才是。胡言乱语了一堆……"

两个人都是一副欲言又止的样子。

沉默持续了一会儿。接着文男像是为了打破沉默般问道："……您太太，是个怎样的人？"

久我岛也在质问自己的内心。

"是在我最困难的时候也一直在我身边支持我的人。"

听到这句话从口中说出，久我岛自己都吃了一惊，瞪大了眼睛。

"她是个很要强的人。我烦恼的时候她总是在我身后，推着我前进。"

他擦了擦眼角的泪水，长叹了一口气。

久我岛抬起头来，发现那个刚刚失去了妹妹的男人向他投来了担忧的目光，刚才他眼中的攻击性气息已经完全消失了，只剩下看待同类的亲切。

"真是个好太太啊。"

"是啊。"久我岛意识到了自己内心的感伤情绪，"真的很不错。"

久我岛重新看向对方。

"你呢，你太太是个怎样的人？"

"我还没结婚呢。"

文男用自嘲的口吻说道。

"我们就努力一起活着出去吧。"

说完，这个刚刚大受打击的男人"嗯"了一声，终于站了起来。

"那我们就开始做些力所能及的事吧。"

*

小出吹着口哨,在宽敞的宅邸内闲逛。

(竟演变成这样了,真是有意思啊。)

第一次见到葛城时,她的印象并不好,于是一直刻意疏远对方。因此,当他被那个叫飞鸟井的人刺得说不出话来时,她感觉非常痛快。虽然那两个人都在装模作样地推理,不过还是飞鸟井比较老练(被人这么说也算有点可悲吧),总之小出感觉她确实更加成熟。

(不过,密道啊密道。)

小出开始思考。来之前她就知道财田雄山是出于孩子般的趣味建了这座宅邸,不过真的亲眼看到隐藏房间和升降天花板,还是让她颇为震惊。

(一群成年人挤在一起就像寻宝一样!哎呀!这可真是够蠢的。)

不过说起来,此事也和她自己的性命相关。

她从一楼开始,按照顺序在宅邸内进行探索。

一楼有玄关、客厅、门厅、书房、餐厅、洗手间,以及升降天花板房间和隐藏房间。二楼则是每个人的房间,也就是数间客房。三楼是财田家各位成员的房间。

她搜查了隐藏房间。因为不管怎么说,如果真的存在地下密道,在一楼寻找是比较合理的。不过财田贵之和飞鸟井都在一楼的概率也很高。

（那正好。）

小出萌生出恶作剧的心态。她快速爬上楼梯，朝每个房间都看了一眼。

有的客房上了锁，有的没锁。飞鸟井、久我岛，还有她自己的房间上了锁。毕竟是非常时期，大家都是毫无准备就过来了。而开着门的葛城和田所的房间里，除了一堆矿泉水、罐头和毛巾以外，再没有其他物品了。真没意思。

久我岛回家收拾过一次贵重物品，房间会上锁也是理所当然。小出自己就不用多说了。飞鸟井是因为习惯呢，还是因为她的包里装着公司的内部资料呢，还是说……

走到三楼，她放轻了脚步。

对于她来说，比起寻找密道，倒是探索其他人的房间更有用处。

小出开始调查三楼的房间。文男的房间打不开，她咔嗒咔嗒地摇着门把手，咂了下舌。然后是影音室和游戏室，这些房间都没上锁，可以自由地调查，然而却一无所获。

她注意到走廊的地毯上沾着一些像是白色墨水的点点，从雄山的房间门口开始，一直延伸到小翼的房间那边。她循着墨水痕迹往前走，发现起点似乎是仓库。

她走进了仓库，发现了奇怪的东西。

仓库里堆满了平时很少使用的东西，显得很挤。金属架子上放着烤肉用的全套工具、露营用品、旧电炉，还有小推车等。另外还有像是文男兄妹小时候使用的塑料浴盆。小出注意到有一个开了口的小袋子，就扔在门边，像是被随意丢弃在了那里。

地上的白色墨水痕迹就来自这里。应该是放在箱子下面的装修正液的容器被压坏了，里面的袋子被挤了出来。是整理东西时掉了出来，然后液体漏出来了吧。

墨迹已经完全干掉了。

（为什么会在这里啊。）

当然，这并不是关于密道的线索。

雄山和小翼的房间没有上锁，发现这一点时小出窃笑出声。

走进雄山的房间，里侧有扇门通往卧室，雄山本人正一脸呆滞地躺在床上，发出规律的呼吸声。

（看来他还不知道自己的孙女已经死了吧。）

小出注意不发出脚步声，走到雄山的工作间进行调查。

书架的最下面一层放着整理好的相册。翻开一看，里面都是在各处神社和寺庙等旅游景点拍摄的纪念照。桌子上摆着一个年代久远的相机，看来雄山平时喜欢摄影。相册里都是他的单人照，能感觉到他是个很自我的人。

桌子对着的墙壁上，满满当当地贴着写有日程安排和写作构想的便笺纸。墙上还残留着太阳晒过的痕迹。

她想起那个高中生说的有关保险箱的事，便往桌子底下看去，一瞬间身子僵住了。

（……嗯。）

她抬起头，做了个深呼吸。

她整理了一下心绪，拉开了桌子上的抽屉，发现里面放着旧日记本。共有三十多本吧，看上去是一年写一本。她大概翻阅了一本，里面记载着幼年时期文男的事情。日期是二十几年前的八月，当时文男还是个中学生吧。

　　文男还在长个子。明明只是个中学生，我却得抬头看他了！为了记录他的身高，我在走廊的柱子上画了记号，结果被说了。

雄山的日记里，数页都是这类平平无奇的日常生活记录。小出哼了一声。

　　所谓如双目般珍视就是这么回事吧。我还以为第二个孙子出生时不会那么感动了，可孙女就是另一回事了，我格外激动。越来越期待她会长成什么样子。

这里说的是小翼吧。爷爷宠爱孙女的日记持续了好几年，然后小出发现了在意的地方。

　　水江来访。又是老调重弹说些关于《蓝色回忆》的事。她说我在这部小说里写的那个荡妇是以她为原型的，向我索要名誉损失费。她还真是永远不嫌烦，一直唠叨这些。明明已经给了她不少钱了。况且我在书里把她写得那么漂亮，她应该感谢我才对吧。把你写成荡妇，不就是说你长得漂亮嘛。难不成你真的是荡妇吗？

小出的脸因为厌恶而扭曲。她讨厌这种靠吸女人的血来赚钱的男人。虽然她并不认识这位水江小姐，但是对方应该并非雄山日记里所写的那样。

接着她又快速翻阅了十几年份的日记，大都是与创作相关的麻烦和争执。要么是原型人物对他的不满与指责，要么是一些他对编辑的恶言与吐槽，有的简直不堪入目。

还有一部分与他的儿子贵之有关的内容。

儿子的公司疑似有行贿行为，问过之后得知是真的。果然如此！我就知道。那家伙就是会干出这种事。我让他全都交代出来，我保证不说出去，他全部交代了。一旦有了做坏事的心，那家伙就会去实施欺诈。老爸，你不会生气了吧？那家伙一脸天真的样子，看起来表情相当愉快。真的什么都不明白。我身边居然出现了罪犯。我见证了他的成长，了解他的思维方式和过去，可这家伙还是犯了罪。

　　这不正是创作小说的绝佳素材吗？

"什么都不明白的人，明明是你。"

　　小出不由得脱口而出。不过躺在床上安静睡着的雄山应该听不到这句话。

　　小出想起初次见面时她提起行贿事件后贵之的反应，越发加深了自己的确信。

　　小出将日记本放回抽屉，没再继续阅读。

　　再次看向桌子的方向，她忍不住夸张地咂舌，发出了挺大的声音。她捂着嘴看向雄山。雄山仍然昏睡着。

　　（反正他也不会醒过来，要不要冲他吐口水呢？）

　　她是来找建造宅邸时的合同，或是其他有可能提示密道位置的资料的，但书架上的资料大都是打印出来的网页或是出版社的合同，并没有和宅邸有关的。

　　小出再一次打量房间，检查自己是否将一切都恢复了原状。

　　接下来是小翼的房间。房门上，写着"翼"的名牌旁还有跃动的音符与翅膀的图案，小小的装饰物甚是可爱。

　　房间内部也充满梦幻气息。有天蓬的床上装饰着蕾丝，真是一个被蓬松的白布团包围的公主。小出回忆着小翼的样子，暗自感叹这里的确很适合她。

（不过对我来说实在是过于甜美了。）

桌子上摆着一堆煞风景的东西，倒显得放在桌角的香薰蜡烛格格不入。抽屉里塞满了习题册，大概都是些暑假作业吧。小出翻了翻高三年级的教科书，每一页都写着满满当当的笔记，练习题也全都做了，小出笑了起来。

她将成山的习题册一口气塞回抽屉，从最下层的抽屉中挤出了一只塑料文件夹。

小出"呼"地吐了一口气。文件夹里放着几张画纸，她将它们平摊在桌面上。

虽然只是草图，但也能看出这正是宅邸的平面图。看起来全都是小翼画的，附上的标注也是她这个年纪的女孩子特有的圆圆的字体。

（咦，这家伙……）

平面图画得很业余，线条都是歪的，但也能看出整体的框架。连位于一楼走廊深处的那间有绞车的隐藏房间也画进去了，还画了不少目前尚未知晓的机关。二楼的走廊稍微有点倾斜，看起来就像错视画一样。一楼走廊上的装饰画有几张能像门一样打开，画的里侧还装着镜子。另外餐厅和客厅里也有些暗门……然而这一道道的机关，却感觉没什么实际的意义。

（这张平面图是小翼绘制的吧。可为什么之前大家聊起密道时她没把这份平面图拿出来呢？）

小出哼哼地笑了起来。她原本以为那个女孩只是个笨蛋，现在看来她似乎有意隐瞒了些什么。

小出开始思考小翼留下这幅平面图的理由。对小翼来说，这里是暑假时来玩的祖父的家。是个大宅子，里面到处都是机关和密道。同时，从她和葛城还有田所说话时的样子能看出，她不喜欢无聊的生活，喜爱新鲜的刺激。所以她会对宅邸进行探索，也是理所当然的。

这个推理又带出了另一个推测。这份平面图是从抽屉里挤出来的，也就是说，最近有什么人把它拿出来过？

要说是谁，应该是小翼本人吧。平面图上，那个有升降天花板的房间里，有用可爱的圆形字体写下的"宝物"两个字。字写在房间进门处附近，不过因为设置了升降天花板，所以那个房间里没放任何家具。那个位置应该什么东西都没有。

事故也好，谋杀也罢，关于她进入那个房间的理由，飞鸟井和葛城展开过讨论。而此时，小出倒是能稍微窥见这个理由了。

（宝物……宝物啊。难道说她是想要独占宝物才故意藏起这张图的？她那样的大小姐看起来可不像是这样的人。）

还真是发现了非常有趣的东西呢，小出微笑着。

离开小翼的房间后，她来到文男的房门前。走廊的柱子上有不少划痕，比小出的视线稍高位置的划痕边刻着"初中二年级　夏　文男"。

小出不由得笑了起来。

"小出小姐，你看见什么了？"

她回过头，发现是正走上楼梯的飞鸟井。小出在心里冷笑了起来。**果然来了，这个只会说漂亮话的女人。**

"哎呀，"小出微笑着说，"没什么。"

小出故意撒了个谎。她在权衡说出哪个信息会比较有趣。

12 发现 【距离馆被烧毁还有 6 小时 4 分钟】

我们好不容易完成了分配的挖掘任务,回到了玄关处。文男和久我岛都把铁锹丢到了地上,似乎正在聊些什么。他们所负责的隔离带还没完工,我们便加入一起帮忙。文男和久我岛一脸不好意思的样子,不过四个人一起干果然快了许多,不到一个小时就完成了。

"明天肯定会肌肉酸痛的。"

听到我这样发牢骚,葛城无力地点了点头。"就当锻炼身体了。"他回应道。

"背好疼。葛城,我们带膏药了吗?"

"我只带了些必需品……要是带了冷却喷雾就好了。"

"如果明天肌肉痛,就说明你们还年轻。"

我回头一看,文男已拿下捂着嘴的毛巾,露出浅浅的笑容。

"多亏你们两个,帮了大忙。"

"真想洗个澡啊。"久我岛说道。

"很抱歉现在不能洗澡。不过身上全是汗,很容易着凉。屋里还有一些我的旧 T 恤,大家擦擦汗,换一下衣服吧?"

正好我和葛城都在忍耐对方身上的汗臭味,便接受了他的提议。文男回三楼自己的房间取来 T 恤,我们接过衣服,各自回房间更衣。脱下已经被汗湿的制服衬衫,我这才有了一种活过来的舒适感。

我突然很想喝水。我们下楼来到客厅,发现飞鸟井在。

"辛苦了。"

不知是不是猜到了我们的想法,她递来两瓶矿泉水。看着汗都没流一滴的她的冷酷神情,我感觉有些愤恨。

"虽然只是临时的,不过总算挖好了隔离带。"

葛城语调冷静地说道。

"真是多谢你们了。"

她礼数周到地低头致意。

"你们这边如何?"

听到我们这么问,她抬起的脸上布满阴云,然后遗憾地摇了摇头。

这时文男和久我岛也来了。文男的表情有些扭曲。

"糟糕啊……"文男呻吟道,"我刚和父亲聊了聊。他去塔上剪树枝时,发现大火又逼近了一些。正烧过河呢……"

"过河了?"葛城叫道,"不过我们已经翻过周围的土了,这里应该还安全吧……"

"河……距离这里只有步行不到三十分钟的距离吧。"

我感到一阵绝望,差点当场倒下。

"火势这么强,一定……"

飞鸟井也露出悲怆的表情。我感到脸上失去了血色。

"真糟糕啊。如果大火现在已经烧到河边了……那恐怕今天晚上就会烧到宅邸。"

"怎么会这样!"久我岛发出惨叫。

"可恶,看来我们得认真寻找密道了。"文男这样说道,"……不过在那之前,先休息十分钟吧。我已经累得受不了了。"

说着他就上楼回自己房间了。

我感觉有些不自在,于是也说想回房间休息一下,便离开了客厅。葛城跟着我一起回了房间。

我打开洗手间的灯。供水已完全停止,我进来就只能蹲马桶,但我就是想待在一个封闭空间里。

（……咦？）

这时我察觉到哪里不对劲。

怎么回事？我还没弄清这不对劲的感觉来自何处。

我回顾自己进入洗手间后的行动。我打开门，打开电灯开关，又关上门，然后将手搭在腰带上——对了，是开关。灯亮着，这种理所当然的事情说出来很搞笑，但事实并不好笑。

我彻底释放了尿意，之后走出洗手间，坐在床上对葛城说道："我想起来了——我想起来了啊，葛城。"

"……你先把腰带系好再说。怎么回事啊，慌慌张张的。"

"昨天夜里，我起来上厕所。当时我翻来覆去睡不着。"

"然后呢？"

"那时，我按了厕所里的电灯开关，但是灯没亮。"

葛城僵住了。

"当时我以为是灯泡坏了，但毕竟是非常时期，又是三更半夜，贵之肯定睡了，不太好找备用灯泡，我就没多说。今天早上应该也没人换过灯泡吧？"

"但是，现在灯是亮着的。"

葛城站起来，看着洗手间里的灯泡。

"也就是说，只有一种可能，昨晚停电了。"

我想说的正是这个。

"我记得昨晚打过雷，可能就是那时停电的。"

"当时是深夜，房间里的灯都关着，我们就完全没注意到这回事。可是，如果宅邸里停电了……那么那段时间里，有升降天花板房间的电动门应该也是无法开关的。"

我和葛城对视了一眼。

为什么小翼没有从那个房间逃出来。

为什么凶手要将固定用的螺丝卸下来,而不是直接操纵绞车降下天花板。

现在我们得到了这些问题的答案。

"那么现在问题变成,凶手是如何在停电的状态下,得知被害者被关在有升降天花板的房间里的……"

解开了一个问题,又生出另一个问题。不过即便如此,我也产生了推理有了进展的实感。

这时有人敲门。我正准备回应,对方就说"是我,是我",听起来应该是小出。我正要站起来开门,结果她直接把门推开了。

"干嘛啊,这不是在嘛。"

"请你不要突然打开别人的房门!"

"你们又没回话,我以为人不在呢。"

那你也不能随便开门吧。

"哎呀,你还真不如旁边那位会说话。我有好玩的事情跟你们说,就当作见面礼了。"

她这样说着,将对雄山和小翼房间的调查结果告诉了我们。她说是一个人行动的,也就是正如她所说的那样,是一个人擅自行动的。她说自己很好奇被害者的房间,不过我看到葛城的鼻翼在动,就知道她这是在撒谎。大概她把所有没上锁的房间全都看了个遍吧。

"还有,雄山的房间有他的日记。应该有三十年份的。虽然不知道对于解开小翼被杀的案子是否有帮助,不过还是告诉你们作为参考吧。"

"里面都写了什么啊?"我单纯感兴趣地问道。

听了小出的讲述,我们被彻底打击到了。没想到从小崇拜的作家,内心竟然有这样的阴暗面。我产生了一种被背叛的感觉。

虽然我也知道是我自作主张对他人产生了期待，但无论如何我都不愿意承认这一点。

"对了，你刚才说的见面礼是什么啊？"

"啊，对了。是这个。"

她说着，取出了手绘的平面图，应该是在小翼的房间拿到的东西。

"这是……"

在有升降天花板的房间中，标有"宝物"的字样。是说在这个房间下面有藏东西的空间吗？

"宝物……难道说，是密道？"

"不是。"小出满不在乎地说道，"看到这张图之后我想了一下。如果这里真的有密道，昨天小翼应该会跟我们说。所以，我认为这里藏的是别的东西。这东西对小翼非常重要，所以她才藏了起来。"

"你说的也有道理。"葛城微笑着说道，"现在整理一下情况吧。田所君，你的活儿可要被人抢了啊。"

"你好烦……可是，宝物吗？你的意思是，小翼之所以会去那个房间，就是因为这个所谓的宝物？"

此时葛城注意到了别的东西。

他突然站了起来。

"葛城，怎么了！"

"这个平面图让我想去检查一个地方，你来帮帮忙吧？"

"你解开谜题了？"

"至少解开了一处。"

他拿过平面图。

"这个大房间，是有升降天花板的房间。从这扇门出去的走

小翼的潦草笔迹

廊里挂着一幅画。"

他指着走廊里挂着装饰画的位置。碰到那幅画的边缘，画框就会像门一样动起来，现出镜子机关。

"从这里再往走廊深处走，走到头又会碰到一个同样的镜子机关。"

"我记得是从有升降天花板的房间出来再往左走吧。那里确实有一幅很大的装饰画。"

"是的。还有，走到头往左拐，再继续往走廊里走，中间还有一个镜子机关。也就是说，在同一条走廊里，有三个同样的机关，你不觉得这有点奇怪吗？"

"嗯……可是这到底是为什么呢？"

"你没注意到吗？算了，还是直接去现场看看比较方便。"

我们下到一楼。

来到有升降天花板的房间前。葛城伸手搭上旁边的画框，画的左侧发出咔嚓一声，动了起来。就像门被打开一般，露出了一个大镜子。

"果然，这样就对了。"

葛城露出满足的表情。

"喂,到底是怎么回事啊?"

"你站在这里,就站在有升降天花板房间的门前。这样就能验证了。"

他没有回答我的问题,而是朝着刚才在平面图上指过的位置往走廊里走,接着左手突然搭上墙壁。第二幅画也在他的操作下打开了,露出镜子。这次画是从右侧打开的,里面的镜子与第一面镜子相对,形成了镜中镜的关系。

"角度不好啊。"

葛城自言自语着。他回到第一面镜子那里,将其倾斜的角度调整为四十五度,然后对着第二面镜子进行了同样的操作。

接着他走到走廊尽头左转,不见了踪影。

虽然我早就习惯了他的奇怪行为,但在如此疲劳的情况下——

(嗯?)

我看着眼前的镜子,感觉到了不对劲。本来应该看不到他的身影,此时他却出现在了镜子里。因为我眼前的镜子是自左侧打开,第二面镜子是自右侧打开,所以正好能够进行反射。

而镜子里的他正在操作第三幅画打开镜子。那面镜子则能与第二面镜子相对应。

(啊——!)

"是这么回事啊。"旁边的小出笑着说。

我们眼前的镜子映照出了通往隐藏房间的暗门。

小出摸索着脚底的地毯,找到了那个开关,踩了一下。

葛城背后的门开了。

"就这样,镜之路被打开了。"

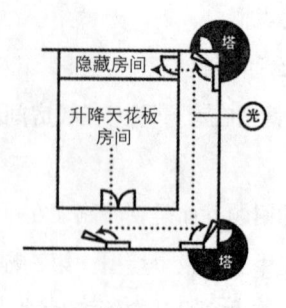

镜之路图解

伴随着小出开玩笑一般的口吻，我在心中回味着这个发现。凶手可以在隐藏房间里看到是谁进入了有升降天花板的房间……一个谜题解开了。

我们决定暂时对其他人保密发现了"镜之路"的事。

"还早呢。"葛城说道，"虽然解开了一个谜题，但要说服飞鸟井小姐，还需要更多信息。镜子可以制造视线通道，但如果升降天花板房间的门关着，靠镜子也看不到里面的情况。我们还得收集更多的信息，才能知道'镜之路'的意义。"

"你不怕我说出去？"

听到小出这么说，葛城微笑着回答："你应该会帮我们吧。从你拿着平面图来找我们就知道了。你是我们的'共犯'。"

"你又回到老样子了啊。那么，想收集更多信息，应该从哪里开始呢？"

"来解开谜题吧。首先是那个升降天花板房间里的秘密——所谓的宝物到底是什么。"

我不由得情绪高涨了起来。

"我们需要更多信息。比如刚才田所君所说的停电的事情，就要再去打听一下。"

停电的事怎么会和升降天花板房间的秘密有关呢?我心里疑惑。

接着葛城带领我们来到客厅,趁着大家都在,询问起关于停电的事情。此时文男也休息完回来了。

"说起来,"文男说道,"我晚上起床去看祖父的情况时,房间里的灯确实是不亮的。"

"我也是。我去楼下的餐厅取水,也打不开灯。"小出也如此说道。她应该是回忆起了刚才和我们的交易,一脸饶有兴致的样子。

综合大家的证词——虽然并不是警方的搜查,不过现在除了收集证词也没别的事可做了——我们制作了一个时间表。

晚上十一点
田所第一次起床。在宅邸内逛了逛,在塔上与小翼聊天。
晚上十一点三十分
田所和小翼分别——田所的证词
凌晨零点十二分
贵之来到客厅与久我岛聊天——贵之和久我岛的证词
这时客厅里的灯打不开。
凌晨零点四十二分
小出为了喝水下楼来到餐厅,目击到贵之和久我岛两个人在客厅。餐厅的灯也打不开——小出的证词(贵之和久我岛并未注意到她)
凌晨零点四十五分
文男为了查看雄山的情况而起床。雄山房间的灯打不

开——文男的证词

凌晨零点五十五分

田所第二次起床。发现洗手间的灯打不开——田所的证词

凌晨一点十五分

贵之和久我岛道别，两人离开客厅前灯突然亮了——贵之和久我岛的证词

"客厅里的灯突然亮了？你们没搞错吧？"

"绝对没错。"贵之又看着久我岛说道，"是这样吧？"

"嗯，没错。"

如果这是真的，那么那时应该就是重新来电的时间。也就是说，从凌晨零点十二分到凌晨一点十五分这个时间段内，宅邸内一直是停电状态。

我和小翼分别是在晚上十一点半左右，那之后就没人见过小翼了。当然除了凶手以外，如果此案确实有凶手的话。

"所以说，事故是在凌晨零点十二分到凌晨一点十五分这段时间内发生的。小翼之所以没能逃出去，是因为停电导致电动门打不开。你是想这么说吧？"飞鸟井说道。

我有些困惑。的确，停电会导致小翼无法从房间中逃出，凶手很可能正是利用了这一点。

然而，如果把它当作事故发生的原因来考虑，也说得通。

发现了停电的事实之后，我们并没有进一步将推理推向"谋杀说"。

"不。停电能够说明必须切断钢缆的理由。"

"什么意思？"我不由得问道。刚才这个男人明明说"要收集信息"的吧？

"田所君，你放心。拜停电这个事实所赐，我已经准备了足够说服大家的推理了。"

飞鸟井长长地叹了口气，催促着葛城继续。

"小翼小姐并不是因为停电而无法逃出去，倒不如说她是因为来电了才无法逃走……"

我完全无法理解葛城所说的。

不过我知道他已经找到了"解答"。

"首先请看这里。"

葛城拿出从小出那里得到的平面图。

"这是……"

贵之和文男站了起来，两个人都瞪大了眼睛。

"有什么疑问吗？"

葛城用装糊涂的语气问道。随后将得到这张平面图的经过进行了说明，听完大家都向小出投去了怀疑的视线，她本人却一脸无所谓的样子。

"问题是，在这个升降天花板房间的这里，写着'宝物'两个字。"

"这是写在入口附近啊，"贵之说道，"这里应该什么都没有吧……"

"是小翼写错地方了吗？"

听我这么问，葛城点了点头。

"当然，不能完全排除这种可能性。不过这张平面图上还画出了很多其他的机关，比如，各位请看这个装饰画镜子机关。"

终于要揭示关于"镜之路"的镜子机关了。

"我实地调查了镜子的位置，确定这张平面图上画的关于镜子机关的位置全部是正确的。不过因为是业余绘制的平面图，我也不敢说位置完全精准。但假定这些机关的位置都是正确的，再从镜子机关来进行反推理，可以证明平面图的准确性还是很高的。"

"你到底想说什么？"文男明显有些不耐烦地说道。

"那么，"我趁势说道，"就意味着小翼在平面图上标注的地方，确实有什么秘密吧？"

"没错，田所君。你终于走到了正确的道路上。"

葛城用拿腔拿调的语气说着，听到这里，飞鸟井的神情蒙上了一层阴霾。

"升降天花板的房间里还有其他秘密。"

"什么！"

我叫了起来。

"正是因为这个秘密，小翼才被杀害了。是的。不好意思，在座的各位，为了真相，我要再一次主张，这是一起杀人事件。"

葛城向飞鸟井看去。飞鸟井双臂交叠陷在椅子里，沉默地听着。之前曾经努力反驳过葛城的飞鸟井，此时为什么一直保持着沉默呢？她的样子有些吓人。不知是不是看到飞鸟井没有提出异议，葛城恢复了自信，回到了之前的状态。

"我们现在就去看看这个秘密吧。就是小翼小姐在地图上标出'宝物'的地方……"

贵之先生受托去隐藏房间操纵绞车，其余的所有人都进入有升降天花板的房间。

这道内开的沉重石门最大可以开到直角，这是电动门的设定，只能打开到这个角度。

房间的深度和宽度差不多，接近正方形。现在这里除了开进房间的厚重石门,再没有其他东西了。

"那么,你说的'宝物'是在哪里呢?"文男走进房间说道,脚在地上踢了一下,"按照小翼所画的平面图来看,应该就在这里。在一进门的地方。但是看起来这里只有地面啊。莫非要往下挖一挖,才会有什么发现?"

他的语气因为焦虑而显得有些粗暴。

"不,不需要那样。移动天花板就行了。"

"移动天花板?"小出提高了声调,"那挺危险的,我们还是出去吧。不过不把门关上,天花板也动不了。"

"不,门开着就好。"

"喂,你这家伙到底想干什么?"

"正如小出所说,门开着,天花板就降不下来——这是最重要的一点。"

葛城取出手机,打开手电筒,向天花板上照去。

"啊,果然如此。大家请看。"

大家纷纷抬头看,在葛城的头上——他将手电筒的光打在了天花板与有门的那面墙相接的位置。

"天花板那里有影子,看到了吗?"

"啊,真的。"我应道,"能看见。天花板上有线一样的东西在晃。"

"不,好奇怪啊。"文男摇头说道,"这个升降天花板应该是完全贴合墙壁的,就算被光照射,也不该有影子啊。"

"这里有个严重的误解。实际上升降天花板要比这个房间的尺寸略小一点。恐怕是深度短一点吧。但因为天花板是纯白的,再加上远近错视,所以乍看之下不会有人注意到。这个房间没装灯的原因也正是这个。"

"可是这到底是为什么啊……"

葛城没有理会文男的问题,而是走到房间里侧的墙壁边,临时弄出一个类似三脚架的东西支住手机。他操作了一番,又回到了门边。

"安全起见,大家都站在门口附近吧。"

接着他冲着背后的镜子发出了信号。

没过多久,天花板动了起来。

这是通过操纵绞车让天花板慢慢降下来。我能感觉到身体在发抖,且浑身僵硬。不过,就像小出所说的,只要这道向内开的门开着,天花板就是降不下来的。可是那个放在房间深处的手机是做什么的?放在那里不会被压坏吗?

我的脑海中冒出了好几个疑问,好在很快这些问题就都得到了解答。

当天花板降到内开的门上时。

之前一直保持与地面平行徐徐下降的天花板倾斜了起来。

"第一次来这个房间的时候我就注意到了,这扇门太夸张了,门的高度超过两米,因为是石造的,太重了,人是推不动的。这明显是一种过度设计。但反过来说,把门弄得如此坚固,其中应该有什么意义吧。想到这里,我就打开手电筒往天花板上照了一下,就看到了阴影,于是想到天花板实际上是一个凹进去的扇形。这样一来就清楚了,这个石造的大门是用来支撑天花板的,因此才做得如此坚固。"

"非常精彩。这样就都说得通了。"飞鸟井扶着额头,有些吃惊地叹着气,"可是,就算解开了这个游戏般的机关,又有什么用呢?再过几个小时,我们就都要被烧死在这里了吧?"

"我也不知道这有什么用。或许这个升降天花板的里侧有密道。我只是想把宅邸里的秘密全部解开，找出密道。就这样。"重新振作起来的葛城说道，"在座的各位——可以相信我吗？"

飞鸟井吞咽了一口唾沫。"……什么意思？"

"正因为现在是非常时期，才更要揭开真相。在不明不白的情况下，我们就更加不知道该相信什么了。"

飞鸟井没有说话，像是放弃了一般摇了摇头。

天花板以门的上端为支点，向房间里侧倾斜着。

"看起来天花板已经完全降下来了，等一会儿就能拉上去了。"

葛城发出了一个信号，那边的贵之再次操作，天花板又开始往上升了。刚升上去一点时葛城又发信号让贵之停下，然后钻进露出的小小缝隙之中，取回了手机。

"拍得不错。展示出了宝物的位置……也就是这个升降天花板房间中所隐藏的秘密。"

手机录下了天花板降下来的过程。看着屏幕，我怀疑起了自己的眼睛。

那里面有楼梯。

"这个天花板的里侧有楼梯。在天花板降下来之前，楼梯是塞在天花板里侧的……对了，就像是经常放在便当盒里的塑料叶片一样的形态。而当天花板以大门为'支点'降下来呈倾斜状态时，就变成了楼梯的形态。升降天花板要比房间的尺寸稍微小一点，也是因为有这个机关。因为天花板有一定的厚度，如果尺寸完全贴合，那么倾斜时就会卡在墙上。"

"这个楼梯可以让人从房间的里侧走到靠门那一侧。也就是说，小翼小姐在平面图上所写的'宝物'，其实就在……"我抬起头,"我们头上……!也就是门的上面!"

"宝物"两个字写在门附近的位置,这并不是写错了。"宝物"真真正正、确确实实就在这里。

久我岛一脸敬佩的样子。小出看着平面图点头。文男则露出不愉快的神色。飞鸟井低着头。

"那么,现在我和田所君去跟贵之先生说一下我们的发现。"

葛城这么说着,出门进入了走廊。我一走出房间,他就马上回头对我说道:"接下来要冒险了,田所君。刚刚你在视频里看到的楼梯的顶上——所谓的'宝物'到底是什么,以及小翼进入这个房间的理由,都藏在那里。我们终于要面对真相了。"

我点了点头。这时,他突然低声对我说了一句让我意外的话。

"不过啊——让谁去呢?"

"……啊?"

"让谁去楼梯上面呢?"

"大家一起去不行吗?"

"你信任他们吗?在这里的这些人……"

被这么一问,我也不知道该如何回答了。对啊,正因为我们都在门边的安全区域内,才能放心地让贵之操纵绞车。如果宅邸里真有杀人犯,又能放心让谁来操纵绞车呢?

"这个发现比你想的还要意义重大。你看,在视频的右边角落,有点不容易看到,在这里……"

我看向葛城指的位置,不由得惊叫出声。我赶忙捂住嘴,希望没有引起其他人的注意。

是血迹。

"是的……这样一来这起事件中搞不懂的问题就都一举解决了。也就是说,小翼并不是被落下来的天花板砸死的……而是在天花板上，被挤死的。"

葛城的说明让我产生了一阵想要呕吐的冲动。

虽然令人难以相信，但视频画面中的确能看到血迹。至今为止我们进行了无数次推理，关于"小翼为什么不逃出房间"的疑问终于得到了解答。

残酷的画面浮现在我的脑海中，我摇了摇头，向葛城问道："天花板完全升上去大概要花一分钟的时间。在这一分钟里，她不能从天花板上跳下来吗？"

"天花板距离地面大概有两三层楼那么高。跳下来虽然有可能摔骨折，但可以活下来……可是，在这个升降天花板上不行。你看这里。"

葛城又打开手机录像给我看。

"升降天花板上面是真正的天花板……这种说法有点奇怪。总而言之，你应该能看明白这个奇怪的构造。"

仔细一看，的确是很奇怪的构造。

扇形升降天花板的圆弧部分是锯齿状的。类似于便当里放的塑料叶片的下端被按住，上端左右打开的样子。又因为升降天花板本身有厚度，必须与墙壁之间留出一点空间。有了这点"戏法间隙"，天花板倾斜的机关才能成立。

正常情况下天花板应该是平的，但这个房间的天花板设计成了能完全贴合升降天花板的形状。

"可是这样一来，如果仔细看天花板形成的阴影，就能够看出为贴合升降天花板上面的锯齿做的特别设计了。于是在墙壁与升降天花板之间的'戏法间隙'处，恐怕也做了能完全填满空隙的凸起设计。因为如果不这样，当有人在房间里往天花板上看时，就有可能马上注意到有机关。就是这么回事。"

类似于有个四边形的东西，将比它更小的扇形的弧围起来了。

"这样一来……不就彻底逃不掉了吗？"

我的声音不受控制地颤抖起来。

天花板升上去大约耗时一分钟。意识到天花板正在上升后，上面的人马上就会想着赶紧逃出去。然而，天花板上升时一定会发生剧烈的晃动，恐怕连站在上面都很困难，搞不好会摔倒。如果摔在锯齿状的楼梯上一定会受伤的，那样可能就更加无法动弹了。

而且，拼上性命好不容易走到天花板的一端，又会发现侧面的墙壁将出口堵住了。

"如果在升降天花板开始上升时就拼命往侧面的墙壁逃，就没有逃生之路了。升降天花板的上端和侧面墙壁接触的时间——根据天花板的移动速度和从手机录像里能看到的纵深来看——恐怕是在四十五秒之后。"

四十五秒。如果不能在这段时间内在晃动的天花板上拼命走到底端，并纵身跳下的话。

就只有……等待迎接死亡了。

在有限的时间内她已经无能为力了。我咬紧牙关，闭上了眼睛。

——我们也许会死在这里吧。

她昨晚的样子仍然残留在我的视野中。那时，我和她都想象不到会发生如此残酷的事情。

"小翼跑到了天花板上面的楼梯上，知道了这一点，凶手就能操纵绞车升起天花板杀害她了。她肯定会死。天花板上面根本无路可逃。哪怕凶手不使用镜子，只要去确认天花板确实斜着降下来了就可以了……

"实际上的行凶顺序应该是这样的。小翼为了拿'宝物'来到了天花板上，凶手将天花板升上去杀死了小翼。接下来凶手又降下了天花板，由于门这一侧的天花板仍被门顶着，尸体就会向房间里侧滑去。如果这样尸体就会出现在房间的里侧，所以要在天花板再次升起时将尸体放置到更合适的地方。尸体应该就是在这时被移动到靠近房门的地方的。最后，凶手彻底降下天花板，这样就能在升降天花板上沾上血迹，制造出假的案发现场。"

"真是既恐怖又麻烦的杀人方法啊。"

"是啊。我也还没想清楚这么做的意义是什么。"

我挠了挠脸颊。

"有什么不妥的地方吗？"葛城催促着问道。

"有几个问题。首先，为什么凶手知道小翼在天花板上面呢？"

"因为小翼让凶手帮忙了。为了进入天花板里侧，她必须拜托其他人操纵绞车。就是这个人杀害了小翼。"

"等一下。一个人不行吗？虽然正如葛城所说，天花板降下后，如果想要恢复原状，就需要有人协助。但还是很奇怪啊。而且小翼为什么要画那张平面图？她是什么时候知道宝物藏在那里的？"

"是啊。你回忆一下，我们拿出平面图时贵之和文男的反应。"

当时两个人站起身，瞪大了眼睛，看起来很吃惊……不，那也有可能是"你们怎么会拿着这个"的意思。

"难道说，是那两个人？"

"我认为他们俩应该既知道升降天花板的秘密，也知道有这张平面图。"

"这样的话，他们昨天应该会说出来吧！从昨天开始我们就一直在寻找密道啊！"

"你声音太大了，田所君。不过，你的愤怒是合理的。可是平面图上并没有标注密道，他们应该也不知道密道在哪里吧。"

"那也应该公开这些信息嘛。"

"嗯，但他们想尽量隐瞒这件事吧。他们不想让人知道宝物所在的地方。他们打的如意算盘是，在不给我们看平面图的前提下，让我们找到密道。"

我还是不能理解。但他催促着问"还有其他问题吗"。

"绞车上的螺丝是什么时候卸下来的？按照刚才所说的杀人方法，只要操纵绞车降下天花板就行了吧？为什么还要把螺丝卸掉……"

"因为当时不能靠电力操纵绞车了。"

我不禁"啊"了一声。

"这就是你调查停电一事的原因！"

原来葛城的一言一行都有意义，我深感震惊。

"凶手不想让人知道，天花板上面才是真正的案发现场。我们姑且将天花板的上面，也就是有楼梯的部分称为A面，天花板的下部，也就是能与房间里的地面接触的部分称为B面。实施杀人时，血迹残留在了A面。然而这时凶手发现停电了。恐怕是在凶手将尸体从天花板上放下来，再移动到适当位置时停电的吧。之后凶手来到隐藏房间，启动绞车，却发现停电了。"

"而这时天花板的B面还未沾上血迹……"

"在这种状态下，如果天花板的B面没有沾上血迹，就会显得奇怪。使用A面杀人的真相就有可能暴露。凶手的真正目的应该是想要隐瞒我们接下来就要去看的'宝物'的存在。"

"可是他并不知道电力什么时候会恢复。"我说道。

"毕竟是非常时期嘛。他也许认为备用电源彻底坏掉了也说不定……如果凶手这么想,他就会认为,要让天花板落下来,就必须切断钢缆才行。而此时小翼已经死了,不管花多少时间切断钢缆都无所谓。"

"原来如此。也就是说停电前后就是行凶的时间……那么,当时一直在客厅里聊天的久我岛和贵之的不在场证明成立。"

葛城点了好几次头。他好像在看空中的什么东西。

"……总而言之,只有这样才能同时解释小翼为何没有逃走,以及尸体被发现时的状况……既符合逻辑,又有实际的证据……"

"而且,"葛城看着我,继续说道,"我们的说法也终于站得住脚了。天花板有可能因为事故而落下,却绝对不可能因为事故而升起。尸体是从天花板的上面移动到地板上的,那就并非事故导致小翼死亡。我们终于能击溃飞鸟井的说法了。这是杀人事件……而且,凶手……"

"就在那些人之中……"

我的身体开始不受控制地颤抖起来。果然如此,凶手就在对飞鸟井得出的事故结论表示赞同的那些人中间。在表面看上去齐心协力、一团和气的氛围之下,却有人在暗中窃喜。有这样一个人,正自得地作壁上观,看着葛城与飞鸟井的对决。

恐惧最终化为了愤怒。

"葛城。"

"怎么了?"

"我上天花板吧。"

"你想通了?"

"你之前说过，我的缺点就是很容易喜欢上女孩子。"

他眨了眨眼。"我说过。现在我也是同样的想法。"

"嗯，这次我好好反省了。虽然我看起来还算轻松，但其实我的内心受到了很大的打击。我和她约好要三个人一起出去玩的。"

葛城没有嘲笑我，也并不显得吃惊。虽然他平时总是取笑我，说我很容易对女孩子一见倾心，但当我真的受到伤害时，他却不会在我的伤口上撒盐。"这样啊。"他亲切地说。"我想要完成这个约定。"听到我的低喃，葛城"嗯"了一声。我感觉到胃酸上涌。小翼昨天的笑容还历历在目。突然之间我产生了一种强烈的、必须要知道真相的冲动，我必须知道那个破坏了我和她的约定的人是谁。

"我会一直跟着你，不管是以何种形式，我都要亲眼见证这件事了结。我要知道这件事是如何开始，又是如何结束的。而你的推理，能揭露全部真相。"

"……啊，是啊。"

"所以不管多么痛苦，我都必须亲自去她失去生命的地方看看。如果不这样，就无法抚平我的情绪。虽然我并不知道是否该去抚平这份情绪。"

我觉得自己也许想得太多了。

"如果去能让你了却心结，我是不会阻止的。那就交给田所君了。"

"嗯。你把手机借我用一下，我上去后，会尽量把看到的东西都拍下来。葛城你呢，可不要把绞车的操纵权让给别人啊。"

说到这里，我再一次意识到，一旦上到天花板上面，我就会处于和小翼当时同样的危险境地——当天花板上升的时候找不到逃跑的出口，在天花板上升的那一分钟里甚至做不了任何事情。也就是说，绞车掌握在谁的手中，就等于是谁握住了我的生杀大权。

不，要不要再叫上其他人呢？只有我一个人去确认案发现场，这让我十分不安，而且我害怕一个人被丢下。

"不过，如果真的发生了操纵绞车实施的杀人行为，那么负责操纵绞车的人肯定马上就会被怀疑吧？比如现在的贵之先生。那么，真的能在这种情况下杀人吗？不管是谁操纵绞车，都有一分钟的富余时间。如果能在这段时间内及时地从凶手手中夺取绞车的主导权，就能让受害者免于被杀。"

"嗯，正常来讲是这样的。"

葛城别有意味地摇了摇头。

"可是，如果是被多个人压制，你还有信心夺取绞车的主导权吗？"

"什么？喂，你到底是什么意思？凶手有好几个吗？如果你知道的话就告诉我——"

"不，不是。我也不知道凶手到底有几个人。不过我们必须得考虑到这种可能性，再慎重地行动。"

葛城懊恼地摇着头。我想那其中也混有一些对我的同情吧。

"这个宅邸里的人，可以轻易地形成同谋。因为他们的利害关系是一致的。"

"利害关系？葛城，我完全听不懂你在说什么，这到底是……"

"算了，差不多也该去贵之那里了，我们出来太久会惹人怀疑的。"

葛城突然中止了话题。我们进入隐藏房间，向贵之说明了天花板里的机关,并且提出希望他来一下升降天花板的房间。至于贵之之前知情不说的事,我们并没有提。

结果到了最后我也没弄清楚葛城的意思,也没有再问他所说的"利害关系一致"是指什么。

我们带着贵之回到有升降天花板的房间。葛城当着所有人的面宣布我要上天花板,一时间大家议论纷纷。

"……能让我也上去吗?"

首先表态的是财田文男。

"那里是妹妹生前最后看到的地方吧……既然她是特意上去的,那里应该有重要的东西。我也想看看。"

我能理解他。我也有相似的想法。我还是不太敢一个人上去,有其他人愿意同行,也正合我意。

"我也要去。"

令我意外的是,接下来举手的是飞鸟井。

"如果上面有那么一个空间,那里很可能有关于密道的提示。我一定要亲眼看看。"

飞鸟井转向葛城。

"葛城君,不好意思,之前对你多有得罪。我原本以为你是在走弯路,但没想到最快发现有关密道的提示的人,是你。"

她说得直截了当,不带一丝犹豫或懊悔,也不像是在计较什么。她身上已经不存在身为侦探最重要的骄傲了,所以她轻易就认了输。而之前她所说的现在应该齐心协力,也并不只是为了络笼葛城,而是她内心的真实想法。

葛城似乎对飞鸟井就这样认输有些不满。他是想证明自己比飞鸟井更加优秀吗?他会在意别人的看法吗?可当我这么想的时候,又觉得我是不是太把自己当回事了。

"那……这样的话，我也去吧。我对财田雄山留下的'宝物'很感兴趣。"

久我岛这么说，小出却反对。

"不，大叔你还是算了吧。"

久我岛瞬间露出被抓到要害的表情。

"我们都不知道这天花板到底能承受多大的重量啊。"

可真是犀利。

"的确。"飞鸟井说道，"只有我、田所君和文男先生三个人上去的话，因为田所君很瘦，所以应该能承得住。"

"长得瘦真好啊。"

被人这么说，我的心里有些不舒服，像是在被人说不够男人。

不过三个人也是不错的组合。如果只有两个人，万一对方是凶手，我可能还来不及抵抗就被杀死了。虽然我还很在意刚才葛城说的"简单的共谋"这件事，但是葛城并没有对这个三人组合提出异议，他应该是认为飞鸟井是安全的吧。

葛城和财田贵之以及久我岛去隐藏房间，负责操纵升降天花板的绞车。小出留在有升降天花板的房间，待在电动门旁边帮忙传话。

天花板倾斜着降到地面上时，葛城去雄山的房间拿来一支记号笔，在地上画了一道线。

他解释道："刚才我把手机靠在墙边，是为了确认当倾斜的天花板降下来时，对着天花板那侧的'安全区域'……计算下来大概有三十厘米宽的空间是安全的，不事先确认会有危险。"

"准备得很到位啊。"飞鸟井有些吃惊地说道。

"那么，接下来就去揭开真相吧。宅邸中最大的机关现在就在我们眼前，"葛城微笑着说道，"说不定密道的入口已经打开了。"

13 "宝物"【距离馆被烧毁还有 5 小时 21 分钟】

好大的力量啊，可恶……

我后背紧贴着墙壁，被眼前的光景所震撼。在我眼前移动的天花板现在已经把出路完全封死了，这让我紧张了起来。

"田所君，文男君，你们把脚稍微张开一点站。葛城君没有测量过天花板的厚度，我们得做好万全的准备。"

听了飞鸟井的话，我们两个人便叉开腿。我发现身为女生的飞鸟井也尽量撒开双腿站着，虽然画面颇为怪异，但这毕竟与我们的性命息息相关。

天花板一点点地逼近，实在是非常刺激。我的身体剧烈地颤抖着。过了一分钟左右，天花板随着轰的一声巨响停了下来。

刚刚在录像里看到的楼梯出现在了眼前。

"这也太壮观了。"

文男吹了声口哨，听声音有些颤抖，应该用了不小的力气。

"那我们就去看看吧。"飞鸟井有些紧张地说道。

我胆怯地向楼梯踏出一步，这是非常重要的一步。

葛城之前跟我说过楼梯上应该残留着血迹，因为这里才是真正的案发现场。但我身边的两个人并不知道。虽然我并不认为飞鸟井是凶手，但在已经确定小翼是死于某人之手的当下，不得不承认每个人都显得颇为可疑。

飞鸟井停下了脚步。

眼前的景象要比录像中的画面更加清晰。水泥制的楼梯上不仅有血迹，还留有开始腐烂的脂肪。我用手机的手电筒照向内侧的天花板，那里的确沾有血迹。在我脚边甚至还有些毛发，感觉很恶心。

小翼就死在这里。我们的约定就是在这里结束的。

我差点当场吐出来，最终拼命压下了这种冲动。

"原来如此啊……"

飞鸟井说出一句我无法理解的话。她的语气就像是亲眼确认了早已得出的结论一般。

文男则一脸铁青地呢喃着"这好过分……"，他这朴素的反应与飞鸟井形成了鲜明的对比。

"难道还有一个人在这里被杀了？"

"恐怕并非如此。死在这里的是小翼啊。"

飞鸟井开始向吃惊的文男解释，她的推理总体上与葛城说的差不多。果然，虽然这两个人的立场不同，但思考能力差不多。

"看来我真是得认输了，还是你的福尔摩斯比较厉害。"飞鸟井带着略显恶作剧的微笑对我说道。

"请你自己去跟葛城说吧。"我耸耸肩，如此回应。

我们上到楼梯的最顶端，在那里发现了意料之外的东西。

"书架……"

文男的脸上浮现出疑惑的神情。

我们的眼前是一面高高的书架。看上去像是从与真正的天花板相接的侧面墙壁拉出来的。升降天花板向下移动时，侧面的墙壁底部张开，书架降下。若站在房间里往上看，就只能看到普通的天花板，但实际上这里居然装着这样的机关。

书架上不仅有书，还有照片和装裱起来的画作，东西繁多。但最下面的那层什么都没放。

我被堆在书架左侧的稀有书籍吸引了。这些书的初版现在得值多少钱啊，反正大火马上就要烧过来了，真相什么的都不管了，先读读这些传说中的书籍吧。诸如此类的想法在我的脑子里打着转。

然而，在房间里往上看时，是看不到这个书架的……

我用手电筒照着天花板，这才搞清楚那种不协调感是怎么回事。书架的出现是与天花板的移动相关联的。当天花板倾斜着降下来时，原本挡在书架前的薄板就会向上收起，所以之前站在下面往上看时什么都看不到。

"看来这里没有密道啊。"

"我们原路返回吧……"

文男叹了口气，看来他早就知道这个秘密，此时是一脸扫兴的表情。

"啊——"

飞鸟井发出了声音。我看向她，只见她面色潮红，正神情恍惚地抬头看着书架。接着她踉跄着走了几步，脚步沉重，嘴里还发出"啊、啊"的声音，就像是一瞬间被夺走了活力的病人。

"飞鸟井小姐……"

我试图搭话，她却毫无反应。

她向书架上摆放着的一枚大尺寸画框伸出手去。画框中裱着一幅绘画作品，旁边放着白色的百合花。也许是人造的假花吧。

那是一幅少女漫画风格的水彩画。A3大小的画纸上画着一名少年，正高举着一颗橘色的宝石，露出无畏的微笑。这幅画的画技业余且粗糙，却让我感受到吸引人的迫力。我马上就知道了其中的理由。是一道一道的线条。那线条毫不犹豫，坚定且清楚地刻画出绘者的意志。而背景中所描画的森林，一枝一叶都仿佛可以呼吸一般栩栩如生。

但是，这幅画在书架上却显得格格不入。就像是在父亲的书房里摆放着适合女儿的香氛用品一般——不该存在于这里，让人

2F

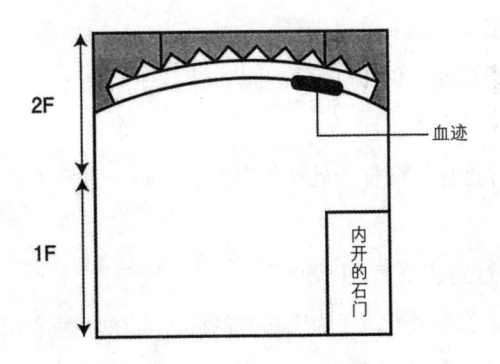

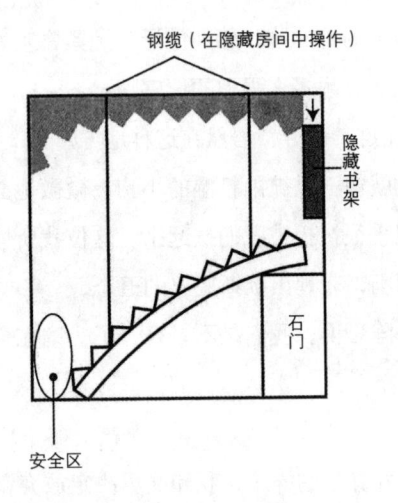

1F

血迹

内开的石门

钢缆（在隐藏房间中操作）

隐藏书架

石门

安全区

升降天花板图解

无法忽视。

不经意间我有了一种不祥的预感。画框旁边的人造百合花也有极强的存在感，就像是有人刻意放在那儿的。飞鸟井有了反应。她伸出手，想要触碰画框。

手碰到画框的瞬间，她大叫了一声。

"啊……！"

飞鸟井抱住了画框。她头发散乱，像是一直努力忍耐着什么一般。

"喂，这到底是怎么回事？"

文男疑惑地问道。因为飞鸟井的样子实在是太异常了。

"飞鸟井小姐……"

我看向蹲下的她的脸，感到惊讶。她紧紧咬着嘴唇，甚至咬出了血。她是在忍耐多么强烈的情感啊。

"怎么会在这种地方，居然在这种地方。"

看背影她就像一只被雨打湿的小狗，微微地颤抖着。她用力地抱着画，似乎很抗拒被我们扶起来。这位我所憧憬的女性，此时就蹲在我面前，表现出歇斯底里的丑态。

我感到一阵恐惧。我们是不是打开了一扇完全不在预料之内的秘密门扉。

看着飞鸟井异常的样子，我和文男决定放弃调查，从天花板上走了下来。小出还留在房间里，我们让她去告诉另一边，可以把天花板升上去了。

看到飞鸟井面色发青的样子，小出吹了声口哨。

"喂，我可真没见过你这副样子啊。到底看见什么了？"

飞鸟井依旧低着头抱着画，一句话也没说。

葛城跑进房间,肩膀颤抖着。"发现了什么!"他叫道。文男说:"我去叫父亲他们。至于飞鸟井小姐,还是先让她去房间里休息吧。"说完他就走了出去。小出没能从飞鸟井的反应中读出什么,便也一脸无趣地出了房间。

升降天花板的房间里只剩下我、葛城和飞鸟井三个人了。

"飞鸟井小姐。"

我感觉喉咙发干。

"那幅画,到底是怎么回事?"

"画?"

葛城疑惑地问道,接着马上瞪大了眼睛。

飞鸟井依旧没有抬头,勉强答道:"这是……你们也知道的那个人……是美登里画的……!"

我一时间并没有反应过来这个名字属于谁。然而随后我便像被雷劈中一般大受冲击。

美登里?

甘崎美登里!是那个一直待在飞鸟井身边,担任她的助手角色的天真烂漫的少女啊。

是甘崎美登里画的画?

可是……为什么会在这里?

"那孩子……那孩子曾经高兴地对我说,她画的画将被用在亲戚写的幻想小说中。但因为是秘密接下的工作,所以她只对我一个人说了这件事……虽然她没给我看过草稿,但我知道,这就是她的画。我一看到这笔触、这脸部的轮廓就知道了。这上面有她的气息。"

她突然回过头,表情阴森地说道:"她就是在去那位亲戚家给对方看画的第二天……被杀的!我没有在她的遗物里找到那幅画！这么说来，持有这幅画的人就是！"

突然，我发现画的边缘有一道黑色的痕迹。是烟灰。在画框内侧左下角的位置，沾着一块带烟灰的塑料碎片。这块塑料碎片是什么时候沾上的？是把画摆在那里的人弄上的吗？还是说，是起火后沾上的？仿如在回应我的疑问一般，画框上那一尘不染的螺丝反射着从走廊射入的光，散发出炫目的光彩。

飞鸟井语气强硬地继续道："除此之外没有其他可能性了！那家伙不会把画交给任何人的。十年前，我们翻遍了所有地方，只有这幅画，只有这幅画，怎么都找不到……"

飞鸟井抓着我的肩，像是要倚靠过来。我能感觉到她身体的重量。我支撑着她，她已经难以独自站立了。

"看起来好像是这样啊。"葛城突然以冰冷的声音揭示道，"十年前，本该被你抓到的连环杀手，就在这个宅邸中……"

我起了一身鸡皮疙瘩。我终于知道在看到书架上的画的瞬间为什么会产生不祥的预感了。

"可是……可是……难道说是十年前的因缘，注定要带我走到这里……"

要如何精打细算，才能产生现在这样的结果呢？要制造这样的结果，绝非轻而易举。首先需要葛城发现天花板上的机关，并且确信天花板上面藏有证据。接着，为了寻找密道，飞鸟井要提出爬到天花板上。这样才能制造出最具戏剧性的场面，飞鸟井亲眼看到了甘崎的画作。

我刚才对葛城说，**我要知道这件事是如何开始，又是如何结束的**。但这一切的开始并不是小翼被杀，这一切从十年前就开始了。从飞鸟井还是名侦探那时起。

我因为憧憬飞鸟井而想要成为名侦探。之后我遇到了葛城。

这一切都是有关联的。这一切，都源自飞鸟井。

飞鸟井光流，就是这一切的开始。

"飞鸟井小姐，你明白了吗？"

飞鸟井抬头看着葛城。这位前名侦探正瞪着眼睛，表露出激烈的情绪。相对的，葛城则冷静得像块冰。他甚至冷静到让我觉得有些残忍的程度。

"在这个宅邸中有你的宿敌。也就是说，有人正戴着面具撒谎——不，是有一个怪物，混在我们之中。"

"……你已经注意到了？"

"我还不知道小翼被杀的原因。我觉得和你有关的可能性不大，不过这只是我的空想。刚才你说的也让我很惊讶。"

"到底是怎么回事呢？"飞鸟井边说边摇了摇头。

突然，有升降天花板的房间暗了下来，是因为从走廊射入的光被挡住了。

我向入口处看去，发现"他们"正一起走来。

财田文男一脸关切地看着飞鸟井。

财田贵之意味深长地抚着下巴，低头看着因为剧烈的打击而失落的飞鸟井。

小出第一次看到飞鸟井这副样子，毫不掩饰自己正兴致满满。

久我岛敏行不知是不是因为目睹飞鸟井动摇的样子而不安，他捂着嘴，微微摇着头。

由于背对着走廊里的光，所有人的脸都蒙上了一层阴影，这更加深了大家心中的恐惧。**在我们之中有一个怪物**。一想到这个，我就感觉汗毛直竖，害怕得身子僵硬。

"不过……这样还不算完。"

葛城小声说道。音量小到只有我和飞鸟井能听到。

他晃动着身体,就像个幽灵,仿佛有火在燃烧的双眼看着我。

这时我才意识到,他可能是另一种怪物。他为什么要以那种冰冷的态度对待受伤的飞鸟井呢?是什么促使他那样做吗?

这些我全都无法理解。

"飞鸟井小姐,"名侦探像在念咒一般低语道,"我要将这个宅邸和'他们'——所有的秘密全部揭露出来。"

第二部 灾变

（……）虽然文风可以复制，但是这首诗中含有某种深入骨髓的东西，这和其他场合下留下的内容也很相似。这糟糕的韵脚、毫不修饰的口吻，就像是孩子写下的。这是同样风格的文章。博斯感到混乱，胸口传来疼痛感。

是他，博斯心想，是他。

——迈克尔·康奈利《混凝土里的金发女郎》

*

这世界上只属于我一个人的公主——因为找到了她,我的每一天都变得闪闪发光。

飞鸟井光流。我看到她了。她站在八号车厢的第三道门前,那是属于我和她的固定位置。我到车站的时候,她一定会等在那里。她的嘴里吐出白雾,还是不要让她等太久吧。

今天开始,我们换上了冬季校服。她穿夏季校服很漂亮,不过穿着毛衣的光流也很可爱。她手里拿着一本文库本,手被冻得通红。"我不喜欢戴手套。"我回忆起她带着不满说过的话,"那样就没法翻书了嘛。像是手机,哪怕戴着手套也能用,至少能发发信息,不觉得这样有点不公平吗?"因为觉得很有趣,我送了她一副露出指尖的手套,作为十一月出生的她的生日礼物。

"早上好,光流!"

我从后面抱住她。隔着毛衣也能感觉到她的体温。

"你真适合穿冬季校服。"

"大早上就这么精神啊。"

光流被吓到了,倒吸了一口气。

"好啦,电车来了,松手吧。"

"你对我的冬季校服没什么感想吗?"

"有啊,很可爱很可爱。"

"啧。"

电车终于到了。我让光流坐在靠边的座位上,然后坐在她旁边。坐到离学校最近的车站需要二十三分钟,这一段是我每天最喜欢的时光。我有社团活动,放学时不能和光流一起走,而且我们两个不在同一个班。所以这是我和光流唯一能一起度过的时间。我们聊些无聊的话题,或是听昨天新买的专辑,约定要一起吃午饭,还会聊聊放学后和周末的安排,乘车的这段时间任由我们想做什么都行。

今天的话题我早就提前想好了。

"之前那起事件中大显身手的光流,我画好了哟。"

"哇。"

然而光流却按住了我准备翻开素描本的手。

"别在这里看啊,太丢人了。"

"有什么嘛,我画得很好的……"

"我不是说不想看啦,只是不想在这里看。"她的眼神有些飘忽,"我们午休的时候去天台上看吧,怎么样?"

也好。于是我们就这样约定了。

我满足地合上素描本,开始了其他琐碎的对话。

——你啊,应该开始考虑更加认真地画画了。

美术部的学长一脸严肃地对我说。该什么时候开始,其他人会不会同意,这类话语会束缚住我。我想画的时候就会画,至于参加比赛啦,别人的评价啦,老实说这些我都不怎么在意。

这样的我有那么奇怪吗?

我无法停止画画。但为了比赛而画,又实在是太无聊了。那种完成任务的感觉会戳痛我的心,让我不再能感受到快乐。

而改变这一切的正是光流。

我的公主大人。

一开始,她留给我的印象只是她是和我同校的漂亮女生。接着,一年级的五月体育节上,她出色地解决了一起发生在校内的盗窃事件。

事件本身平平无奇。然而,冷静地进行层层推理,利落地揪出真凶,光流的行动充满了魄力……

并且颇具美感。

那天晚上,我在画纸上将这一幕描绘了下来。我只用一支铅笔,画下了穿着体操服的飞鸟井光流展开推理的样子。接着修改了很多次,可不管怎么打磨,都无法传达出她推理时的美。我不断尝试、不断修改,终于完成了能让自己满意的作品时,体育节后的周末已经结束了。

第二天,在学校里回过神来时,我正在敲隔壁班的门。

"飞鸟井同学在吗!"

被我叫到名字的她正一脸郁闷地读着一本文库本。她抬起头,慵懒的视线看向了我。我激动不已,同时感到惊讶,此时的她和推理时简直判若两人。

"怎么了?"

"我是隔壁班的甘崎美登里。你好。"

她颇有礼貌地点了点头,之后视线又落到了书本上。

"放学后你有时间吗?"

"欸?"

"放学后。如果你有时间,来天台吧。我想给你看样东西。"

她没有隐藏眼中怀疑的神色,我却也没有因为胆怯而动摇。这是当然的。我没有理由动摇。不管她露出怎样的表情,我都想接连不断地描绘下来。

果然,对我来说她是必不可少的。这个念头充斥我的脑海,越发膨胀——这导致我那天根本没好好听课。

放学后,在天台上,我和光流第二次面对面。

"体育节的时候你太厉害了。"

我急于套近乎,引来了光流困惑的目光。

"也不是什么大不了的事吧。"

"才不是呢。你真的很厉害。"

"谢谢。可是,都已经结束了。侦探什么的,我现在已经不是了。"

我很吃惊。"为什么?你明明有那么厉害的才能。"

"才能啊。"她苦笑了起来,"其实没什么大不了的,只是我一旦注意到了什么,就没法保持沉默。其实我并不想引起别人的注意,我觉得太羞耻了。"

她脸上的表情像是在说,真不敢相信自己竟会说出这样的话。

"不能保持沉默啊,你真是个温柔的人。"

听我这么说,她瞪圆了眼睛。

"我还是第一次被人这么说呢。"

她那暧昧的微笑,剧烈地刺痛了我的心。

"……我说,为什么你不当侦探了啊?"

这个问题似乎让她很意外,她露出"这个问题有什么意义吗"的表情。可尽管如此,她还是告诉了我。也许因为是第一次被别人问到,所以她也产生了想要倾诉的心情吧。

"……嗯,硬要说的话,就是我对揭发真相这件事感到疲劳了吧。不管是什么样的事件,都会有人成为加害者,有人成为被害者,而我一旦发觉了真相,就无法保持沉默,一定要说出来。这就相当于介入到他们之间,弄乱,有时甚至是打破了事物的状态。"

我没有追问她都遭遇过怎样的事件,因为看起来她并不想打开回忆之门。

所以我说起了关于未来的话题。

"所以你不想再当侦探了?"

"对。"

她有些厌倦地叹着气。

"我已经受够了。你今天叫我出来,该不会是想委托我破案吧?我不会接受这种委托的。"

她话里带刺,显得有些不耐烦。

"这样啊。可能也算是某种意义上的委托吧。"

"唉,果然如此……"

"我想让你继续当侦探。然后,请让我待在你身边。"

我的话让光流僵住了。片刻之后,她发出"咦"的一声。

"这就是我的委托。"

"等一下……这算什么啊?"

"我把那天的情景画了出来。"

我将素描本打开,给她看了那幅画。"这是我?"她惊讶地问道,接着满脸通红,一直红到了耳根。她低下头,语速很快地说道:"真不好意思啊。你这个人还真是奇怪。那次是我们第一次见面吧?"

"只看了一眼我就决定要画下来。我想,只要有你在,我就会一直画下去。"

"你也太自说自话了。"

"随便你怎么说都好。"

"我可不好。"

"你要拒绝吗?"

"倒也不是——"

"那就是答应了？"

"你还真是会强人所难。"

"因为我讨厌半途而废。"

"也就是说我跑不了了？"

"我只是想待在你身边。"

"如果答应了你的要求，会不会显得我很轻浮啊。"

"没这回事。你只需要为了我继续当侦探。"

说到这里，她终于认真了起来。她咬着嘴唇，慢慢地说道："那么，这对我有什么好处呢？"

我感觉脚下不稳，可她会这么问也合情合理。是我过于冒进了吧。对于我来说光流是特别的，可对于光流而言，我却并没有特别之处。我只是今天突然跳到她面前的冒失女生而已。想到这里，我感觉全身的力气都被抽走了。

"……这我还没想过。"

光流一动不动、目瞪口呆地看着我。

"那么……你是心头一热就来找我了？"

她哈哈哈地笑出了声，抱着肚子，抬头看着天空。她笑起来是这样的啊，给人很清新的感觉呢。我甚至没有因为剧烈的打击而感到失落，反而拿出了素描本，想要永久地记录下这个瞬间。

"啊——好奇怪啊。"

"对不起。"

"你终于冷静下来了？"

"嗯，我足够冷静了。"

"我说你啊……甘崎，你是叫甘崎吧。你知不知道自己说出了多么残酷的话？"

"欸？"

"你让我为了你继续当侦探。我明明都说了不想再做了,要和事件关系人对话,要钻进人群,要制造混乱,要解开谜题,要揭发真相,要搞破坏,只因为你的一厢情愿,嗯,我就得再一次又一次地经历这些事情。"

"我不是这个意思。"

"嗯,我知道这并非你的本意。可是你说你想待在我身边啊。"

她这番变化无常的回应让我完全陷入了混乱,到最后我也不知道她到底是答应了还是拒绝。我只顾着慌里慌张了,完全无法镇定下来。

"你待在我身边能帮上忙吗?是想当我的助手吗?"

"唔。"

这一下算是问到了我的痛处。我既不懂推理,也不擅长打斗。我无法直视光流的眼睛。

"我、我会拼命努力的。"

"嗯。算了。"

光流伸出了手。我有些疑惑,是否该去握住她的手。明明是我一时冲动去找她的,却在这种时候胆怯了起来。

"那就证明给我看吧,你在我身边能帮上什么忙。如果接下来又有事件发生,我会再当一次侦探的,不过仅限一次,到时候一次定胜负吧。"

"我明白了。我绝对会让你认可的。"

答应了她的条件之后,我才觉得有些不可思议。下一次事件?会是明天?还是一周之后?又或者是几个月之后?到底什么时候会发生,这种事完全无法预知。

"那个,事件发生之前的这段时间,我们之间……"

"……算是朋友吧。这样行吗？"

看光流的神情我都能猜出自己有多么喜形于色。

于是，我成了她的助手，到哪儿都和她一起。

我把自己正在画画的事也对光流说了。

"我来为《飞鸟井光流事件簿》画插画怎么样？"

"哎呀，不要啦。"

我的侦探那不禁逗又嫌麻烦的样子还真是可爱。

不过有时我也会感到不安。

——那么，我能得到什么好处？

对于我来说，光流是不可替代的，但我对于光流来说却并非如此。

我对她表露过一次这份不安。

"不是美登里就不行的哦。你得拿出自信来。"

"我知道啦，可是，哈哈……"

"倒不如说我才是那个不自信的人。美登里跟所有人都处得很好，性格开朗，又会画画，有着成为插画师的梦想。可我呢，只是成绩稍微好些罢了。侦探什么的，在社会上一点用处都派不上。"

"说什么成绩稍微好些，真是让人不舒服呢。"

她的成绩位列全年级第一。

"反正就是，等我们成了大人，我肯定会被美登里甩在身后，什么都无法胜任。"

她露出寂寞的微笑，伸出手指抵住我的嘴唇。

要怎么做，才能成为对她来说不可替代的人呢？我决定努力成为厉害的人，这样才能坦然地站在她的身边。那就先从她所认可的绘画才能开始吧。必须努力做成些什么，才能坦然地与她并肩。

　　恰好在这时我抓住了一个机会，为亲戚即将出版的幻想小说绘制插画。那是一部共七卷的长篇幻想小说。虽然有一层亲戚的关系，但也的的确确是对我才能的认可，这让我雀跃不已。如果能够成功，我想我一定能获得自信。

　　当然，创作过程中受到的挫折，我两只手都无法数清。毕竟是专业的工作，必须对每一幅画负责。我之前不是还逃避参加竞赛呢吗？什么责任啊义务啊，我不是想甩掉这些，自由自在地画画吗……

　　不过我想我应该再一次去面对那个软弱的自己。这一切全拜光流所赐。就如同我离开了光流就无法继续画下去一般，我产生了希望光流也没有我就不行的奢侈想法。为了这个，我必须经历必要的试炼。

　　等到我给她看那本书的时候——她会是怎样的表情呢？她笑容满面的样子会让我高兴，她哭泣的样子会让我觉得新鲜，如果她露出了我从未见过的表情，那可真幸福。

　　我抱着刚刚画好的 A3 大小的画纸，情不自禁地哼起了歌。

　　我迫不及待地期待着那一天的到来。

　　真的是非常期待。

*

调查报告

　　平成二十 X 年九月十日
　　"爪"犯下第六起罪行

在私立M高中的校园里发现了被害者甘崎美登里的尸体。第一发现人是该校的事务员D。前一天从二十一点开始下大雨，因此现场没有留下脚印等任何可作为证据的痕迹。

已确认被害人的双手指甲都做了美甲，这是"爪"的犯罪特征。这次是黑白格子图案，重现了第一起案件时使用的图案。第二次是蓝色的，那么接下来如果"爪"再次作案，会是蓝色的美甲吗？

现场留有一张写给甘崎的朋友飞鸟井光流的字条，上面写着"都是因为你，较量重新开始了"。这张字条被放在应该是被害人装画材的文件夹里。文字是用水笔写成，虽然一部分被水浸湿，但文字内容不难判定。这是"爪"第二次在犯罪现场留下信息。（第一次是在第二起案件现场，被害人被割开的喉咙里夹着一张便笺，上面署了"爪"这个名字。那之后，"警视厅通知重要指定事件×××号"就被大众媒体以"爪事件"代替。）字条由工整的楷体写成，没有用尺打线的痕迹。这是自信的表现吗？现在警方正在进行笔迹鉴定。

该凶手还有向尸体喷洒香水的犯罪特征，但因为事发当天有强降雨，所以无法确认是否有香水的气味。被害者的怀中被塞入一枚香袋，但袋子已浸湿，没有气味了。（……）

1 "爪"【距离馆被烧毁还有4小时54分钟】

火烧过了河流，不断逼近。

我站在二楼的窗边向外看。矮木林那边冒起了黑烟，非常影响视线。风吹得窗户剧烈地晃动着，黑烟也随风飘动。不能再坐等救援直升机了。大火烧到落日馆，已经只是时间问题了。可能连几个小时都要不了。什么都不做地等待夜幕降临，就危险了。

"没时间了。"

飞鸟井摇了摇头。她的嘴唇发白。

"请稍微休息一会儿吧。"

我把肩膀借给飞鸟井靠着。支撑着她另一边肩膀的葛城看起来心神不宁。

——我要将这个宅邸和"他们"的秘密全部揭露出来。

我们从升降天花板上下来之后，葛城在那个房间里这样说道。

葛城的话在我的脑海中挥之不去。他到底想查明什么？又想揭露什么呢？是什么让他突然如此有干劲？

我和葛城陪飞鸟井待在她的房间里。我们对宅邸里的其他人解释说"送飞鸟井小姐回去休息一下"，便架着她回了房间。

我们让她坐在床上。我去浴室用水打湿毛巾再拧干拿来给她，又让她喝了些水。

看到她终于冷静了下来，我也安心地抚了抚胸口。我从来没照顾过不安的成年人，特别是成年女性，实在是让我惊慌不已。

说起来，那幅画……

我们在隐藏书架上看到的那幅画，已经作为证物收好了。为了让飞鸟井冷静下来，我们将画倒扣着放在桌子上。

那是十年前，甘崎在 A3 大小的画纸上为幻想小说绘制的插画。这幅画被裱在玻璃画框里，不知是财田家的人放在那里的，还是凶手放置的。如果这幅画原本就放在那里，那么当年的案子就很有可能与财田家的某个人有关——贵之、文男，或者雄山。

然而，在玻璃画框的内侧沾有烟灰，这意味着画是在大火烧起来之后才被装入画框的。因此，画是由杀人魔从外面带进宅邸的可能性或许更高。

就是十年前曾与飞鸟井光流对峙，应该已经被捕的杀人魔。也是杀死了甘崎美登里的杀人魔。可是，那个男人——户越悦树，不是已经自杀了吗？难道说，当年的真凶另有其人？

而那个人现在就在宅邸之中？

宅邸中每个人的样貌依次在我的脑海中浮现出来……我、葛城，还有飞鸟井，财田家的众人——卧床的雄山、一家之主贵之，还有儿子文男。此外是旅行者小出，还有住在附近的久我岛。总共八个人。

杀人魔就在这些人之中吗？不，将十年前只有六岁的我和葛城排除掉之后，还剩下六个人。如果再排除掉飞鸟井，就是五个人。不，真的能排除掉飞鸟井吗？我一方面因为自己竟怀疑到这种程度而感到羞耻，另一方面又认为这样去思考才算得上冷静。

我们身陷山火之中，小翼又在有升降天花板的房间遇害。那之后，我们在升降天花板房间的隐藏书架上发现了与十年前的命案有关的画。这可不能用偶然来解释。

"……田所君，书架上值得注意的物品，真的只有这幅画吗？"

"欸？什么意思？保险起见，我还拍了照片。"

我把手机递了过去，里面有好几张书架的照片。我拍了那些珍版书，还有装裱着那幅画的画框。

葛城像是自言自语一般地嘟囔着。

"……奇怪。这样一来，前提就不成立了。把画放在那里的意义是……可是……"

"葛城？"

他猛地抬起头。"不，"他慌忙补充道，"没什么。"

葛城重新面向飞鸟井，说道："飞鸟井小姐，看来这幅画是解决这起事件的关键。另外，与这幅画关联颇深的连环杀人魔……"

"等一下啊葛城。"

我跟不上葛城的思路。也不知道是因为我太笨，还是因为他跑得太快。为了搞清楚，就必须把问题问清楚。

"我还不知道到底是怎么回事呢。小翼是在解开天花板的秘密时被杀害的，这一点我明白了。可是，这与十年前的连环杀人魔有什么关系呢？这一点我想不明白。"

"田所君，这是一起异常事件。在被山火围困的极限状态下，凶手选用如此特殊的手段杀人，这么做有什么好处吗？是因为家族内部的矛盾？还是和久我岛之间发生了邻里争执？还有，小出小姐以前就认识这个家族的人吗？"

葛城摇了摇头。

"不是这样的哟。这并不是一起由寻常动机引发的异常事件，而是有漫长的因缘。能不能找到关键的突破口呢？就在这时，这幅画出现了。"

我不由得咽了一口唾沫。

"就结果而言，你是正确的。小翼小姐并非死于事故，而是被人谋杀。凶手还是十年前的连环杀人犯——'爪'……"

飞鸟井闭上了眼睛。

"爪"。我对这个名字还有印象。这是杀人犯的代号。虽然简单，却让人心生忌惮。

"可是……所以呢？我们在这个宅邸内撑不了几个小时了，

就算涉及过去的因缘——就算这个宅邸里真的有杀人魔——那又如何呢？"

她陷入了沉思，脸色苍白，嘴唇颤抖着说道："必须快点、快点想出办法。"

结果，我们只剩努力找出密道这一个办法了。虽然我对葛城的推理很感兴趣，但现在还是更赞同飞鸟井的意见。此时并不是促膝长谈的时候。

"就是因为是在这种时候啊。"

葛城的语气强而有力。他挺得笔直，倾身向前。

"如果真要死在这里，那我也希望是在知道了全部真相之后再死。"

我瞪大了眼睛，后背一阵战栗。

"侦探是我的生存方式。如果没能搞清楚在这里发生了什么就这样死去的话——那就是否定了我的生存方式。我是无法接受这种事情的。"

刚才他曾对自己的生存方式心生怀疑，但还是解开了"镜子机关"和升降天花板之谜——哪怕是在这种特殊时期，他也显得极为活跃。

"那……你打算怎么办呢？"飞鸟井一字一句地说道，"你——为了自我认可，就要随意摆布我们的人生吗？为了这个，就要夺走我们宝贵的几个小时？解开全部真相，满意地死去，可你敢说这也是我们希望看到的结局吗？"

飞鸟井的语气非常激烈。她瞪大了眼睛，仿佛用上了全身的力气指责葛城。

"我不知道。或许解开了全部谜题，就能找出密道的位置了。"

葛城颇有自信地口出狂言。

"你就这么有自信,这里有逃出去的地方?"

飞鸟井的声音有些粗暴,但再开口时她的声音又萎靡了。她猛地摇了摇头,似乎是意识到不管说什么都已无济于事,于是放弃了。

"……连环杀人魔,很可能在我们逃离的瞬间……'爪'也许会在那个瞬间露出獠牙。考虑到这一可能性,找出'爪'的真实身份就是有意义的。"

飞鸟井嘀咕着:"可是……二十分钟,我最多只能给你这么多时间。"

"没问题。飞鸟井小姐,我有事情想请教你。"葛城探身说道,"甘崎小姐死后,飞鸟井小姐确定了户越悦树就是'爪',但户越在被捕之前自杀了——之前你是这么说的吧。应该死了的杀人魔为什么再次出现了呢?而且出现在了这个宅邸……这一点我怎么都想不明白。"

我看向飞鸟井。她表露出妥协的态度,咬着嘴唇。

接着,飞鸟井讲述了"爪"事件的始末,以及甘崎美登里被杀害时的情况。她呼吸紊乱,讲述断断续续,哪怕只是回忆往事,也带给她相当大的痛苦。

"'爪'是以年轻女性为目标的连环杀人犯。他每次犯罪都会去装饰尸体,在尸体的周围摆上人造花,留下喷过香水的香袋,最后还要为受害者进行美甲。他用过剩的美学意识来装饰尸体。尸体的第一发现者曾说出'简直就像沉睡于都市中的公主一样'。"

"之所以称其为'爪',是因为美甲吗?"

"也有这方面的原因,但更重要的原因是凶手留下了署名。

第二名受害者是被割开喉咙而死的。凶手在割开的喉咙里留下了署名'爪'的便笺。"

"杀人方式有什么特征吗？"

"没有特征。"

葛城皱起了眉。

"也可以说杀人方式没有统一性。算上甘崎被杀害的六起案件，作案手法包括打死、刺死、枪杀、溺亡、电死、绞杀，每一次都会变。"

"使用不同的手段杀人，这应该也是一种规则吧。"

"这名凶手给人的印象是，若遵循某种规则完成杀人，他就会感到非常愉悦。"

飞鸟井面色痛苦地点了点头。

"十年前……凶手将甘崎从我身边夺走后，我便配合身为警官的甘崎的哥哥一起调查该案，最终决定抓捕那个名为户越悦树的男人。但最后没能做到，因为他自杀了。"

飞鸟井握紧了拳头。她的嘴唇颤抖着，继续说道："……那时，我的确觉得不太对劲。反复检验锁定真凶的条件、检验不在场证明后，我们认为凶手应该是户越。可当我们为了逮捕他而来到他的家中时，却发现户越悦树已经上吊身亡。我们从他的房间里找到了不少证物，并在他的电脑中发现了遗书。还有香袋，殴打第一名被害者时用的锤子，刺死第二名被害者时用的刀子，以及用来锯断被害者手腕的锯子……证据实在太多了。但当时我觉得，以自杀这种形式谢幕，并不符合'爪'的性格……"

光听她的讲述，我就感觉气血上涌。

"难道说……户越也是被'爪'杀害的？"

飞鸟井深深地点了点头。

"十年前我就产生了这样的怀疑。既然现在'爪'再次出现了,就可以这样断言了吧。"

"也就是说,飞鸟井小姐,十年前你并没有抓到真正的凶手。不仅如此,还怀疑到了无辜之人的头上。"

"葛城……"

我不假思索地站起身,但葛城的视线没有从飞鸟井身上移开。

"嗯,就是这么回事。"

飞鸟井干脆地承认了自己的失误,这让我感到惊讶。

不过她眼睛里的坚韧仍未丧失。这可真是不可思议。最初在宅邸中看到她时,她的双眼看起来就像幽灵般虚无。这是否意味着她已经不再拘泥于侦探的骄傲了呢?

葛城沉思了一会儿,而后缓缓地站起身,做出夸张的动作说道:"'爪'因为被你发现了犯罪的规律而深感焦虑。你成功地防范了他接下来的罪行,为了报复,他实施了名为'较量重新开始'的第六次犯罪。他杀死了甘崎小姐。而这一次就像是引爆剂一般,让飞鸟井小姐的手进一步接近了'爪'。为了报复而对甘崎小姐出手时,他大概并未料到会引发这样的结果。从他还没计划好第七次行凶就先贸然对甘崎小姐出手,也可窥见这一点。"

"说到底,我就是个微不足道的人。自信满满、妄自尊大,却在这么长的时间里都没有找出真相。"

飞鸟井自暴自弃地吐出这番话。我能从这激烈的话语中感受到她的憎恶。

"'爪'决定将所有的罪名都推到替罪羊身上,以应付警方的调查。他将证物转移到户越家,然后伪造出户越自杀的现场。"

在葛城干脆的发言之后,飞鸟井用如同舞台剧演员一般的语气继续说道:"户越是被绳子勒死的,这一点毫无疑问。尸体上没有吉川线①，也没有任何能够认定为他杀的痕迹。"

"现在还不知道凶手是使用了怎样的手法完成了犯罪。将绳子绕在门把手上，利用被害者自身的体重来压迫脖颈，也能造成缢死的效果。还可以让被害者喝下安眠药，再将其抱到绳结上。"

"嗯。总而言之，'爪'让户越成了自己的替身。与此同时，也意味着'爪'犯下的连环杀人剧拉下了帷幕。"

"还有，伴随着户越的自杀，作为侦探的飞鸟井光流也消失得无影无踪了。"

葛城缓缓地摇了摇头。

"十年……！这十年间，'爪'一直潜伏着。他杀死了作为连环杀人魔的自己。当然，我们无法确定这十年里'爪'是否还在继续杀人。接着，在这栋宅邸，你和'爪'再次宿命般地邂逅了。"

飞鸟井的身体颤抖了起来。我感到十分不快。

"好了，差不多该将舞台转换到现在了。"

听到我这样说，葛城点了点头。

将话题从过去转到现在，我拼了命地想跟上他们的对话。

葛城舔了舔嘴唇。

"已经确认了十年前的事件框架，现在就进入到下一阶段吧。

"十年前自杀的户越悦树并不是'爪'，真凶已经逃之夭夭。但又凭什么说'爪'就在这栋宅邸中呢？"

答案很明显。我回答了葛城的问题。

"在升降天花板之上的隐藏书架上，摆放着甘崎小姐的画。"

---

① 日本警察的专业术语，俗称抓痕。指脖子被勒住时，受害人下意识用手把勒住脖子的绳子向外拉而导致的抓伤。可作为他杀的判断证据之一。由日本大正时代的警视厅鉴识课长吉川澄一发现并以其名字命名。

"那幅画将十年前和现在联系到了一起。接下来要做的，就是追查这幅画的动向。实际上啊，"葛城继续说道，"我还没有完全接受这幅画是由'爪'放在那里的结论。财田雄山喜欢收集与连环杀人魔相关的剪报及资料，他有这方面的收集癖。也有可能是雄山机缘巧合得到了这幅画。还有一种可能是……"

葛城停顿了一下，语气强硬地说道："雄山本人，就是'爪'。"

我不由得咽了口唾沫。的确，如果那幅画原本就摆放在那里，那么理所当然的，会让人认为是财田家的人所为。

然而。

"葛城，我也考虑过这一点，但这说不通。玻璃画框的内侧粘有烟灰，那是山火发生后，有什么人把画框打开，再把画放进去的证据吧？"

听了我的话，葛城点了点头。"……我就姑且那么一说啦。"他微笑着说道。

"我将你们两个人的说法总结一下。"飞鸟井扶着额头说道，"不管持有这幅画的人是财田家的人还是外面的人，总之，将画装进画框这个行为肯定是在山火发生后进行的，是这么回事吧？"

"没错。那么接下来，就产生了三个问题。第一，画一直被'爪'所持有吗？第二，杀害小翼的人是'爪'吗？第三，'爪'的目的到底是什么？"

葛城拿起装着画的玻璃画框让飞鸟井看。

"我们按照顺序来。第一，要确定是否是'爪'持有这幅画，就要理清楚十年前事件发生之后的情况。

"这幅画与'爪'的第六次犯罪——也就是甘崎美登里小姐

在你们所就读的学校里被杀害的事件有关。可以确定在事件发生的前一天,她把这幅画拿给身为幻想小说家的亲戚看过对吧?事发当天甘崎小姐将画随身带着,而你认为'爪'拿走了这幅画,这是为什么呢?"

葛城看了一眼画。

"的确,这幅画画得很好。'爪'很可能在杀人后产生强烈的欲望,想要将这幅画据为己有。可是你在描述'爪'的特征时,却并没有说过他有收集癖。那为什么杀人后要将画拿走呢?'爪'这么做是为了什么……"

"因为下雨了。"

飞鸟井突然开口,让我有些摸不着头脑。

旁边的葛城沉默了数秒,马上想到了答案。

"是塑料文件夹吗?"

"脑子转得真快啊。"

她有些愤恨地说道。

"这是怎么回事?"

我因为跟不上这两个人的节奏而忍不住提高了声调。塑料文件夹,就是能把文件折叠起来装进去的东西。在甘崎被害的现场留有此物。

"飞鸟井小姐的意思是,'爪'之所以将画拿走,并不是因为想要那幅画,而是出于更消极的理由。

"我们来整理一下情况。甘崎小姐被杀那天是个雨天,对于'爪'来说,这是个突发状况。因为他特意带来的香袋被打湿了,据此我们知道'爪'的犯罪特征,也就是用香味装饰尸体一事进行得并不顺利。如果他提前就知道会下雨,应该会准备相应的对策。"

"这一点我能理解，但是雨和画之间有什么关系呢？"

"那一天，'爪'还想在现场留下一样东西。那就是想给飞鸟井小姐看的字条。但是字条上的字是由水性笔写的，这是'爪'的失误。"

"啊！"

我拍了一下膝盖。

"所以啊，如果就那么把字条留在现场，纸上的字肯定会被雨水模糊掉。尸体是在学校的操场被发现的，附近没有地方可以挡雨。虽然可以把字条放到甘崎小姐的包里，但包一直放在操场，一旦泡了水，字也会消失的。"

"原来如此，所以，凶手拿出了甘崎小姐的文件夹，把字条放在了里面。"

"但是那时，文件夹中的画被挤了出来，所以'爪'就将装在塑料文件夹里的 A3 大小的画拿走了。"

葛城用手掩着嘴。

"虽说'爪'有可能将这幅画赠予他人，但这毕竟是杀害甘崎小姐的证明。飞鸟井小姐刚刚就通过雨和塑料文件夹推理出了凶手拿走画的经过，想必'爪'是不会草率地处理这幅画的。这十年里，这幅画一直被'爪'所持有，这么想的可能性最高。"

葛城咳嗽了一声。

"那么，关于这部分的情况梳理就完成了。我们确认了这十年间，也就是从十年前到现在的这段时间里，这幅画的动向。

"接下来是第二点，杀害小翼小姐的凶手是'爪'吗？"

我凭直觉想回答"那是肯定的吧"，但是我知道葛城最讨厌这种不过脑子的断言。

"小翼是在升降天花板升起时被挤死的——这一点应该没错。

接着,'爪'将自己一直收着的画用画框裱起来,摆放在了那里。不过,这两件事也可能只是单纯的巧合。我们要讨论所有的可能性,我不想漏掉任何一种。"

"这我赞成。"

飞鸟井点了点头。不知道从什么时候起,她也开始理解葛城了,我感到胸口有一种被揪紧的感觉。

飞鸟井继续说道:"根据'爪'所表现出的特征,他很有可能进行过分的表演。他会炫耀自己的罪行和成果,并从他人的反应中获得异常的兴奋感,感觉非常孩子气。为了达成演出效果,他才用花和香气来装饰被害者。"

飞鸟井皱起眉。葛城接着她的话:"说回这次的事件。凶手一开始就打算在飞鸟井小姐上到天花板上面时完成所有的演出。小翼小姐房间里的那张手绘平面图稍微从抽屉里露出来了一点,这也是凶手的手笔吧。昨天我们说起要去寻找密道,凶手便打算让我们顺着这个线索往下找,去调查升降天花板上方。就连飞鸟井小姐会上到天花板上面,也在凶手的预料之中。"

葛城继续说道:"我们解开了提示之谜,飞鸟井小姐上到了天花板之上,亲眼看到了这幅与她渊源颇深的画作。画摆放在书架从上往下数的第三层。这当然是凶手特意为之的,因为这是最显眼的位置。凶手移动书本的用意也在于此。最后,再在画框旁摆放上人造花……这也是为了让人联想到'爪'而进行的设计。"

"也就是说,当我看到那幅画时,凶手的计划就全部达成了……"

"是的。仅仅为了这样的演出效果,凶手特意安排了作为起点的小翼小姐的死亡。既然都算到了这种程度,那起案件应该也不是偶然发生的。所以我认为,杀害小翼小姐的凶手就是

'爪'。"

葛城的讲述充满了空想，让我有些头晕。

飞鸟井全身颤抖，我不知道那是因为恐惧，还是因为愤怒。

"可是……可是葛城，'爪'的心理我不能理解。为什么'爪'没在杀死户越悦树的时候将这幅画留在现场呢？为了自身安全的考虑，应该将证物全都留在户越家吧。"

葛城将手从唇边移开。

"……因为觉得可惜吧。"

"什么？"

"连环杀人魔'爪'的功绩已经全都属于户越悦树了。现在，在平成犯罪史上留下凶恶杀手名号的人是户越悦树。虽说这也是无可奈何之举，但'爪'可能觉得，自己手上不留下点东西，会非常可惜。"

飞鸟井抓了抓头发。

"别说了，听得人想吐。"

"……对不起。"

"不过葛城君的推理恐怕是正确的。在那起事件中我和'爪'有过对峙，我了解他的性格。他很孩子气，且多疑……换句话说，也是个害怕寂寞的人。还真是个无聊的家伙。"

飞鸟井的语气变得激动了起来。

"所以，我也能理解他觉得可惜的心情。这就是那家伙的独特趣味。他会突然觉得留恋，便将这幅偶然得到的画藏了起来……这是亵渎，是对那孩子的亵渎。"

说到后面，飞鸟井的声音颤抖了起来。

葛城没有被飞鸟井的情绪影响，冷静地接着说道："可为什么'爪'会带着十年前的画作来这里呢？他和飞鸟井小姐在这栋宅邸中相会，应该是偶然事件吧？"

"嗯，正常的顺序应该是先见到飞鸟井小姐，再准备画吧。这么来看的话，财田家的人更符合条件。"

"可是，说不定凶手一直随身带着这幅画啊。'爪'是有可能这么做的。"

这是不是太牵强了？我有些困惑。

"见到了十年未谋面的我，'爪'会想些什么呢？"

"……想就十年前那场命中注定的对决再较量一次吧。这也是他杀害小翼小姐的理由。"

"不对。"

飞鸟井激动了起来。

"那家伙只是因为与昔日一起玩乐的伙伴重逢而天真地感到高兴。那家伙就是会任由兴致所致而做些多余之举。那家伙——"

"飞鸟井小姐？"

她睁开眼，深吸一口气，然后用力地摇了摇头。

"对不起，吓到你们了。"

她掩饰般地笑道。

"这么说的话，'爪'之所以会把画放在那里，就是为了让你看见，这样推测比较妥当吧。这样也可以解释第三个问题了。'爪'的目的就在于此。安排在升降天花板上方的演出也可以证明这一点。"

"让她看见，可这又是为了什么？"我说出自己心中的疑惑。

"就'爪'的性格而言，是想向我传达'我就在这里'的信息。除此之外，还要煽动起我的恐惧之心。他大概是想看到我无比混乱的样子吧。"

飞鸟井的话里充满了她自己的想象，也许她一直陷在自己是最理解"爪"的人的情绪中吧。为什么葛城不指出这一点呢？我有些忍耐不住，对飞鸟井说道："飞鸟井小姐……你的推测是不是有些牵强附会了呢？你一直说性格、性格的，当然，我并不是怀疑飞鸟井小姐的观察能力——"

"田所君。"

葛城打断了我的话。他认真地盯着我，这时我才终于理解了葛城的意图。他一直默默地听着飞鸟井的推测，是要引导她将话都说出来。

意识到自己将这一切搞砸了的时候，我的脸热了起来。

"继续吧。十年后的再会，意思就是与曾经认识的人再次见面。'爪'一直等着这一天，随身带着甘崎小姐的画，也说明他一直在等待吧。"

这也是一种附于名侦探身上的诅咒吧。我突然意识到，自己和飞鸟井经过十年后再次见面那一瞬间的心情，应该与凶手与她再见面时相似，不由得打了个寒战。我们都是对名侦探抱有执念的人，虽然道路不同，但也许可以称为一种呼应……

"借用飞鸟井小姐说过的话，'爪'的所作所为是希望引起她的注意。"

"为了这个而杀了小翼小姐……？"

我困惑地说道，这句话中的深意使得我颤抖了起来。

与此同时，刚才葛城的说明又让我有一种强烈的不和谐感，但又无法明确说出具体是什么。

"所以、所以，到底是怎么回事呢？你的意思是不管杀谁都无所谓吗？这个家伙只是为了演一出戏，就杀死了小翼？你是这个意思吗？"

"并不是杀死谁都无所谓。'爪'专门袭击年轻女性。"

"葛城……！"

我不由得站起身，葛城脸上的表情却没有变化。虽然我很清楚他只是在陈述事实，也知道他在陈述事实时一向如此冷静。但即便如此，我的身体还是自己动了起来。

"还有一点。"飞鸟井一脸疲惫地说道，"'爪'在到处都是机关的财田家，无法抑制住自己孩子气的心性了。如果是财田家的人，应该已经习惯了这些，能逐渐控制自己的欲望了，但如果是外面来的人，昨天刚刚发现宅邸中的机关，肯定会兴奋起来。还有，那个家伙的另一个犯罪特征是，从来不使用同样的手法杀人。"

"此前的六起命案，杀人手法分别是打死、刺死、枪杀、溺亡、电死和绞杀。"

"当然没有压死。"

我的胃里有一种灼烧的感觉。因为过于难受，我整个人倒在了椅子里。他们口中的那个被"压死"的人，正是昨天还和我谈笑的叫财田翼的女孩。他们为什么能毫无感情地谈论关于她的事？我只要想起前一天夜里和她一起聊天的场景，就会感到揪心的疼。

——我们也许会死在这里吧。

为什么，为什么！我没能阻止她被杀！

"田所君，如果你不舒服，还是不要待在这里了。我看你脸色很差。要不你回我们的房间，喝点水躺一下吧。"

"开什么玩笑！"我大声说道，"让我待在这里。"

葛城无言地点了点头。我则露出了一丝安心的笑容。

"至此，我们已经整理完关于'爪'的三个问题了。接下来需要调查一下这幅画，为了查出'爪'是谁——找出他的真实身份。"

葛城取出手帕,拿过画框。他打开画框,垫着手帕取出画。

从画框左侧"咚"地掉出了什么东西,我慌忙伸手接住。似乎是那块塑料碎片。塑料碎片的一面凹凸不平,另一面则很平滑。比较平滑的那一面上附着烟灰。画框里为何会夹着这样的东西呢?

我正打算询问葛城,却看见他将画拿到房间的灯下照。

"你在做什么呢?"

"这幅画看起来像是幅水彩画,我想看看它有没有颜料渗进纸张的痕迹。如果有就是水彩画,没有就是复制品。我看到了渗墨的痕迹,所以这应该是原画没错。"

这家伙还真是相当仔细,我有些吃惊,不过他弄清楚了一个重要的前提。这样一来就能确认,这幅画的确是从甘崎美登里手中拿走的了。

"葛城,让我也看看。"

我再一次仔细地观察画和画框。

之前我只是单纯地将它看作是一幅幻想风格的画,现在则作为事件的证物重新审视。画的角落还有被水打湿后留下的黄色痕迹,这与之前说的凶手是在画沾着水的状态下将其拿出来的状况也相符。不过这幅十年前的画作保存得非常好,甚至没有卷起或折叠的痕迹,可以看出"爪"一直小心地保存着它。

画框由两片玻璃板构成,用四颗小小的螺丝固定,拧松螺丝就能把玻璃板打开一条缝,将画放进去,再将螺丝拧紧。想要不夹到手指,还稍微需要点技巧。

"这个画框,原本是放在一楼雄山的书房里的吧?"

葛城点了点头。

"凶手从一楼的书房拿出画框，放到了升降天花板上方。应该是这样。"

来到宅邸的第一天，我们曾在书房里看到过画框。如果是在那之后凶手才将画放进去并摆到天花板上方的话，就可以排除一直沉睡着的雄山的嫌疑了。

画框上的螺丝很小，而且不是可以用螺丝刀拧开的样式，用小镊子去拧又太硬了。除了用手别无他法。

"这东西还真是难拧。"

"而且玻璃上很容易沾上指纹，如果凶手没戴手套的话——"

"嗯……啊，说起来葛城，这又是什么啊……"

我将刚才落到手里的塑料碎片递了过去。

他看到塑料碎片后马上脸色一变。

"这是？"

"刚才你打开画框时掉下来的。我想大概是原本夹在画框里的东西吧……"

"你的手，"葛城将我的手拿到鼻子边，近到快要亲上的程度，"真干净啊。"

"啊？"

"你洗过手了吗？没有沾上烟灰吗？"

是这个意思啊，我安下心来。

"是刚才帮我准备湿毛巾时洗的手吧？"飞鸟井说道。

我点了点头，葛城的眼睛闪闪发光，说道："田所君，再让我看一下之前你拍的书架的照片。"

"咦？好……"

葛城几乎是把我的手机抢走了，他将照片放大，然后把手里拿着的塑料碎片递给我，扔下一句"你拿着这个"，就离开了房间。

我一脸茫然地看向飞鸟井,她也和我是一样的反应。

大概过了五分钟,葛城回来了。他的手里拿着一只透明的塑料手套。

他戴上塑料手套,拿起画和画框,将画又插回到螺丝松开的画框里。他把左手伸进画框内侧,将画弄平整,然后打算再把螺丝拧紧。

葛城咂舌道:"不行,手太滑了,转不动螺丝。"

"螺丝太小了,戴着手套没法转动。"

"啊,也可能是因为塑料手套比我的手大太多了。田所君来试试吧,你的手比我的大。"

他怎么连这种事都知道啊,我感觉有些惊讶,不过还是不情不愿地戴上了塑料手套。戴着手套拧螺丝,的确会因为打滑而使不上劲。

"田所君也不行啊。嗯,看来和我想的一样。"

"喂,你这是在做什么实验呢?"

"当然是在模拟凶手放这幅画的过程。"

"可这塑料手套是怎么回事?你怎么知道凶手是戴着手套的?"

"因为你给我看的塑料碎片啊。那就是证据。凶手为了把画放平整,就必须把手伸到玻璃画框里面。然后再拧紧螺丝,将画框固定好。就在他把手抽出来时,这块塑料碎片被留在了里面。"

"所以,这片夹在画框里的塑料其实是……"

"没错。这片塑料碎片一面凹凸不平,一面平滑,不用说,凹凸不平的那一面就是手套防滑的外侧,平滑的那一面则是手套的内侧。既然是平滑的那一面上粘有烟灰,就说明凶手戴上手套的时候手上沾着烟灰。"

"……啊，原来如此。我们要不要去找找这个塑料手套，如果找得到，没准能发现更多线索——"

"不太可能找得到。"飞鸟井冷静地说道，"塑料手套的内侧沾上了凶手的指纹，凶手应该早就把手套处理掉了。"

"嗯，说得也是……"

为了安抚我，葛城趁势说道："凶手是戴着塑料手套装画的，但他拧螺丝的时候又必须把手套摘下来。螺丝很小，只会留下指纹最前端的部分。而且螺丝是金属质地，指纹很容易擦掉。因此凶手是直接用手来拧螺丝的。"

"可这又意味着什么呢？"

"你看，田所君，这个螺丝上有细小的凸起和凹陷。虽然凶手可以擦掉指纹，却擦不掉烟灰。如果用沾了烟灰的手去碰它，就肯定会留下痕迹。"

"我说，你啊——"

葛城的这番梦话让我困惑，于是忍不住插嘴。

"但是，还差最后一块拼图没有拼上。不，我知道该怎么拼上，却不知道那样做是否正确。也许是我还不愿去相信吧……"

"葛城！"

我抓住葛城的肩，他这才像是从梦中苏醒一般缓缓地转头看向我。

这时我突然发现飞鸟井也正眼神冰冷地看着我。

"葛城……把你正在思考的事情说出来吧。你到底正因为什么而烦恼，我们完全搞不懂啊。"

"你在想些什么，我大体上已经知道了。"飞鸟井若无其事地说道。

我转向她，看到她的嘴角浮起无力的笑容。

"再给'爪'提供一个适合他表演的舞台，这我无法忍受……而且会让我再一次回想起那件事。"

从飞鸟井的话语中听不出恐惧、悲伤或愤怒的情绪。只透出一种"理解"。那是她单方面对"爪"这个人物的理解。

"你准备查明在这座宅邸到底发生了什么，为了这个目的，必须搞清楚哪些事才是必要的。"

葛城安静地站了起来。

他的眼睛里有赤焰在燃烧。

透露出绝不饶恕的意志。

"飞鸟井小姐，你已经考虑到这种程度了吗——"

"你打算怎么做呢？请你说清楚吧。你要贯彻自己的生存方式吗？你看，约好的二十分钟就要到了。还是说在这段时间里，你依旧左右摇摆，没有下定决心？"

飞鸟井摆出一副煽动的态度，葛城一时间屏住了呼吸。

"……我打算去'做'。但是需要一个小时的时间。我明白了很多，而且我已经无法忍耐了。"

我完全无法理解他们这番对话的含义。他们已经自然地把我抛下，正在遥远的地方不断深入地聊下去。

此时的我有一种被忽视的寂寞感。侦探与前侦探之间有一个只能容纳两个人的亲密空间，我被排除在外了。

"飞鸟井小姐！"

我猛地站起身来。

"飞鸟井小姐的推理能力现在也还没有衰退吧！明明只要想做就能够做到，你为什么还那么消极呢？"

我站在飞鸟井的身边，低头看着她，用力地紧握双拳。

"现在的我很清楚,你比我能更好地理解事物。你就是我所憧憬的对象。如果你和葛城联手,'爪'就无法为所欲为了!既然如此,你为什么——"

"田所君,别说了。"

葛城尖厉的声音响了起来。他站在我和飞鸟井之间,按住了我的肩膀。

"我有我的方法,她有她的方法。"

"什么方法啊!我完全听不懂!"

飞鸟井低下头,什么也没说,鼻子里发出哼的一声。

"田所君,你要好好看着。这就是我希望你做的。"

我抓住葛城的肩膀。

"看着……?看着什么啊,葛城,喂……"

葛城将我推开,面向飞鸟井。

"我现在要去叫所有人在客厅集合。然后,**破坏掉一切。**"

一口气说完的葛城肩膀缓缓地上下起伏着。

"飞鸟井小姐,请你也一起来吧。我能够推理出'爪'就在这里,最大的线索就来自于你本人。我还想请你好好地观察在场的所有人,请你不要再说自己已经不是侦探这种话了。"

"你还真是不会体谅人啊。"

飞鸟井哼笑了一声。

"我已经失去了全部,还被不断追问过去,反复回味犯下的错误。打击已深入我的骨髓,都这样了你还要让我战斗,理由是什么呢?"

"为了真相。"葛城不带一丝犹豫地说出这句话,他的眼神非常坚定,"为了正义。"

"这样啊。"

飞鸟井像是要让自己下定决心一般慢慢地闭上了眼睛。她再次睁开双眼时脸上带着浅浅的微笑，说道："你想的话就这么做吧。如果你不会后悔，就贯彻自己的想法吧。"

葛城露出惊讶的表情，将那表情称为天真无邪也不为过。"……好的。"然而他的语气中却找不出一丝自信，他的心中像是有什么东西正在动摇。**如何开始，如何结束，我必须见证这一切。**然而真的只是见证就行了吗？在这起事件中，我能够保护葛城吗？

飞鸟井站起身，手扶在门上。

"想要成为名侦探，看来还是不要太会体谅人比较好。"

2 破坏 【距离馆被烧毁还有 4 小时 30 分钟】

"飞鸟井小姐，你已经没事了吗？"

看到我们三个人出现在了客厅，贵之有些不快地说道。

"嗯……让你担心了。"

飞鸟井的脸上露出了脆弱的笑容。

小出、久我岛、贵之和文男都在客厅里。文男坐在沙发上，跷着腿；贵之坐在木椅子上，身体前倾；久我岛整个人陷在沙发里；小出则靠在墙边，抱着胳膊。

飞鸟井走进客厅的时候只有贵之站起来迎接。没能找到密道的失落，让所有人的心情都沉重了起来。

我和飞鸟井在沙发上相邻而坐。飞鸟井顺势靠上沙发的扶手，一脸慵懒。

葛城推来一把单人椅，找了个能看到所有人表情的地方坐下。

要开始了。

我产生了这样的预感。

"升降天花板……是我们最后的希望。真让人丧气啊。"文男说道。

在场众人保持着沉重的沉默。

刚才三人一起讨论时,我们的注意力一直集中在"爪"的身上,一时间忽略了正身处的状况。一想到大火正在逼近,一阵恐惧便蔓延至全身,让我浑身直冒冷汗。

"难道说,我们就这样了……"

久我岛软弱地说道。大家还充满活力时,还能对他的话一笑了之。可是在脆弱的时候,他的话就一下一下地叩击着我的心。

"还不能放弃啊,"小出粗暴地说道,"还没找到密道呢。"

"就是因为找不到啊,"贵之的声音里透着焦虑,"这下真的麻烦了。"

气氛凝重了起来。然而,葛城摇了摇头,用响亮的声音说道:"当然,我也很在意密道的事,那是能拯救我们性命的唯一方法。可我还有其他必须向在座各位传达的信息。在被外面的大火烧死前……在我们之中,还存在着想将我们吃干抹净的恐怖之人。"

"你是想说我女儿的事吗?"

贵之脸色一沉。

"之前飞鸟井小姐不是说那是事故吗?"

"是我搞错了。对不起。"

飞鸟井的话吸引了所有人的注意。她斜靠在沙发上,蜷着身子,一脸倦容。和我们在一起时她还尚存一丝生气,由此可见刚才她消耗了很大的精力。

"因为在天花板上有了新的发现——另外,我在天花板上面发现了一样东西,据此我们推理出小翼小姐是被人杀死的。"

"啊,飞鸟井小姐。"

久我岛猛地站了起来,他的嘴像金鱼一样反复开合着。不是事故的话——由此产生的不安情绪让他震惊了。

"这到底是怎么回事……"

"之后的说明就交给他了。"

久我岛突然大叫了起来。"我想听你亲口说出来!"

从久我岛的叫声中能听出他对飞鸟井的依赖,以及相应的对葛城的不信任。山火发生时他得到了飞鸟井的帮助,因此对她产生了依赖之情。文男和贵之则因为葛城强硬地主张小翼是被人杀害的,而对他颇有微词。虽然葛城解开了升降天花板的秘密,他作为侦探的能力也许会得到认可,但在人际关系方面又如何呢?看起来现场的天平已经微妙地向飞鸟井倾斜了。

"我说,你不要自说自话好吗?"

插话的人是小出。她离开靠着的墙壁,走近坐在沙发上的飞鸟井,轻轻将手放在她的肩上,用与之前完全不同的温柔语气说道:"这样不好吗?她一定是因为什么事情才变得如此脆弱。既然她说了交给那边的男生来讲,就应该有她的理由,对吧?"

"嗯……"

飞鸟井看着小出,轻轻地点了点头。

"刚才飞鸟井和那个男生交换过信息了吧?所以不管听谁说都是一样的。非要让一位如此柔弱的女生来说,是不是太没人情味了?"

被小出这么一说,久我岛这才垂头丧气地后退一步,坐回到沙发上,一副泄气的样子。财田贵之和文男也没有提出异议。

葛城把刚才和飞鸟井聊的内容都说了出来。小翼被杀的真正现场应该是在升降天花板的"上面"。因为尸体被移动过，所以应该不是事故。还有在隐藏书架上发现了甘崎美登里的画作。以及过去持有那幅画的连环杀人魔的事情……

"这是什么意思？"久我岛声音颤抖着问道，"是说杀人魔'爪'就在我们之中吗？"

财田贵之的表情扭曲了起来；文男晃着腿，显示出内心的焦躁；小出则不顾场合地吹了声口哨；久我岛像是腰部完全失去了力气一般彻底塌进了沙发里。看起来，在场的所有人都受到了同样的冲击。

怀疑一旦开始，就再也无法停止。我看每个人都像心怀鬼胎。葛城的鼻翼微微动着，但我不知道那是针对谁做出的反应。

"是那个家伙……杀了我妹妹吗？"

文男的脸因愤怒而扭曲。

"是的，就是这样。"葛城沉痛地说道。

"可是，那样的话，"小出语调嘲讽地说，"最可疑的就是财田家的人了吧。"

"你说什么——"

文男站起身。他呼吸紊乱，双眼盯着小出。

"就是字面上的意思。那幅画原本就在这栋宅邸吧，如果是这样，那住在这个家里的人就是最可疑的。"

"你这家伙……"

"请二位冷静一下！"

我打断了他们。小出耸了耸肩，转过身背对着文男。文男哼了一声，将身体甩回到沙发上。

"我理解你们急于得出结论的心情。"葛城冷静地说道，"可是，要找出杀人犯，必须先经历一个重要的阶段。"

葛城闭上眼睛，做了个深呼吸，接着像是下定了决心般，提高音量说道："重视'和气'的飞鸟井小姐之后回想起即将发生的事，一定会觉得我实在是太过火了。其实并没有揭露一切并且破坏一切的必要，对吗？"

他的语气像冰一样冷。

他的话透露出为达目的不择手段的那种冷酷而残忍的情绪。文男和久我岛颤抖了起来。小出的脸上则浮现出笑容。

"我们都不是不明事理的小孩子，我们有自制力。田所君之前说过'这不是做这种事的场合'，飞鸟井也说过'现在有比解开谜团更重要的事'，我也短暂地被他们的意见说服。可是我有无论如何都很在意的事。我希望和大家齐心协力，一起破解眼下的困局，这是我最大的心愿。"

葛城继续说道："但此时，我们之中藏着一个杀害了小翼小姐的凶手！那就必须把心愿先往后放一放了。现在，我要戳穿你们说过的各种谎言。这是为了发现最后的谎言所必经的道路——必须一个一个戳穿前面的谎言，才能到达最后的谎言。也就是关于真凶的谎言。"

"你从刚才起就一直在说什么谎言、谎言的，到底是在说什么啊？"

文男语调慌乱地说。他站起身，带着明显的敌意逼近葛城。

"文男先生，请等一下。"

"你闭嘴，田所君，现在我在跟这家伙说话呢。"

"葛城能看透谎言，他在这方面的能力格外优秀。"我看不下去，于是赶紧解释道，"虽然这么说也不太准确……"

"什么！能看透谎言，哦，那还真有意思。那就说说看吧！我撒了什么谎！"

"你其实并不是这个家里的人。"葛城说道,"你并不是财田家的人,而是一名诈骗犯。"

文男的嘴大张着,一脸茫然。
"……还真是有意思。"
贵之站起身,向上捋了一把白发,露出挑衅的表情对葛城说道:"我们当然是财田雄山的家人。我是他的儿子,站在那里的是他的孙子文男。另外还有一个已经死去的孙女小翼。要我拿户口本给你看看吗?"
"没必要。财田先生的儿子和孙辈确实是叫贵之、文男和小翼,不用拿出文件一类的证明。你们趁着财田雄山意识不清、长时间卧床沉睡的时候,装成他的家人,潜进了这个宅邸。"
"你不要再胡说八道了!"
贵之提高了音量,声音大得像是在威胁我们一样。
"你是说我们是完全不相干的人?请你说话前先拿出证据来!请你拿出证据!"
"可以。"
葛城冷静地回答,然后舔了舔干燥的嘴唇。他浑身上下都透着安稳,贵之倒是无法掩饰地露出了慌张的样子,而且眼神飘忽。
"很简单。引起我注意的是习惯用手。田所君,贵之习惯用哪只手,你知道吗?"
"……左手吧?之前找修剪钳的时候,有一把上面写着'贵之用',葛城你当时觉得很难用,是因为那把修剪钳是给左撇子用的。"
葛城摇了摇头。

"你太拘泥于证物,从而缺少观察。正如你所说,'财田贵之'的确是左撇子。然而,站在我们面前的这位贵之却并非如此。迎接我们时他用右手开门,盛汤的时候他用右手拿勺子,左手拿容器。也就是说,原本这个家里的财田贵之是左撇子,但在我们面前的这位'贵之',却是个右撇子。"

贵之沉默了。

葛城却没有停下。一般来说,这时要稍微给大家一点思考的时间,但他一旦开始推理,就会像倾泻而下的水流一般,停也停不住。我也被他的这副样子惊呆了。

"当然,如果只有这件事,也只不过会引起我的一些怀疑——接下来让我感到不对劲的是文男。在雄山的日记里有这样一段重要的记录。"

"是我找到的东西。"小出笑眯眯地说道。

"嗯,在这件事上确实要谢谢你。"

葛城带着些许暗示意味说道。

"那本日记里描述了文男小时候的事情。其中提到文男上初中二年级的夏天,家人在走廊的柱子上刻下了他的身高线。文男从小时候起个子就很高,这一点雄山也特意提到过。

"后来小出发现了那根柱子上的刻痕。刻痕在小出需要抬头才能看到的位置。小出虽然身为女性,身高却有一米七。也就是说,中学时代的文男就要比小出更高一些了……"

我看向文男。他比我还要矮,应该连一米六都不到。

"当然,这也不能说是铁证。不过长大后身高缩了十厘米,也太奇怪了吧。"

文男发出"咕"的一声呻吟。

"最后是小翼。"

葛城的视线瞬间躲闪了一下。

"小翼是个怎样的人呢？'暑假来这里玩''是高中生'，不管是她本人还是文男，都是这么说的吧。"

"她说她和我们一样大。"

我补充道，葛城点了点头。

"然而这就和小翼房间里的课本产生了矛盾。屋里有一本高三年级用的课本，最后一页都写满了字，另外课本上记满笔记这一点也和小翼的性格不符。不过虽说这也是疑点之一，但更重要的是——既然高三的课本都学到了最后，那就意味着小翼已经不是高中生了！"

"她也可能是在一所进度比较快的学校里念书啊。"

"在高中二年级的暑假就学完了高三的课程？不管是升学率多高的学校都不会这样吧。啊对了，我们第一次和她交谈时，她说过'田所君的学校肯定升学率很高'。从她的语气来看，她所读的学校应该不是什么重点学校吧。"

"我明白了。"文男嫌烦地摆了摆手，"啊，可恶！你们怎么打探到这种程度了啊！"

"我说文男——"

贵之站起身，抓住了文男的肩膀。文男直直地盯着贵之的眼睛。

"爸爸，再抵抗下去也没有意义了吧？我们已经花了三个星期，却没发现一丁点财宝的影子！最大的发现也不过是升降天花板里的隐藏书架！小翼还被人杀了！被一个杀人犯下手杀死了。你还想经历更多的灾难吗？不行了，放弃吧。我们已经错过了撤退的最好时机了。"

那个一直被我们称为文男的男人这么说着，贵之则瘫坐在椅子里。

"看到我们来访,你们应该相当惊慌失措吧。让外面的人进来,就有可能暴露你们的身份。特别是绝对不能让我们看到真正的家庭成员的照片。

"在财田雄山的房间里,工作书桌对着的墙上贴着些贴纸,另外白色的壁纸上留有太阳晒过的痕迹。那里曾经贴着家庭合照吧。情急之下,你们将照片全都取了下来,再贴上贴纸进行伪装。还有,相册里只有财田雄山的单人照,是因为你们把其他照片都藏了起来。"

"怎么会这样……"

我震惊了。

"所以贵之一开始说'不能去三楼',也是出于这个原因?"

葛城点了点头。

"文男带我们去完洗手间之后,又带我们在宅邸内转了一圈。趁着这个空当,贵之上到三楼,急急忙忙把那里的照片都藏了起来。文男上楼的时候应该还差一点就收拾完了吧。那些照片现在应该藏在上了锁的文男的房间里。"

看到躺在床上沉睡的雄山时,我曾误以为贵之语气强硬地拒绝我们进入,是因为不想让外人看到雄山的样子,要么就是不希望有人看到保险箱。完全没想到竟然是因为这样的理由。结果文男发现了偷看的我,却还是温柔地原谅了我,那是因为他已经顺利地完成了伪装工作吧。在特定情况下,他倒是挺宽容的。

"当然,虽然已经说了'不准进入',但也不知道是不是真能防住我们。所以保险起见,还是要把照片藏起来。"

"真是败给你了!"

文男震惊地摊开双手,抬头看着天花板。

"重新做下自我介绍吧。我姓门胁,那边的'贵之',真名是坂崎。"

"我们和财田雄山没有任何关系,我和文男也没有血缘关系。"贵之——不,是坂崎,叹了口气说道。

"小翼呢?"

"纯属巧合,财田雄山的孙女也叫'翼',那孩子的真名是'天利翼'。"

"天利翼啊,"葛城低喃道,"名字完全一样。的确,她被人叫'小翼'的时候,当下的反应骗不了人。合乎逻辑。"

听到这句话时,我的脑海中迅速闪过葛城和飞鸟井之前的一段谜之对话。

是发现小翼被害的早上,葛城和飞鸟井的对话。

"原来是这么回事啊。"

我不由得呢喃出声,所有人的视线都向我投来。

"啊不……我只是想起发现小翼尸体的那天早上,飞鸟井问葛城'谁死了'。葛城回答说'那个孩子',当时我还觉得这种说法还真是冷酷。但其实那时你已经发现死的人并不是'财田翼'了吧?所以你才故意不说她的名字。与此同时,你也在用这种方式试探着飞鸟井小姐,想看她是否也已经注意到了这件事。"

"就是这么回事吧?你的这个搭档真是挺讨人厌的。"

飞鸟井苦笑着说。

现场被让人不快的阴沉气氛笼罩。侦探和前侦探——他们把我丢到一边,两人走得好远。

"两个人都叫小翼吗?恰好同名,是上天的安排让小翼成为这次欺诈行为的演员之一。我猜那个孩子并不是能随便撒谎的人。"

"文男"——不，应该是门胁说道："突然被人用其他的名字称呼，还真是很不习惯。不过家里只有失去意识的爷爷，需要欺骗的只有你们这些访客。这是小翼第一次行骗，我想这样的条件还不错，所以就带上了她……来之前也跟她说过，我和坂崎叔两个人就能完成这次的工作，她不来也没问题，但她还是坚持要来。明明之前都拒绝过她很多次了，这次我却想着，就让她来吧。"

"也就是说，小翼小姐、文男，还有贵之……"久我岛惊恐地说着，然后没忍住，"啊"了一声，纠正道，"对不起。应该是门胁先生……和坂崎先生。"

"为避免混乱，方便起见还是称呼你们为'贵之'和'文男'吧。如果二位没有异议的话。"

飞鸟井如此提议。门胁和坂崎两个人都表示没有关系，接受了。

"我们三个人都没有家人，所以我们组成家庭，玩起了过家家的游戏……就是这么回事。"文男自嘲般地说道，"一开始只是我和贵之叔两个人，住在房租很便宜的地方随性度日。有的时候当当黄牛，有的时候干干欺诈，反正都是些混生活的营生。"

"这时那个孩子出现了。"贵之冷静地继续道，"她和母亲住在当时我们租住的地方的二楼。她的父亲很早以前就因为交通事故去世了，母亲一个人抚养她长大。她是个天真无邪的孩子，对眼前的事物充满热爱。我们就这样看着她长大，也难免会对她心生关爱。后来，她的母亲生病了，那位母亲来到我们的房间，这么说……"

——那个孩子，就拜托你们了……

"这句话让我觉得很不好受。我们都没有养育孩子的经验，到了这种时候，她却只能来拜托我们这种游手好闲的人，也算是相当可悲吧。可是正因如此，我们才不能辜负她的信任。我们想着，必须得改变现状了。"

贵之缓缓地摇了摇头。

"所以……所以那一天，只有七岁的她就被交给了我们。'孩子的事情就麻烦你们了，今天真是打扰了。'她虚弱地说完这些，就回了房间，不久后离开了人世。"

贵之说完陷入了沉默。

"之后，"文男接着说道，"我们就和她过起了奇妙的同居生活。原本以为做不了什么正经工作的我们根本无法把她养大，没想到最后真的成了。"

"一边行骗一边抚养孩子，还真是奇怪的利己主义。"小出语气傲慢地说道。

"嗯，嗯……这么说也确实无可厚非。"文男自嘲地笑了起来。

"那之后又过了十年。在某次行骗中，我们得知了财田家的事，以及四个关键信息。财田雄山的宅邸位于深山之中，他长期卧床，脑袋昏沉。经常出入家中的只有经验尚浅的看护。雄山的孩子，也就是财田贵之夫妇，和雄山关系非常恶劣，已经没了来往……"

"关系恶劣……为什么啊？"葛城问道。

我的脑海里马上浮现出雄山的日记。

"家里人难以接受雄山的性格。他还清醒的时候性格相当恶劣，是个情绪起伏不定的人。有时会豪放磊落地大笑，有时又会因为一点小事而大发雷霆。他生起气来谁都劝不住，还会怒吼着对身边的人施加暴力。真的很过分。不过父子俩决裂的契机，应该就是雄山向真正的'贵之'质问关于商业行贿的事。"

"雄山的日记里也提到了。"小出说道,"雄山只关心犯了罪的儿子的心理状态。他既没有表现出身为父亲的担心,也没有进行说教。"

"所以'贵之'心灰意冷,八年前就带着妻儿离开了这里。他们移居到了'贵之'妻子的故乡福冈,听说'贵之'也将公司的总部搬到了福冈。"

葛城眯起了眼睛。

"对于儿子的这些行为,雄山有什么反应?"

"儿子真的走了之后,他好像相当失落。"文男回答道,"人就是这种自私的生物。之后他就失去了精神头,卧床不起,不管是精力还是体力都大不如前,慢慢地生活也不能自理了。去年五月,雄山的妻子自然死亡,他不得不去找人来照顾他的生活起居。去年十二月的时候,因为天气寒冷,他的身体更加虚弱,渐渐地意识模糊,陷入了昏睡状态。当时的看护和护理经理马上联系了他在福冈的儿子,但是对方拒绝前来。'我和父亲已经断绝关系了。''贵之'这样回答,将看护的电话拉入了黑名单。"

"接下来就轮到我们出场了。"文男继续说道,"我们伪装成财田贵之和财田文男进入了宅邸。当时在雄山家的人都没见过贵之和文男。由于'贵之'已将看护的电话拉黑,所以都是由'文男'来和看护联系。我先以文男的身份联系对方,提供了伪造的身份证明,对方还对我大加感激。我说:'父亲虽然是在电话里那么说的,但如果家里人都不来看老人,也太过薄情了。'就把对方蒙骗了过去。虽然我没有家里的钥匙有些奇怪,不过我解释说是在断绝关系时直接把家里的钥匙扔掉了,终于如愿混进了宅邸。"

"之后我们将原来的看护人员慢慢地全都辞退,换成了新人。

为了不引人怀疑，我们是一点一点完成调换过程的。不过因为雄山真正的家人在很远的地方，电话也拉黑了，所以我们完全不怕露馅。"

文男和贵之淡然讲述的计划听起来其实相当恐怖。经过精心的前期调查，再谨慎而大胆地付诸行动。第一次见到文男时，我就感觉到他是个充满自信的男人，贵之则相反，是个谨慎且疑心很重的人。在他们的计划里，两个人的性格都得到了很好的发挥和利用。

"我们潜入这里的目的，是为了找到财田雄山所隐藏的财宝。"

说起来，自我们进入宅邸后，他们就一直特别在意寻找密道一事。当然，这关乎通往外面的道路，但除此之外，对他们来说，更重要的是要在大火烧来之前找到财宝。这才是他们真正焦虑的事。

"原本我们以为只要好好调查，就肯定能找到线索——结果什么都没有！"

"可是，你们不是发现了升降天花板房间里的机关吗？"

听到葛城这么问，贵之和文男点了点头。已经得知此事的我们并不感到惊讶，但第一次听说的久我岛和小出马上表示了不满。

"知道就早点说啊。"

"不好意思。可是我们知道那里面并没有密道，我们还想着，万一真的找不到财宝，就把隐藏书架里的珍版书偷出来卖掉吧。"

"你们还让小翼不要说出来，对吧？"

听我这么问，文男发出了呻吟声。

"啊，是的，我们跟小翼反复强调了。结果就这样浪费了整整三个星期的时间……最后还失去了小翼！真是太不划算了。"

文男倒在了沙发里。

双目无神的贵之沉痛地开口道："小翼她……小翼她知道我们在做的'工作'，总说想帮忙。但我们不想弄脏她的手。我和文男拒绝过她很多次。有一次，我们伪装成某大厦的保洁，计划对保险箱动手，她自己偷偷跟了过去，最后差点被人当场抓住。"

"被抓住的话，也许正是一条重生之路也说不定啊。"葛城小声说道，"那样的话就会有人注意到你们的错误行为，你们也就不会来到这里，不会以这样的方式失去她了。"

"这只是侦探的说法。你所说的不过是些漂亮的大道理罢了。"贵之激动了起来，"那么，如果向你求助，你能够救得了我们吗？"

葛城被问住了。他瞪大眼睛，僵在原地，看起来相当困惑。从他脸上的表情可以看出他从来没有想过这个问题。**明明正义是在我们这一边的，为什么他们还要指责我们呢？**

"那个，"我轻声说道，"现在不是争论这种事情的场合吧。"

"你们都没经历过那种生活吧？"

对方嘲弄的语气中饱含不满。

"你们都做不到吧？"

"做不到。巧妇难为无米之炊。可你也没理由这样指责我们吧。"

听了我的话，贵之的脸上泛起红潮。他之前一直缩着身子，质问葛城时才强行挺直了。

"侦探能做的事情，很有限。"飞鸟井有些疲惫地插嘴道。

贵之愣住了。

"侦探只是不断解决事件的人。他们不谙世事，满嘴大话，让人觉得很幼稚。"

她脸上的笑容充满自嘲,虽然这句话是在刺激葛城,不过我知道,伤得最深的是她自己。

"这种叛逆的行为正是不成熟的体现。"

"那个……"

贵之还想说些什么,文男却轻轻地把手放到了他的肩膀上。

此时我们能做些什么呢?我不知道,只能看着贵之和文男。他们的问题我无法明确地给出答案,对此我感到无奈。同时又对将这些问题无效化的飞鸟井感到生气。

文男接过贵之的话头,继续说道:"我们想自己处理好一切。虽然并不想让小翼介入,但与其把她放在一边不管,倒不如带着她,让她待在视线所及的范围内放心。所以,就像刚才所说的,我们带着小翼潜入到了这个有一个和她同名的孩子的家里,把她卷了进来。你还记得那时她说了什么吧?"

文男的声音不受控制地颤抖了起来。

"就像家庭旅行一样——这是我的第一次家庭旅行。那孩子当时是这么说的!"

文男环视四周一圈,喘着粗气又说道:"然后她就死在了这里。如果你们当中真的有杀害小翼的凶手,我一定要让他遭到报应。"

文男的恐吓让在场的所有人都安静了,大家面面相觑,最终打破沉默的是久我岛。

"哈哈,哈哈!"

他就像个坏掉的人偶一般,轮流指着贵之和文男。

"你们嘴上净说些漂亮话,但说到底,你们还是诈骗犯吧?

不管有什么借口，如何粉饰，说到底都是卑劣的诈骗犯！"

文男和贵之两人都闭着眼，安静地听着。

"被你这么说，也是没办法的事。"

"这样一来，小翼小姐被杀的事也就很清楚了吧。"

"什么……？"

那两人的情绪骤然发生了变化，文男的太阳穴上青筋暴起。

"是因为你们内部起了争执！你们找到了财田雄山隐藏的财宝，要不就是准备把升降天花板里的珍版书拿走时，因分赃不均起了争执。你们把她骗到升降天花板上，然后残忍地杀害了她，不是吗？"

"你这家伙！"

贵之顺势站了起来，直冲着久我岛走过去。久我岛一边说着"你干嘛，说不过我就要使用暴力吗"，一边吓得直往后退，只有嘴上还在逞强。

现场的状况可以说是一触即发。

"等一下。"我正要上前拉开他们时，葛城发出了怒吼。

"你也别装清白了，久我岛先生！你不能绝口不提自己做过的事，一味地指责贵之先生啊。"

贵之和久我岛同时停下动作，原本已经准备站起身的文男又再次坐了回去。

此时宅邸内真正忍耐到极限的人，应该是一直听闻各种谎言，强忍着不去揭穿的葛城吧。这也可以说是他的"爆发"，语言是他与那些说谎者对抗的唯一武器。

"……这是怎么回事？"

"久我岛先生也一直在撒谎。他犯下的罪行甚至比身为骗子的你们还要恶劣。"

"你给我闭嘴……"

久我岛的声音听起来是从未有过的激动。我第一次开始害怕这个男人。

"你可别胡说八道——"

"久我岛先生,你太太并没有下山去买东西,这是你最大的谎言。"

久我岛愣住了。

"你杀死了你的太太,然后将尸体藏到了自己家的地板之下吧?"

*

"你、你到底在说些什么啊……"

久我岛脸色发青。他的嘴唇已失去了颜色,眼神也飘忽了起来。他现在又变回我们第一次见到他时那种畏畏缩缩的样子了。

"我……我杀了栗子?胡说八道!"

"你太太的确计划外出,可是,昨天上午,她还没出门,就被杀害了。那之后,你正在处理尸体时飞鸟井小姐到访你家。"

我看着飞鸟井的侧脸。

"胡……胡说的吧?那、那时你太太……这也太吓人了……"

飞鸟井脸色苍白,身体因为恐惧而颤抖着。

"你一定很焦虑吧。要怎么掩饰太太的消失呢?万幸的是,月历上的这一天的确写着外出购物,所以你就撒谎说太太出门了。

"可是尸体要怎么处理呢?你把地炉下的榻榻米掀了起来,把尸体藏在了下面,再出去迎接飞鸟井小姐——就在这时,遇到了突发状况。"

"是山火吗……"

我低喃道,葛城点了点头。

"得知有山火的那一刻,你大吃一惊。不过既然暂且把尸体藏在了榻榻米下面,你就选择先和飞鸟井小姐一起去避难了,反正也就是步行五分钟的路程。然后你们就来到了财田家。"

听到这里,久我岛摇着头大声说道:"你有证据吗?有证据吗?说我杀了妻子,简直就是天方夜谭……"

"你不应该答应让我和田所君一起去你家的。"

葛城露出了无畏的微笑,他的自信让久我岛畏缩了。

"你以为自己藏得很好吧?但其实在你家里,留下了太多杀过人的痕迹。"

初听到葛城说出结论时,我也觉得很不可思议,现在想来果然是在我们去他家时发现的吧。可是,不管怎么回忆我都没有一点头绪。葛城在那栋老房子里到底看到了什么呢?

"你们刚到财田家时,飞鸟井小姐说'久我岛太太下山买东西去了'。在预先得知了这一情况的基础上,一旦发现了与此相矛盾的证物,我对久我岛先生的怀疑就不断累积了起来。"

"葛城最初察觉到矛盾是在什么时候?"

"是在看到梳妆台的时候。当时梳妆台上放着没开封的化妆水瓶和口红。可是,垃圾桶中还有使用完的化妆水瓶和口红,而且是和昨天以及前天的报纸广告页一起丢掉的。"

"这到底……"

"化妆水瓶和口红在昨天和前天的广告页下面,说明是前天用完丢弃的。前天早上,久我岛太太化了妆,并且把用完的化妆水瓶和口红管扔掉了。之后又将前天看完的报纸广告页扔掉。第二天再把当天的报纸广告页扔掉。我们看到的垃圾桶中的东西,是以这样的顺序丢弃的。

"也就是说,在发生山火的当天早上,也就是她要去镇上的这一天,她并没有使用化妆水和口红。因为桌上的都是新的,还没有开封。不过也有可能她没化妆就去了镇上。可是女性下山去镇上,却完全不在意他人的眼光,不化妆,这怎么想都有些不自然。"

"啊。"

居然是在这样的细节露馅了。我从久我岛的表情中读到了这样的信息。

"我太太也有大大咧咧的一面,不化妆就出门也不足为奇。而且,她的手袋里也会带着口红……"

"说得也是。"

葛城马上这么应道,久我岛瞪大了眼睛。

"接下来我打开衣柜确认,发现她的手袋就放在里面。能看到皮革上有经常和肌肤摩擦留下的痕迹,说明这个手袋用了很久了。正如你所说,里面的确装着简单的化妆品,其中也包括口红。那我就先来说说口红吧。你的意思是,她是用手袋里的化妆品化了妆,对吧?可她为什么不用新的口红,而要特意打开手袋,翻出化妆包化妆,再把它放回衣柜呢?大家能理解我所说的吧?

"而且这样一来又会出现另一个问题。那就是,她没拿这个装着化妆品的手袋就出门了。"

"唔。"我发出了呻吟声。

"之后我又打开了鞋柜,在里面发现了穿旧了的女式跑鞋。她是连鞋子都没穿就出门了吗?这我可无法相信。"

"鞋柜里放的都是穿旧了的鞋子。她最近买了一双新鞋,穿着新鞋出门的。"

"穿着新运动鞋出门走山路吗？会很磨脚吧。不开车，还要穿新的运动鞋，您太太的行为也太不合理了。"

久我岛握紧的拳头颤抖着。

"葛城，他在撒谎的事我们已经充分理解了，可你是怎么知道他杀了人的呢？"

"最开始让我产生疑问的是拉门。"

"拉门？"我感到纳闷，"你说的是和室的拉门吗？我没觉得有什么奇怪的地方啊……啊，不、不对，有一处，好像拉门上有一个洞，有修补过的痕迹。"

"你还记得就好。就像田所君所说的，那个房间的拉门上有修补过的痕迹。曾经开了一个大洞，然后又在上面贴了一层和纸。"

"那是上周我重新装修房间的时候弄破的。最近我总是脚底下走路没准……"

葛城的鼻子又动了起来。

"一周前？久我岛先生，你怎么总是撒一些一戳就破的谎啊。"

"什么？"

"如果真的是一周之前，那胶水应该早就干了啊。可当时我摸拉门时，那里还是湿的呢。"

"哎呀！"小出愉快地笑了起来，"葛城君，你还真是厉害。第一次去别人家里，就观察到了这种程度，还真是不能小看你。"

葛城耸了耸肩，没有理会小出。

文男摸着下巴说道："那你是怎么解释的呢？为什么那个房间的拉门会被弄破呢——是发生了打斗吗？"

"这样想太跳跃了。拉门破了,意味着当天早上发生了一些事。另外还有一件事,是关于电话线的。"

"我都说了,是因为打雷,把电话线烧短路了……"

"可是电话线的断面非常平整啊。"

我恍然大悟。那时,葛城用手抚过电话线的断面,当时他就想到了这是人为切断的可能性。

"也就是说……是有人用刀切断了电话线,然后在附近烧掉了?难道是久我岛说要去看下电话的情况,上二楼的时候弄的?"

"只有这一种可能性了。虽然时间很短,不过他的动作挺快的。但不管找什么借口,说什么取电话线,或者查看物品,都没法掩盖那股烧焦的味道。"

原来如此,我大脑里的记忆终于对上了号。

葛城和飞鸟井曾经在电话线前说了些奇怪的话。葛城说"是被弄断的",飞鸟井则说"不管怎样""这里也没有和外部取得联系的方法了"。我还以为他指的是"被雷电弄断的",实际上他指的是久我岛切断了电话线。而"不管怎样"指的也是除了打雷以外,还有电话线被人为切断的可能性。

也就是说,从当时的对话来看,他们已经知道是久我岛"弄断了"电话线。不论是打雷,还是人为,"不管怎样",都没有联络外部的方法了。

在意识到他们的对话的真正含义时,我突然心里一动。

飞鸟井也在那时就察觉到了久我岛的恶意。甚至有可能初次抵达久我岛家时,她就已经意识到久我岛的妻子被杀害了。

可是,刚才在得知久我岛的妻子已死后,飞鸟井似乎十分恐惧。她的表现就像是刚刚听说这件事一样,那是在故意做戏吗?

还是说有什么原因让她产生了那样的反应呢？

葛城发现了真相后一直忍着没说，是因为我们的处境非比寻常。那么，飞鸟井呢？为什么她在注意到了久我岛的行动之后，仍然放任不管呢？是说在发现他性格软弱之后，判断他不会再次行凶了？还是说因为她主张大家齐心协力，所以不想让重点转移？

又或者是——她注意到有什么人正在观察她？这时，我发现小出一直盯着飞鸟井看。她的嘴角挂着浅浅的笑容。不知为什么，我有些在意她的视线。她隐瞒了什么吗？

久我岛的声音在颤抖。

"我说，这不是很奇怪吗？为什么我要在这种时候故意把电话线切断啊？留着电话来求救比较好吧？"

"因为叫到了救援会比较麻烦吧？"葛城露出冷笑，说道，"得知发生了山火，久我岛便决定让大火销毁他的犯罪证据。如果救援及时赶到，他这个计划成功的可能性就不高了。"

"可、可是，这样一来，不就意味着他自己也要死掉吗？"

听我这么问，葛城回答道："从某种意义上来说，他算是比较乐观的人吧。电还通着，可以预想到警方和消防队的搜索应该已经开始了。另外还有救援直升机。他把自身的安全放置在天平上，再综合这些方面来衡量，最后选择切断电话线。"

"如果让电话保持接通状态，自己的罪行就有可能败露……"

我正准备说出自己的理解，却注意到了奇怪的事情。

"等一下……喂，葛城，这样的话不就产生矛盾了吗？"

葛城微笑着，催促我往下说。不管怎么说，我的反驳都是"正确的反驳"吧。我自信地往下说道："根据葛城刚才的推理，久我岛这么做有两个目的，但两者是矛盾的。第一，自不用说，是他想借助山火来掩盖自己的罪行。但是另一方面，他又认为山火不会发展到非常严重的程度。这也是刚才葛城所说的。这样就产生矛盾了啊，既然他不认为山火会蔓延，又为何能确信自己家会被烧毁呢？"

我注意到了这一矛盾。但明明我都说到这种程度了，久我岛却依旧一言不发。这是为什么呢？他应该说着"就是这样！"，借此表明自己的清白才对吧。

我歪着身子看了一眼久我岛，他的嘴一张一合，露出了吃惊的表情。我明白了。他之所以什么都没说，是因为这是逼近真相的反驳。

他意识到葛城已经掌握了事情的真相。

"的确如此，田所君！"葛城爽快地说道，"只有一个方法能解决这个矛盾。他乐观地认为山火不会扩大，自己能够得到救援，同时又狡猾地希望只有自己家被烧掉。为了达成这个目标，只要用山火隐藏一起火灾就好了！"

"哈？"

"久我岛应该是在到了财田家，提出想要回家拿东西的瞬间想到这个办法的吧。那时他准备回家将自己的家点着。"

"怎会如此！"

这时我才终于明白，为什么久我岛刚刚来到宅邸就突然提出想回家一趟的原因。那时他是急着想回去销毁证据。

"天性胆小的久我岛，在得知发生了山火之后先是感到害怕，怕得暂时忘记了要处理栗子女士尸体的事。在这种情况下首先担心自身的安危也无可厚非。于是他就跟着眼前这位看上去很可靠的飞鸟井来到了避难处。这才放下心来，啊，太好了，这样就能得救了。但他马上意识到，可以利用眼前的事件自保。"

"还真是诡计多端的男人啊。"文男不屑地说道。

"不管再怎么骂都不为过,我可不想在这个男人身上使用聪明一类的形容词。这个人甚至比水沟里的老鼠还要恶心。"贵之也跟着说道。

我正想着这两人的言语有些过激,就听久我岛嘲讽地说道:"你们还是骗子呢,谁也别说谁。"不过他的语气没什么力气,整个人看起来也很憔悴。

"你提出想要回家的时候,恐怕没想到我们会跟着你一起吧。所以你需要趁我们不注意的时候,想办法点火。"

"可是葛城,我们从那里离开时不是什么都没发生吗,着火什么的……"

"没错。如果他是一个人回去的,就只要倒点油点着火就行了。但他不能在我们的眼皮子底下干这种事情,所以,他设置了定时装置。"

"定时装置?"

葛城拿出手机,点开一张照片给我们看。

"这是我在久我岛的房间里拍的。你们都走出去之后,我一个人又在里面偷偷看了看。在二楼的房间——应该是在久我岛夫妇的卧室里,我发现了这个。"

照片的中间是一支点燃的蜡烛,蜡烛周围垂着像是白布一样的东西。布和蜡烛离得相当近,只要蜡烛再烧一会儿,就能烧到白布了。

通过这张从远处拍摄的照片,就足够明白状况了。布是从白色床单上剪下的,从房间的一端扯到另一端,中间垂到了地上,边缘用图钉固定在墙壁上。地上还堆放着被子、衣物和报纸等一大堆乱七八糟的易燃物,看得出上面还洒了液体。

"如果蜡烛继续燃烧，就会烧着白布。当时室内充满了汽油的味道，我想他是将车用的汽油洒到了房间里以及白布上。这样一来，大火就能通过白布烧到地板和墙壁，然后再将衣服和报纸全都点着。不过我把蜡烛熄灭了，你所做的一切都成了无用功。"

"我……我实在是忍不下去了！"

久我岛发出了惨叫。他整个人陷在椅子里，无力地摇着头。

"那么，你承认自己的所作所为了？"

久我岛点了点头，他已经完全变回了之前那副软弱的样子，断断续续地说道："……只是无聊的夫妻吵架而已。"

久我岛像是在给自己找借口一般地说着。

"在我最困难的时候，妻子是唯一在我身边支持我的人。可是，有时候我也会觉得实在无法再忍受下去了。"久我岛的语气中掺杂着焦躁，"她总是拿日常小事责怪我，那种大惊小怪的语气，就像是把我当成小孩子一样……那种！那种把老子当成笨蛋的语气！"

这是他第一次使用"老子"这种说法。

"好几次我都觉得实在是忍受不下去了……可我还是忍住了。这是能留住她的唯一方法。哪怕她在嘲弄我的时候还故意哑着舌头、拖着长腔，但是这种让我不快的态度我都忍了下来。"

他那由内而外散发出的暴力气息让我感到害怕。

"然后，在一次吵架之后就出了事。"

他在瞬间露出呆呆的表情，像是完全忘记了自己做过的事情一般，显得颇为孩子气。

"就在不知不觉间……"他的双眼失去了焦点，似乎正在追忆事发现场，"我明明正抱着妻子，手上的重量却消失了，徒留麻痹的感觉。我睁开眼睛，发现了妻子。我的妻子就在那里。她的身体以一种不可思议的角度扭曲着,脑袋也歪着,应该是她的头撞到了梳妆台的一角,梳妆台的桌角处还沾着血。"

久我岛的话越来越支离破碎。他掩住嘴,想要遮住自己的呜咽声,却又像是突然看到了尸体的幻影一般,颤抖了起来。

真是一起无聊的事件啊。夫妻吵架时一方将另一方推开,结果导致对方的头撞到桌角。这甚至不算是有明确杀意的犯罪,不过是最普通的情况——不,是与小翼那凄惨的死状相比,才让人产生了这样的感觉吧。

突然,久我岛抬起头,他的眼睛里充满了疯狂的气息。

糟了。

我感到心脏似乎被突然揪紧。

"还……还不能放弃。只要把你们都杀了,就没人知道真相了!"

他从口袋里取出水果刀,向葛城走去。

我发出了"啊"的叫声。

可是这一瞬间我却动弹不得。

我应该想到的。一旦葛城不管不顾地说出真相,那些谎言被揭穿的人就会试图抵抗。而我却放任这种可能会发生的异常事态在眼前上演。

明明我的大脑想到了,可是我的身体却没跟上。

就在我害怕地闭上眼睛,准备接受可怕的结果时,听到了"咚"的一声重响。

接着是男人的呻吟声。

我喉咙发干,手在颤抖,什么都做不了。在最需要行动的时候我却一步也动不了。我脚下踉踉跄跄,什么、什么都做不了——

"好、好痛！！"

是久我岛的声音。

我睁开眼，发现眼前的一幕与我的想象相去甚远。

久我岛的胳膊被反拧着，人跌坐在地上，看起来是被摔了出去，且扭到了腰。而现在拧着他手腕的人正是——小出。

葛城毫发无伤，脸上亦无惊讶之色，从他冷静的神情可以看出，他早就预想到了眼前所发生的一切。

"真是的，人一旦杀过人之后就会变成这样。这家伙已经没救了。"

这话听起来让人相当不适，这个女人到底在说什么啊？

"小出小姐，谢谢你。"

"免了。"

小出笑眯眯地放开了久我岛的手腕。久我岛一脸忍着痛的表情，整个脸都扭曲了，看上去已经完全丧失了战意。

"不过，关键时刻被吓成那副样子，还真是有点丢人啊。"

小出拍了拍我的肩膀。虽然她说这话的样子让我不怎么舒服，但我的身体还在颤抖，也没办法反驳她。

"小出小姐，不好意思，能不能麻烦把刀子递过来。"

"喂，你这家伙还真是滴水不漏。"

她从怀里取出水果刀，也不知道是什么时候放进去的。

"如果让你拿着这玩意儿，我可放心不下来。"

"我觉得我拿着才是最安全的。"

"这个嘛……要取决于你的态度了。"

小出看起来已经没有撒谎的意思了。她是在场唯一对葛城的推理完全乐在其中的人。

"看来你下一步打算揭穿我的事了？"

"嗯。我想既然要做，那就做到底吧。"

"那你就说说看吧，是对答案的时候了，侦探。"小出舔了舔嘴唇说道，"说来让我听听吧。"

"……各位，我接下来要说的事，稍微带有一些想象。"

"如果是你的想象，那多半就是正确答案吧。"

听了小出的话，葛城那严肃的面庞上浮现出了自信的表情。

"你不是什么登山爱好者，而是受人所托，来财田雄山家偷某样物品的盗贼。"

*

"哎呀，想在名侦探面前隐藏什么，还真是不可能啊。"

小出愉快地笑到肩膀都抖了起来。

"第一次见面时我就发现你并不是登山爱好者了。"

"的确，那时葛城就说出了两个疑点……第一，你穿的鞋子并不是登山专用鞋；第二，你走路和休息的方式和登山者的习惯大相径庭。"

"不过她的鞋带系得很紧，是登山者也会采用的那种不容易散开的系鞋带方式。这给了我一些想象的空间，她不是登山爱好者，却有轻装行动的必要。"

"我看你这推理确实轻飘飘的。"

葛城并没有反驳飞鸟井的话。

"是的。接下来我注意到，在山道上，她很不喜欢别人站在后面跟她讲话。她应该是讨厌其他人做出出其不意的动作。我们曾经进入小翼小姐的房间进行调查，那时她却把自己的房门锁上了。最开始注意到安全性的也是她。"

"可是仅凭这一点就推理出她是盗贼……"文男指摘道。

我也是这么想的。能发现谎言的葛城，往往也能观察到细微之处。可是即便如此，突然说小出是盗贼，也未免太跳跃了。

"当然，仅凭这个还不能得出结论。但当我从小出的发言中意识到她的目的时，就知道答案了。"

"目的……？"

"葛城君，"飞鸟井插嘴道，"我没能理解你的结论。请你按顺序说明你的推理过程吧。"

"好的。"

葛城咳嗽了一声。

"首先，我尝试着思考她来这座山的目的。虽然她穿着不适合登山的衣服，可是也没有人规定没准备好装备的人就不能登山。所以最开始的时候我还什么都不能确定，也没有排除她只是单纯来爬山的可能性。"

"紧接着就发生了山火。我们准备下山，在一片燃烧的草地前再次碰到了她。"

"是的。意识到无法下山之后，小出小姐说要'上山'，说完就一个人往上爬。那时我还问过'山上有什么'，她回答'有修得很好的车道'，所以'肯定有人家'。这样的回答并无可疑之处，我抓不到什么把柄。但是，她到这座山上来会不会和我们一样，目标也是财田家呢——我带着这样的怀疑，继续观察着她的举止。"

"你这家伙还真是可怕。"小出耸了耸肩，笑道。

"最后，还是小出小姐的一句话，点醒了我你的目的。"

"我说了什么？"

"贵之先生，也就是假的'财田贵之'向我们自我介绍后，你瞪大了眼睛，说了一句话。你当时是这样嘀咕的——咦，你这人……

"这种说法相当让人在意，虽说是自言自语，但对着第一次见面的人说'你这人'，总觉得这种说法中包含某种深意。在这里，我想象了一下，试着延展话中的意思。

"会不会是……你这人……是贵之……？"

小出露出了微笑。

"什么？"我反问道，"是贵之？"

"嗯。她说'你这人'之前，正是贵之对着初次见面的我们报上名字的时候。然后她对这个名字的反应是，'你这人……'

"贵之虽是一社之长，但他长什么样并非人尽皆知。可她却不相信眼前的男人就是'贵之'，这到底是怎么回事……"

"这、这到底是怎么回事？"久我岛上下翻动着眼皮说道，"你是指，小出小姐曾经见过真正的'财田贵之'先生？"

"以她当时的认知来说，你的结论一半正确、一半错误。"

"葛城，你到底在说什么，我完全听不明白。"

我的脑子越来越乱。原本以为久我岛已道出了真相，可是听到小出吹了声口哨，我知道葛城的说法才是对的。

"这样做真的没问题吗？在这种非常时期，如果你知道宅邸里的这个财田贵之是假的，难道不应该尽早告诉大家吗？或者至少在发现小翼小姐的尸体后也该说出来了。还是说以小出小姐的性格，认为就是不该说出来……"

"你的牢骚真是多啊。"她微笑着说道，听起来并非真的在责备。

"从刚才开始，"文男挠了挠头，"我就完全没听明白啊。这到底是怎么回事啊。她到底知不知道我们的真实身份呢？"

"这么说吧。如果她之前在工作场合见过财田贵之，那么在宅邸里见面时，她就能明确地判断出眼前的贵之是'冒牌货'。但前提是，她是在普通场合见到真正的财田贵之的。"

"啊！"我大声说道，"这样啊，原来如此！所以小出小姐是在无法确定对方是否是真正的财田贵之的情况下，见到真正的贵之先生的！"

"没错！"葛城冲我笑着说道，"也就是说，刚刚到达这座宅邸的小出小姐，只不过是'见过名为财田贵之的人'而已。让我提前说明一下，她是在接受盗窃委托的时候见到了贵之先生。可是，她并没有足够的材料去判断，之前见过的男人和眼前的贵之哪一个是真，哪一个是假。

"所以她也没办法开口说出来。对她来说，如果眼前的男人是正牌货，那之前见到的男人就是冒牌货，揭发这种行为无疑是自找麻烦。一旦被人问起她和之前的男人是在什么情况下见面的，她就会被踢出局了。"

"啊……"

"在这座挤满了避难者的宅邸中，可以确定的真正的'正牌货'只有雄山。他是知名作家，他的样子可以通过书里的作者照片确认。在对'贵之'存疑的情况下，'文男'和'小翼'也不能轻易相信。

"这样一来，小出所处的立场本质上就和侦探别无二致。她有必要在这两个男人之中辨别出正牌货。她之所以擅自闯入大家的房间，也是因为这个。最终，在发现雄山的房间里没有贴照片，还有小翼的高三课本已经全部学完了之后，她和我得出了同样的结论。那就是，我们眼前的财田一家全是冒牌货。"

"可是，"葛城继续说道，"宅邸内发生了杀人事件，飞鸟井还提议'大家应该团结一致攻克难关',并得到了大家的认同。如果在这一阶段开口,她就会被孤立,因此她没有选择揭发,而是在那时姑且选择了妥协。"

"这种感觉也不错,毕竟我手里还握着王牌。"小出得意地耸了耸肩,微笑着说道,"如果在发现对方是冒牌货的时候就直接说出来,不知道会招致怎样的恨意。"

"是啊是啊。"

听到葛城的揶揄,小出张开手掌挥了挥。

"小出小姐是在调查过三楼的房间后,确信财田贵之先生、文男先生,还有小翼小姐都是冒牌货的。在那之前,你还提起关于行贿的事,以此来试探贵之。可以说是花了些心思。"

"答对了。一开始我只是隐隐的有一种感觉,课本和身高这些矛盾冒出来之后,才确信了这一点。总之,这样一来,我就是受到了真正的财田贵之的委托,才来到这里的。"

"你接受委托时都没有确认对方的身份吗?"

"啊,会来找我们这种人的,可都不喜欢循规蹈矩啊。"小出嘲弄般地说道,"不过我确实进行过调查。从结果上来说,那时的贵之没什么问题。可是,在这里没办法和外面取得联络,因为无法确认信息,所以我没能马上百分百认定这个'贵之'是冒牌货。"

"可是,"文男插嘴道,"刚才你说的委托……是什么?"

"哈哈,这还用说吗?"

小出从沙发上抬了一下身体,接着身子前倾,眼中泛起精光。

"是委托我去偷——财田雄山尚未发表的原稿。"

"……果然。"飞鸟井低吟道。

"市价八千万的纸片。真是令人难以想象。不过如果能成功潜入宅邸，这工作应该还算简单，打开保险箱也不过是随手的事。只是没想到居然遇到了山火，我就只能装成避难者，改变行动方式了。"

小出长长地叹了一口气，像是安下心来了一般。

"可是……为什么要在这个时间点，来偷未发表的原稿呢？"

"这我就不知道了。不打听委托的理由，算是我的工作原则。不过某种程度上倒是也不难想象。贵之——当然，我这里指的是真正的'贵之先生'——他想得到雄山的作品，以及随之而来的巨大财富和名誉。他想让我偷出雄山的原稿，大概是想日后以雄山遗属的身份来发表吧。"

"不对，"文男摇了摇头，"雄山已经立了遗嘱，著作权他没有留给孩子继承。"

"怎么会这样！骗子的情报网还真是厉害。这样一来，哪怕拿到了原稿，著作权也不属于'贵之先生'啊。那动机就很难确定了。不过也许已经和父亲断绝了关系的'贵之先生'还不知道遗嘱的内容吧。"小出若无其事地说道，她可能是真的对委托人的动机毫无兴趣。

"父亲……算了，没必要再演下去了。雄山还没说出原稿在哪儿就昏迷了。因此，原稿藏在哪儿，如何才能拿到，我们都一无所知。"

"雄山似乎还在用笔和稿纸创作。搜查房间之前我先确认了这一点。如果不确定要找的东西是纸，还是磁盘、U盘一类的，就没法开展工作。

"当然，我也想过他用纸笔写好稿子之后，会不会又扫描整理为电子文档。稿件完成的时期不同也会导致记录的介质不同。阿加莎·克里斯蒂身上就发生过这种事，最终作是很久以前就写好的，一直留了下来。所以有可能雄山在倒下之前，就早已完成了原稿。"

文男嘲弄道："咦，小偷也会读克里斯蒂啊。"

"我小时候喜欢看，现在完全不看了。看推理小说我只看前半段，因为不喜欢看坏人被抓的部分。"

"还真是扭曲的兴趣啊。"文男苦笑道。

"总而言之，我想说的是，不好好观察的话，是没办法找到原稿的。不过那个保险箱实在太可疑了。"

"……那似乎是雄山昏迷前买的。"贵之说道，"耐火，很坚固，也是正好能将稿纸对折后放入的尺寸。虽说我们不知道密码，到最后也没打开，但那里确实很合适藏原稿。"

小出不知被什么逗笑了，发出了让人不适的、毫无顾忌的笑声。

"还真是讽刺啊。哪怕我们所有人都被烧死了，保险箱里的原稿也平安无事啊。没想到最后活下来的居然是小说。我也别当小偷了，干脆去写小说好了。"

没人回应小出的胡言乱语。

我感觉一阵头晕目眩。

财田贵之、文男，还有小翼，都是冒牌货，实际上，他们是来雄山家寻找隐藏财宝的骗子。

看上去软弱可怜的久我岛敏行实际上是杀死了妻子，并且想隐藏罪行的凶手。

还有这个名叫小出的女人，是接受了真正的财田贵之的委托，以盗取财田雄山未发表的原稿为目的的盗贼……

而最让人震惊的是，葛城早就推理出了这些，却一直保持着沉默。我甚至都没能听懂之前他与飞鸟井之间的交流。我比他们的反应慢了一拍，不，是慢了好几拍。

我一方面觉得葛城有点可怕，一方面又感到无地自容。

"我们要在这儿聊到什么时候啊？现在倒是比刚见面时对每个人的了解都更加深入了……"

贵之说完，文男慌忙打开了收音机。

他调到新闻频道，广播里恰好在报道山火的新闻。

"……N县M山正发生森林火灾……山火已经烧过了山腹……的河流，正向山顶蔓延，此时已至山顶宅邸周围……"

"不是吧。"文男一脸惊愕地说道。

"新闻里说的是久我岛先生家吧？总之火已经烧过了河，很快就会烧到这里。从河边到这里没有任何阻挡，火沿着树林烧过来，接下来只会越烧越烈。"

贵之的额头上冒出了冷汗。

"那、那么，留给我们的时间……"久我岛刚回过味儿来似的说道。

飞鸟井回答道："最多只有几个小时了。"

"怎么回事，我好像闻到烧焦的味道了。"小出这么说道。

我吸了吸鼻子，确实如她所言。我感觉自己的体温一下子降低了。

"可恶，"文男狠狠地骂了一句，"要不是你在这里扯了半天没用的……"

我走上前去。

"并不是没用的，我们知道了很多信息。"

"那么密道要怎么找！我们要怎么逃出去啊？"

他的语气十分强烈。我听到从自己的喉咙里发出了"咕"的一声。

"好了、好了,我们刚刚知道的这些也是有意义的。"

小出的声音听起来很通透,这也让在场的所有人都将注意力投向了她。

"你们看看自己的这副样子。"

小出站起身来,装模作样地摊开双手,打量起所有人。

"在这个小朋友面前,我们隐藏的秘密被扒得精光。尽管都是些见不得光的事情,但也不得不承认。"小出继续说道,"而现在已经没时间给我们犹豫了,必须尽快揭露真相,找出密道。所以啊,赶紧把所有的事情都弄清楚吧。"

"是啊,"文男也站了起来,"就是这么回事。"

小出打量着客厅中的所有人。

"把我的猎物夺走的,是你吧?"

小出指着文男,文男也指着小出。两人异口同声说出了一样的话。

"……啊?"小出张大了嘴。

"……什么?"文男也发出了吃惊的声音。

3 冲突【距离馆被烧毁还有 3 小时 37 分钟】

我的大脑再次短路了。

他们到底在说什么啊?

"等、等一下,"久我岛慌慌张张地说道,"猎物?你们在说什么啊?猎物到底是什么……"

"你可真是个迟钝的大叔。"小出丝毫不掩饰她的焦急,"你没有好好听我们刚才说的话吗?我是来偷财田雄山未发表的原稿的,所以我说的猎物,当然就是指那个保险箱。"

"夺走？"久我岛脸色发青，"你说夺走，这……难道是说……"

"没错。今天下午，我进入雄山的房间时，发现房间里的保险箱不见了。"

这真是爆炸性的发言。葛城瞪大了眼睛，脸上露出意外的神情。小出似乎想从在场众人的反应中找到蛛丝马迹，她认真地挨个儿观察每个人的样子。

"我真的吓了一跳啊。发现雄山的房门没锁时，我还暗自高兴省了事呢，没想到桌子下面的保险箱不见了。地毯上还留有原本放着保险箱的压痕，以及拖动保险箱时留下的痕迹。"

"你发现保险箱不见了，具体是在什么时候？"葛城敏锐地问道。

"下午两点钟。是我去调查三楼的房间时发现的。我不是还把在小翼房间里找到的平面图给你了嘛。"

"是在那时啊……"

"请、请等一下，"我说道，"昨天白天，我和文男去那个房间时保险箱还在。那最后一个见到保险箱的人是谁？"

"应该是我吧。"贵之探出身子说道，"今天早上六点，我去为雄山做生命体征检查，那时房间里的保险箱还在。"

"也就是说，在今天早上六点到下午两点的这段时间内，有人偷走了保险箱……"

"不，是在两点之前。"

贵之向小出投去了锐利的目光。

"既然你早就知道出事了，为什么不说出来呢！"

贵之厉声指责。小出却哼笑了一声。

"喂喂，看来你已经忘记刚才文男的反应了啊。你们也发现保险箱被偷的事了吧？"

贵之看上去丝毫没有惊慌之色。

"……刚才我去天花板上面时,"文男摇了摇头,"看到了一幅画……然后飞鸟井小姐就变得很奇怪了,对吧?我就想着雄山的房间里也许有什么线索,去了那里……"

"原来如此。那也就是刚才的事吧,大概是在葛城开始长篇大论之前不到一个小时吧。你问我为什么只字不提保险箱失窃一事?这还用说吗?就坐在这里的飞鸟井小姐之前说'小翼的死是一场事故,这里没有杀人犯,大家应该团结一致',如果在这时说出'还有一起盗窃事件发生',就会招致混乱。而且这件事很可能与小翼的死毫无关系。再加上下午大家都在宅邸里探索,十分忙乱。发现了镜子机关之后这帮小孩子又开始行动了,光是要跟上他们的节奏我就已经很吃力了。"

小出在撒谎,哪怕是我也听得出来。

如果像她所说的那样,至少应该在看到小翼所留下的平面图时把保险箱的事一起说出来比较好吧。她没有这么做,只是因为懒得思考保险箱失踪的意义吗?是谁动了保险箱?那个人的目标和自己相同吗?财田家的人发现了自己的真实身份吗?冒牌货贵之出现在眼前,是有什么陷阱吗?要更加慎重一点才行。站在小出的立场上,这么去想才比较合理吧?

"……姑且先认可你的这种说法吧。"文男一脸苦相地说道,"但为什么不是你偷走的呢?那东西本来就是你的猎物吧?"

小出装腔作势地长叹一声。

"你这是什么态度啊。"文男责备道。

"那你也太小看我了吧。我说啊,如果是我偷,我会把保险箱直接拿走吗?"

"你不会的。"飞鸟井说道。

"不愧是飞鸟井小姐,果然是明白人。"

可飞鸟井没有理会小出的话,继续说道:"盗窃的理想状态,是让目标意识不到被偷了这件事。就像小出小姐刚才说的豪言壮语那样,身为盗贼,应该具备打开保险箱的技能。直接把保险箱拿走,这种手段实在是太不优雅了。她应该会把保险箱打开,将里面的东西拿走,再将保险箱恢复原状。这么做的话,连怎么开保险箱都不知道的文男他们就会连东西被盗都察觉不到。"

"就是这么回事。连这种事都想不到,你这家伙真是骗子?"

文男一脸吃了瘪的表情。贵之则问道:"可是,你昨晚为什么没有去偷原稿呢?"

"啊,昨晚我从二楼自己的房间出来时,正好碰到了这个叫田所的男生。接下来小翼小姐从三楼下来了。我觉得当时大家出入太频繁了。而到了今天,所有人都集中在一楼,开始分工作业,我想这才是最佳时机。"

"真的是这样吗?"文男口气严厉地说道,"昨天晚上你没去偷原稿,是因为你没有时间去偷,是因为你杀死了小翼,不是吗?"

小出吹了声口哨。"原来如此,你是这么想的啊。"她露出嘲讽的笑容,"可就算是这样,那保险箱又是谁偷的呢?刚才文男也表现得很惊讶,看来他是打心底里认为,保险箱是我偷的啊。"

我看了一眼葛城,他轻轻地点了点头。看来刚才文男的反应不是装的,小出也一样。

小出继续说道:"我在调查房间时就确认了'贵之''文男'和'小翼'都是冒牌货。所以,我认为拿走保险箱的人,应该是文男和贵之中的一个。听了田所刚才的话,我推测那个保险箱应该相当大。"

"看起来至少得有五十公斤吧。"

曾经亲眼见过保险箱的我说道,文男和贵之也表示赞同。

"只有你们这些冒牌货,才会特意把这么重的东西拿走,并且藏起来吧。我想那人是将锁好的保险箱拖进了自己的房间,想着过后再想办法打开吧。这样一来,拿走保险箱并且藏起来的人,应该就是会把自己的房间锁好的人。也就是在文男、贵之、久我岛和飞鸟井这四个人当中。"

"小翼也锁门了吧。"贵之反驳道,但马上又表情扭曲地说道,"不过,今天早上她已经死了。"

小出露出稍显惊讶的神色。

"不,小翼的房门没锁,我进去调查的时候门没锁。"

"这样吗?这可真是新鲜啊。小翼房间的钥匙只有一把,那孩子一般都是随身带着。她这个年纪的女生,总是会很小心地把房门锁好啊。"

"嗯……那么,今天她没有锁门算是偶然情况吗?算了,无论如何,小翼肯定不是嫌疑人。在刚才列举的四个人里,文男和贵之来此地的目标就是雄山的财产,所以有盗窃动机。会不会是觉得反正要被大火烧了,干脆将保险箱拖到自己的房间里,再想办法打开拿到里面的东西呢?"

"有小出小姐的本事,打开房间的门锁也是举手之劳吧?"

听了葛城的话,小出显得稍微有些得意。

"啊,其实,我正打算这么做的时候,听到了飞鸟井小姐上楼的声音,所以就罢手了。那之后你和田所又过来了,我没有机会去开门。"

"等一下。"贵之敏锐地说道,"这不过是你的借口吧。保险箱失踪这件事,我和文男都完全不知情——"

"是你们在找借口才对吧。先说说你自己,能完全相信你的搭档吗?"

"呃……"

贵之像是被什么附身了一样,看着文男。

我之前从未考虑过这一点,但看贵之的眼神仿佛在说,"眼前这个人,确实非常奇怪"。

文男颤抖了一下。

"喂、喂!别开玩笑了,你怎么能听信这个女人的话,来怀疑我呢?"

"这……对不起。"

贵之的道歉听起来不过是条件反射,并非发自内心。

众人一片安静。

但我能看到平静的水面之下正有暗潮涌动。众人再次陷入各怀鬼胎的氛围……在我们之中藏着盗走了保险箱的人,大家都在心里猜疑着。

久我岛脸色发青地站起身。

"这个嘛……也就是说,在我们之中,除了连环杀人魔'爪'之外,还有一个未现身的盗窃犯,是这么回事吗?"

没错,正如久我岛所说的那样。我感觉自己体内发热,并且起了一身鸡皮疙瘩。

"有外部人员作案的可能吗?"

听到我这一问,葛城剧烈地摇了摇头。"不可能。"他排除了这一可能,"盗窃事件发生在今天早晨六点到下午两点之间。在这段时间里,我们发现了小翼的尸体,然后聚集在客厅里商讨,之后进行了分工作业。"

葛城咳嗽了一声,继续说道:"让我们按照顺序来确认一下吧。早上六点，可以确定保险箱还在，到十一点大家分工去作业时，中间有五个小时的时间。这个时间段内我们曾在客厅里集合。而在这之前，有人去了小翼的死亡现场，还有人去查看没起床的人是否安全，存在行踪不明确的情况。"

"不管怎么说，"贵之点了点头，说道，"我五点半就起床了，然后六点文男也下楼了，从那时开始客厅里就一直有至少两个人在。发现小翼的尸体时客厅里没人，但我们全都去了走廊，如果有人下楼，应该能注意到。一楼的窗户全都封死了，要从外面进来只能通过玄关大门。"

"啊……"久我岛发出声响，"我们也封死了盗窃犯逃走的路线对吧？"

"也就是说，六点到十一点这段时间内，没有人有机会去盗走保险箱。接下来我们开始分工作业。分为在宅邸外挖防火隔离带的小组，和在宅邸内寻找密道的小组。我们在外面的人是可以看到人员出入的情况的。"

"我没看到有外人。"久我岛说道。

"我也一样。"文男说道。

"我也是，葛城。"

"嗯，也就是说，分工作业的这段时间内，没有人离开宅邸。要从大门逃走，就必须穿过绕着宅邸挖了一整圈的防火隔离带，但隔离带没有被人踩踏过的痕迹。等于在山火的包围网中，又有一层包围网。"

"不仅如此……"文男说道，"那时我因为小翼的死，怎么也提不起劲儿来干活。所以我一直坐在玄关大门前的楼梯上……也就是说，我把玄关大门堵上了。"

他没什么自信地继续说道："不过没有其他人能证明这一点，

所以你们不相信的话……也无所谓。"

久我岛证实了文男的说法，并且补充道："虽然我没有一直待在那里，不过和他一起休息了一段时间。"

"要想抱着沉重的保险箱完全不着痕迹地逃走，实在是不可能。但屋里并没有拖动箱子或者推车的痕迹。"贵之认真地说道。

"也就是说，"葛城概括道，"我们在外面干活，同时另一组人在宅邸内调查的这段时间内，每个人都有盗窃的可能。"

"请等一下，我们互相确认过情况啊……"

对于久我岛的反驳，葛城反问："那你敢说大家一分钟都没有分开过吗？"

久我岛不说话了。

"那么，果然就是在分工作业的这段时间内，有人偷走了保险箱。会是我们之中的谁呢……"

"在我们之中藏着一个杀人犯，还有一个窃贼吗？"

久我岛这么说完之后，肆无忌惮地笑了起来。这个男人的情绪也太不稳定了。

"我说——我说啊，现在这个情况，可以说是相当有趣吧？"

"什么？"

"请好好想一下。我杀了自己的妻子，我的手上已经沾满鲜血了。"

"你还真是直接啊。"

文男吃惊地摇了摇头。

"反正都已经被你们揭发了嘛。这样的话，我和'爪'……在现场的七个人当中，已经有两个人杀过人了。还有两个骗子，再加一个盗贼和一个身份不明的小偷。当然，没准盗贼也会杀人就是了……"

小出抬起眼，低声说着什么。

接着，久我岛再次开口，语气中又显露出暴力的气息。

"这样怎么样啊各位，这位侦探……不，这两个玩侦探游戏的孩子。"

  把他们杀掉吧。

这句话带给我仿佛被打了一记耳光的冲击。他是认真的，确实动用过暴力的人表露出的凶暴正面给了我一击。

我知道自己气血上涌，涨红了脸。是的，就像他说的那样。现在在场的七个人中，已经可以明确有四名罪犯。从形势上来说是四对三。而且这三人还是两名高中生和一名女性，对我们是压倒性的不利。

为什么我们没有察觉到这种危险呢？

我悄悄靠近葛城，不，不知何时我已经成了盾。我的动作过于明显了。

这时，刀刃闪了一下。

"咦？"

久我岛再次发出发狂的声音。

他的身体被拽倒，小出就像骑马一样骑在久我岛身上，将刀子抵在他的喉咙处。

"咿——"

久我岛扭动着身体，嘴唇苍白。

"喂，你可别乱动。我并不打算对你下手，你别自己撞上来，如果你自己撞到刀刃上该怎么算呢……"

"你、你……"

"真是不好意思,你觉得杀了一个人就很了不起了?像你这么胆小的人,还能命令我吗?"

她将久我岛的脑袋按到地上,然后站了起来。

一股酸臭味扑鼻而来。是尿味。久我岛的屁股周围湿了一圈,并且有液体在地上扩散开来。

"啊——啊——好脏!大火临头,还把唯一的衣服弄脏了。啊,对了,你之前不是回家拿过一次衣服嘛,现在你马上去换衣服。脏衣服就丢到外面烧掉吧。我们还没准备好如何应付大火呢吧?明明都快烧过来了,不如就快快乐乐地拿过去烧掉吧。"

小出的语气越来越激动。她的眼睛在闪闪发光,气息也紊乱了。看得出来,她相当生气。毕竟猎物在眼前被人夺走,会生气也是在所难免。

"你这家伙……刚刚说的那个叫'爪'的人,可是袭击了六名年轻女性,这次又杀死了小翼,是不折不扣的连环杀人魔。怎么就和你是一类人了,别惹人发笑了。杀了一个人就能大声说话了?连环杀人魔行凶前是要进行周密的计划的,执行起来还需要随机应变,头脑要像穿针孔一样细致。而你是怎么杀死妻子的呢?咣地一下把人推翻,对方撞到了头,这才死掉的吧?哈哈哈——"小出笑出了声,"这种杀人方法,甚至可以说不带杀意啊。是既无计划性也不需要头脑的低级犯罪。这也证明你根本就成不了连环杀人魔。如果你真想求助,就不该摆出刚才那样的态度,而是要跪在别人脚边,好好乞求才是。"

她这是在对"爪"表示赞美吗?葛城和飞鸟井都还没来得及出言反驳,小出又继续开了口。

"'爪'这个名字是胡起的吧。他也真是个乱来的家伙。给被害人做美甲，也是真够蠢的。他对七名弱女子下手，你觉得他是个像样的家伙吗？简直令人恶心。如果说我们之中有这样一个杀害了七个人的凶手，那么，哪怕我们找到了逃生的办法，把他丢在这里不管也没什么关系吧？这个大叔也是这样，只知道对女人下手，还真是让人生气。喂，杀人魔，你听到了吧？你就在我们之中吧？是吧？"

随着愤怒逐渐升级，小出又把矛头指向了"爪"。她的话触动了我。理应正在现场的杀人魔听完她的这番演讲，又会是怎样的心情呢？

不……

是不是有点小题大做了呢？虽然我能理解她心头升起的怒火，但我也感觉到，她这番演讲是不是故意演给什么人看的呢？

也不能排除她自己就是"爪"的可能性。

小出的表演看起来终于要迎来高潮了。

"弄得不错啊，你们。"

她向我们这边一步步走来。我不由得感觉有些害怕，她毫无预兆地用两只手分别抓住我和葛城的一侧肩膀，强行把我们按到飞鸟井身边坐下。然后她从沙发后面探出身子，将手放到飞鸟井的肩膀上，又娇媚地靠在我的身上。在炎热的夏季累积了两天的汗味中，还夹杂着女性特有的甘甜香气。

"我还挺喜欢这两个家伙的。现在能打破僵局的，也只有他们了。我们现在可是在同一条船上，如果找不到密道，我们搞不好会在这里归西。"

"还不知道能不能找到呢……"

听到飞鸟井这弯弯绕绕的发言，小出说："我说能，那就是能。"

小出满不在乎地说着，用手抬起飞鸟井的下巴。飞鸟井将她的手打掉了。

"你还真是冷酷无情。"小出的声音听起来满不在乎，眼神却非常坚定。我颤抖了起来。

"不过……算了，总之现在我非常生气。不知不觉中，我的猎物被人抢走了。那个大叔还在往火上浇油。

"所以，你们给我听好了。

"如果有人敢动我非常喜欢的这两个人的一根手指，就是与我为敌。对于敌人，我是一定会下杀手的。"

4 密道【距离馆被烧毁还有3小时13分钟】

"可是，真的可以相信小出的话吗……"

我和葛城还有飞鸟井三个人一起离开了客厅，这是因为葛城提出想去看一下保险箱被盗的现场。我说要跟着葛城一起去，飞鸟井表现得很不情愿，但最后还是认了输，跟我们同行。其他人则待在楼下继续确认情况，寻找密道。

"虽然保险箱确实被盗了，但小出说她不会用那种方法，倒也有一定的说服力。这样一来，至少可以排除小出是窃贼的可能性。"

"但不能排除小出就是'爪'的可能性吧？"

"那当然了。"飞鸟井冷笑地说着。

我们来到三楼雄山的房门前，空气里弥漫着某种东西在燃烧的气味。我感觉自己的心又被揪紧了。这种气味是……

我回过头，看向窗外。

"可恶，田所君，飞鸟井小姐，看外面！"葛城叫道。

我一时间陷入了茫然。

窗外,近在眼前的树木已经烧得赤红。火已经蔓延至如此近的地方了……被强风吹起、在空中飞舞的火星,感觉就要把房子点着了。

"我们不是挖了防火隔离带吗!"

我不由得大叫。

"看起来没派上用场!"

"危险!"

我听到了吱吱嘎嘎的声音,接着听到飞鸟井尖厉的叫声,身体反射性地做出了反应,趴伏在地。

接下来的瞬间,伴随着一阵剧烈的响动,有玻璃碎片震落到我的身上。火星从碎掉的窗户飘进来,落到了衣服上。我赶紧在墙上将火星蹭灭。

"没时间犹豫了……"飞鸟井摇着头说道。

"怎么会这样……"

我的声音在颤抖。飞鸟井在我身旁,继续摇着头。

"还没有找到密道。"

"我们会死在这里吗?"

葛城的声音也在颤抖,他终于表露出了软弱的一面。我轻轻地吸了口气,使劲地拍打葛城的背。

"好疼!"

他摸着背,愤怒地看着我。

"提不起劲的话我们就要死在这里了!现在我们必须想想办法,找到密道。葛城!"

葛城紧紧闭上了嘴,看起来终于稳住了情绪。

我向被这阵风吹倒的飞鸟井伸出手,说道:"还有你啊,飞鸟井小姐。你的推理能力并不比十年前差，我希望你也一起来帮忙。"

飞鸟井露出苦笑。

"葛城君就算了，你怎么也这么不近人情。为什么会对我抱有这样的期待呢？"

我一时语塞。但她的声音听起来底气不足。

"……因为我在这十年间……一直憧憬着你吧。"

飞鸟井睁大了眼睛，瞳孔在轻微地晃动着。她低下头，缓缓地摇了摇头。

"……你们太高估我了吧。"

可是，她拉住了我的手。

我们重新站了起来，进入了雄山的房间。

"不在这里。"

"嗯，一点痕迹都没有。"

葛城和飞鸟井交流着简单的话语。

第一次造访这个房间时，书桌下有一个巨大的保险箱，现在它却不见了。地毯上有一部分毛被压扁了，显示出保险箱确实曾经放在这里。

这个房间是工作用的，有书架和书桌，还有一扇门通往雄山的卧室。书桌在这扇门的右手边，书架就在桌子旁边。房间里没有其他家具，没有死角。我们走到卧室往床底下看，也没有保险箱的踪影。

进入该房间的门只有一道。虽然有两扇窗户，但都是小窗，保险箱肯定无法通过。

"保险箱该不会固定在地上或者墙上吧。"

"看不出这样的痕迹啊。"

葛城点了点头。

"正如刚才所说,那个保险箱看上去至少有五十公斤重。要想运出去,可是需要相当的体力。"

"抱着走会相当困难。"

飞鸟井表示同意。

"那要怎么偷走呢……你们看。"

葛城指着入口那扇门的下端,那里的涂漆有一部分剥落了,看上去像是被什么撞过的样子。

"这个痕迹两端的高度相同,说明有人使用了平板车。平板车卡在了门口,窃贼必须先将保险箱抱起来,然后折叠起平板车拿出去,再在走廊上将平板车打开。"

"有留下车轮的痕迹吗?"

"好像有。"

葛城蹲下来,指着一道白色的痕迹,像是墨水滴在了地上。那道痕迹宽度不到一厘米,不仔细看的话肯定发现不了。

我们顺着看去,发现这白色的墨迹延伸到后面出现了等分的间隔。

葛城走出房间,过了三分钟左右才回来,手里拿着个钱包一样的东西。

"这痕迹是平板车压过墨水后留下的。之前我们在仓库中看到过放在箱子里被挤漏的修正液瓶,里面的液体流了出来。那时液体已经完全干掉了,很可能是窃贼将平板车从仓库中取出来时把修正液挤漏的。漏出的修正液可能没有滴到窃贼的鞋子上,但很有可能沾到了平板车的车轮上。窃贼并没有意识到这一点,就把平板车运到了目的地,用来搬运保险箱。于是,平板车在积了灰的地上留下了一条直线痕迹，窃贼一路推着平板车回到房间，并且把车和保险箱都留在了房间里。"

"也就是说，只要追着这个痕迹……"

"就能找到保险箱的去向了。还真是毫不掩饰，看上去就像是小学生所为。"

"真是个粗心大意的窃贼啊。"

也许是因为太着急了吧。

"走吧。"葛城已经迈出了步子，"啊，对了，"他回过头对我说，"我还发现了一个有趣的东西。你拿着。"

他将手里的那只小袋子交到我手上。这东西看起来普普通通的，我把它凑到鼻子旁，闻到了一股旧布料的味道。

葛城追寻着车轮留下的痕迹，弯着腰往前走。

"你们小心点，有碎玻璃渣。"飞鸟井提醒道。

的确，走廊上到处都是碎玻璃渣，不能趴在地上。于是我们尽可能地弯着腰，观察着地毯上的痕迹。

"在这里……"

痕迹在一扇房门前中止了。

是小翼的房间。

"保险箱会在这里面吗？"

"可是，小出不是说不仅调查过雄山的房间，也调查过小翼的房间吗？"

"总之，得进去看看才知道。"飞鸟井严肃地说道。

"走吧。"

她一声令下，我们进入了小翼的房间。

*

——但是。

"保险箱到底在哪里啊?"

找了十分钟之后,我终于忍不住叫道。

小翼的房间里有挂着纱帐的床、桌子、书架,以及衣橱和储物柜,是个充满梦幻装饰的房间,当然,并没有能藏一个大保险箱的地方。我们还检查了床盖的上面,但连保险箱的影子都没看到。

这不可能。重达五十公斤的东西竟然像烟一般消失了!

"地上留有平板车的痕迹,保险箱应该是运到了这个房间没错。可是这样一来就只剩下一种可能了,保险箱在这个房间里消失了……"

"你是在开玩笑吗葛城?"

我努力地思考着。

"保险箱不可能以原样消失……那它变个样子不就行了吗?比如说分解,或者溶化掉。"

"如果没有工具,是不可能变出这种戏法的。保险箱就是原样被运进来,然后原样被藏了起来。"

"可以确定保险箱是被运到了这个房间吗?会不会是窃贼故意留下了假线索,其实为了不让别人发现,把保险箱藏到了其他地方?"

"那道白色的痕迹非常不明显,如果想要伪造线索,应该会使用更加简单,并且更加显眼的方式吧。"

"但如果是想让侦探注意到的假线索呢,用难以被发现的方式更好吧。这样才能满足侦探的观察欲。"

"好吧,如果那是伪造的线索,又怎样呢?窃贼伪造出了将保险箱搬运到这里的痕迹。也就是说,窃贼实际将保险箱运到别处时并没有使用平板车,而是徒手搬运的。那应该会非常重。为了伪造线索而使用这么麻烦的方法,有意义吗?"

葛城瘫倒在小翼的床上。

"啊,可恶,我想不通啊!"

我也尽力开动脑筋思索着。

"对方确实带走了保险箱,将其运出了雄山的房间——这些都是可以确定的,但接下来呢?是藏在了这个房间吗?我们是这样推导的,但也还有其他可能不是吗?"

"比如说?"

他的回应有气无力,听起来丝毫没有热情,这让我有些不快。

"会不会是……又将它从这个房间拿走了?"

"这不可能。"飞鸟井否定道,"板车车轮的痕迹仅仅从雄山的房间延伸到小翼的房间,说明就算再次转移了保险箱,窃贼也没有使用平板车。可这样一来,窃贼就得抱着保险箱走。这就和刚才说的是一样的道理,如此大费周章没有任何意义。也许窃贼仅用手抱着保险箱走了很短的距离,可如果是那样的话,我们应该已经找到保险箱了。"

就在这时,葛城跳了起来。

"对啊、对啊!"

他一脸兴奋,在房间中央爬来爬去。

"田所君,还是你厉害!你总能在黑暗中指明正确的道路!"

"你在说什么呢?"

他无视了我的话,不停地重复着"没有,果然没有",他的大脑似乎也在这样的非常事态之下变得有些奇怪了。

"田所君,你是不是觉得我因为死亡的威胁而精神失常了?"

"我没想过这种事啦。"

"你撒谎——我不用看你的表情都知道。你放心吧。我是因为知道我们有救了,才会这么激动!"

有救了?我现在才是真正地觉得他变成了个怪人。

"田所君,你还记得贵之之前说过他给雄山测生命体征的事吗?"

"咦,这个嘛……他说是六点来到雄山的房间,离开房间时保险箱还在房间里。"

"不只如此吧?"

"还有什么?"

"'小翼还没起床,我去叫了她,但她的房间锁着门。'他当时是这么说的。"

"那又如何?"

"到了下午两点,小出小姐来调查的时候,门锁的情况是怎样的呢?"

"这……是开着的吧?小出小姐是这么说的。"

"那我问你,房门是什么时候、被谁打开的?"

"咦?"

我像是被雷劈中了一般。

的确如此。发现小翼的尸体之后,大家基本都在一起行动。而早上六点,贵之去敲小翼的房门时,她已经死了。

"也就是说……小出小姐的说法值得怀疑。"我说道,"她本身就是个盗贼,有开锁的技能。她能打开门锁。"

"这确实是一种解答。但如果是这样,她为什么要向我们坦白进入过小翼房间的事呢?总体看来,她是以'善意的信息提供者'的形象出现的。而且,当她说门没锁的时候,我不觉得她是在撒谎。"

葛城如此断言，意味着他已经能够确信了。甚至可以说达到了类似亲眼看到小出进入了房间才会有的那种确信。

我提出了另一个假设。

"那会不会是'爪'干的？他杀害了小翼之后，拿走了钥匙。"

"可是，田所君，不管'爪'是谁，在杀害小翼之后都没有办法使用钥匙打开小翼的房门。"

"为什么？"

"因为她的钥匙已经被砸下来的天花板压坏了，无法使用了。"

"啊！"

说起来的确如此，小翼的钥匙挂在她的项链上。我亲眼看到钥匙掉落在尸体旁边，前半截被压扁，应该无法使用了，估计都插不进去锁孔。

"那把钥匙在小翼被杀死的时候坏掉了。也就是说，窃贼不是使用那把钥匙，而是用其他方法打开了门。"

我面前的这个男人，在即将被大火包围的紧急事态下还能冷静地一步一步推理，在我看来，他就像来自异世界的人一般。

他从房间的一边踱步到另一边，嘴里数着步子。"一、二、三……"

然后他蹲了下来，像要回忆什么一般闭上眼睛，开始用手指摸地毯。过了一会儿，他像是理解了似的点了点头，起身走到书架边，用力触摸书架的侧面和顶部。

"平板车的痕迹只到这个房间的门前，所以窃贼应该只在走廊里使用了平板车。也就是说，正如飞鸟井小姐所说，窃贼抱着保险箱走了很短的一段距离。"

我和飞鸟井困惑地看着正在推理的葛城，他低声说着："应该有的……"然后朝书架最下面一层，也就是摆放着相册和资料的那一层的里侧伸出手去，接下来，他露出了微笑。

那是解开谜题时的天真笑容。

葛城将手抽出的时候，书架横向滑动了。

书架的背后出现了一个宽敞的黑暗空间。

"我们终于找到这个最关键的地方了。"

我们打开手机的手电筒功能，照向黑暗空间的下方。有一架铁梯子向下延伸，似乎没有尽头，直通地狱。

我终于理解了葛城话里的深意。

这就是我们一直在寻找的——秘密通道。

5 出逃【距离馆被烧毁还有 2 小时 29 分钟】

"这样一来，我们终于能逃出去了。"

葛城说出这句话的时候，我甚至都还没跟上他的思路。

墙壁上打开了一个口子，我们向下张望，黑暗仿佛无限延伸。

"看起来能通往地下。我们下去之后，顺着洞走，也许就能走到之前看到的那个井盖了。"

"那样的话……大家……就都能得救了？"

飞鸟井坐在了地上，像是安心了。

"这……这到底是怎么回事啊？"

"偷走保险箱的窃贼使用了这个密道。不过，先把大家都叫过来吧，我们先逃出去再说。"

"嗯，我去把大家带过来。"

葛城沉默地点了点头。

"喂,等一下。"飞鸟井像是要追问什么。

我回过头,发现她的脸上仍挂着茫然的表情。

"大家……所谓的大家,就是连'爪'也……"

我咽了一口唾沫。

对,"爪"也在我们之中,大家一起逃出去,也就意味着"爪"会被放走。因为我们一直拼命地想要从大火中逃脱,我才下意识地说出大家一起走。

"飞鸟井小姐……我已经知道'爪'是谁了。"

"啊?"

我惊讶地看着葛城。他则面无表情地看着飞鸟井。

"离开这里之后,我一定会把'爪'交到警察手上。我向你保证。所以,现在请忍耐一下。"

飞鸟井脸色铁青,她的嘴唇颤抖着,发泄一般地说道:"这根本……这根本不是重点!"

"啊,这样啊。"

葛城的鼻子没有动,她不是在撒谎。

"因为哪怕杀了他,也是本末倒置了……"

我听不明白飞鸟井的意思。她的眼中失去了焦点。

我留下葛城和飞鸟井,转身出门走下楼梯。飞鸟井一直低着头,我看不到她是什么表情。

留在一楼客厅里的人正互相怒骂着,屋里弥漫着近乎杀戮的气息。

文男和贵之正在对付已经烧起来了的大门附近,两人狂踩地毯,想灭掉飞溅的火星。小出在将水等物资往楼上的房间搬运,同时怒吼着使唤久我岛干这干那。四个人都用湿毛巾遮着口鼻。

客厅中已经充斥着黑烟了。

"各位!"我大声说道,四个人听到后一齐向我看过来。

"田所君,你快用毛巾掩住脸啊!"

文男说了一声,小出将干净的毛巾扔了过来。

"用这个,沾点水,不这么弄的话,喉咙马上就会受不了的。"

"给你,水,用这个。"

小出叫着,又向我扔来一瓶饮用水。

"谢谢。不过,现在不需要这些了。葛城发现了密道,大家一起上三楼吧。"

四个人全都震惊地瞪大了眼睛。接下来,我听到有人吹了一声口哨。虽然看不见她的嘴,但我知道这是小出发出的声音。

"干得不错嘛,侦探。"

"也、也就是说,我们都得救了?"

"是的。"我回应着久我岛,"三楼小翼的房间里,有通往地下的铁梯子。下方应该不光是一个地下空间,而是有路通往山脚方向。如果我们带足水和物资……是葛城让我这么跟你们说的。"

"可是,那条通道的出口处是安全的吗?"

"这个嘛……"

我犹豫了。我记得来时看到那个井盖时周围很开阔,没什么草和树木。但是现在我对这段记忆也并不是十分确定。

"好吧。事已至此,也只有这一条船可以逃生了。我跟你走。"

"等一下。"

文男挡住了我们的去路。

"就算昨天那里是安全的,现在大火烧了至少二十四个小时了,情况每时每刻都在变化。如果我们进入了那条地道,结果里面又烧起来了可怎么办？那可就完蛋了。"

"那我们就这样去地下室里躲着，一直等到被慢慢烧死吗？"小出激动地说道，"在那里心烦气躁地等着奇迹在最后一刻降临？我就算了！我要在最后一刻把命运掌握在自己的手里。"

"哟！你该不会以为我们会听你这个小偷胡说八道吧？"

"你这个骗子也别骗自己了。让我们看看你还是不是个男人啊。"

小出和文男互相瞪着。

"你们干什么啊！"

我提高了声调。换作平时，我可无论如何都拿不出这种勇气。不管是骗子还是盗贼，都能把我吓得不轻。我也不知道他们在想什么，我向来害怕这种大人之间的对峙。可是，我们现在必须要活下去，活下去。

"现在不是吵架的场合吧！我们找到了密道，这是最后的希望，是获救的最后一条路。不想来的话也没关系，可是请不要扯我的后腿！"

我一口气说完。说完之后才意识到脸已涨得通红。

我……这到底是在干什么啊！

不想来的话也没关系？我怎么能说出这么薄情的话。就算这里存在可疑人员，就算这里有杀人犯，我也不该在如此紧急的事态下，对应该互相帮助的大家说出这种话啊。

"请问……"

我的声音颤抖着。我还没有想好该怎么说。

"老人家要怎么运出去？你们有什么想法吗？"

"要爬梯子的话，很难伸展开。"文男说道，"只能用背带绑在身上，由人背下去了吧。"

"这样的话，让我来背吧。"贵之说道，"咱们之中体格最好的就是我了。"

"好，这样才像个真正的男人嘛。"

"小翼的尸体呢……"

"只能放弃了。"

"能不能至少让我们带走一部分？"贵之面露苦色，"不，还是算了。做了这种事那孩子也不会开心的。"

"既然下定了决心，那就走吧。"

我还没搞明白眼下的情况，发出了"啊"的一声，小出马上说道："你在这里磨蹭什么啊，刚刚不是你在大声喊叫吗？赶紧走吧。"说着她还拍了一下我的肩膀，拍得我一激灵。之后文男将水等物资装进背包，交给了我。

"大人就是这么啰里八嗦的，你应该觉得很烦吧。"

文男向我伸出手来，以此回应焦急又不安的心情。

"做好心理准备了吧……"

"明明刚才是你在教训我们，现在却一副呆头呆脑的样子。"

小出推了一下我的后背，我走上了楼梯。也许走出密道我们就能得救，但对此我也没有太大的把握。然而，看着他们的脸，我却有一种从心底涌上希望的感觉。

他们明明都是些罪犯。这座宅邸内满是罪犯。这可真是不可思议。

而杀人犯也在其中。

我突然感觉背后一凉。

"来，走吧。"

系着保护带的文男第一个下去。

我们是经过了慎重的考虑，才决定谁来打头的。

贵之要背着雄山走，不能让他消耗太多体力。

也不能让身为女性的飞鸟井和小出，以及尚未成年的葛城和我来打头，文男认为这样不人道。

从最开始，久我岛的名字就没人提。总感觉发现密道之后他就是一副要哭出来的样子，现在也是瘫坐在地上，神情恍惚。他的气泄得也太早了。

最后讨论的结果是，由文男来打头阵。

他的任务是调查密道是否可用。我们找了根绳索，拴在小翼房间里的柱子上，由我和葛城来支撑，若遇到麻烦贵之就也来帮忙。尽量让其他人保留体力。

接下来的重要工作是确认下面是否有足够的氧气。

"外面大火熊熊，再加上密道内十分狭窄，里面可能会缺氧。"葛城说道，"大气中的含氧量约为百分之二十，如果呼吸到低于这个含氧量的空气，人的身体就会产生异常。"

"那要怎么确认呢？"

"倒是有个非常危险的方法……"

葛城取出一个不明物体，像是用铁丝做成的。是个形状类似手杖的东西，在弯曲的铁丝下端有一个金属制的盘子，上面立着一支蜡烛。

"从窗外可以弄到火源。"

"这是矿场里用来探测含氧量的方法。"文男点点头说道。

"拿着蜡烛下去也挺危险的，可能会把衣服点燃。所以我用铁丝做了这个小道具，可以把蜡烛挂在梯子上。"

"嗯，那我尽量试试吧。"

"如果察觉到有生命危险，请拉两下绳子。"

"察觉到危险时就拉两下绳子是吗?"

文男笑着说道,他看起来不算太紧张,仿佛并不是要赶赴危险之地。也许他是强装镇定,为了让我们安心吧。

"确认过情况之后,拉三下绳子就代表安全。收到信号后我们就按顺序下去。你觉得如何?"

"交给我吧。"

文男的脸上露出了下定决心的表情,然后就下到了黑暗的密道之中。

将文男送下去后,我们都没说一句话。大家就紧张地屏息等待着。

我感觉额头上冒出了汗水,大火燃烧的声音,大量的黑烟,还有焦臭味都越发明显,我越来越觉得一秒都无法在这里待下去了。我们真的能活着从这里离开吗?

我看着一旁的葛城,他的眼神十分虚无。

"我说,葛城。"

"怎么了?"

"我忍受不了这样的紧张感和沉默。可以的话,你能不能告诉我偷走保险箱的人是谁?还有你是怎么发现密道的。"

"在这种时候?"

"听你的声音才能缓解紧张嘛。"

"也好。"葛城低声应道,开始了说明。所有人都保持着沉默,倾听葛城的叙述。大家都站着,贵之那张平时就阴沉的脸此时更灰暗了,小出一脸疲惫的样子,久我岛跪在地上,好像在小声地祈祷着,飞鸟井则站在角落,低着头。大家的脸上都沾着烟灰。只有雄山老人像正做着美梦,呼吸平稳地沉睡着。

"刚才我在思考关于小翼房间钥匙的问题。早上六点时她的房门还锁着，但在下午两点时门却打开了。我不认为能有人不用钥匙进入房间，那锁到底是怎么打开的呢？

"答案很简单。门是从内侧打开的。

"可这样一来就变成了奇怪的状态。小翼死后，应该没人进过这个房间。看上去这个房间里也没有能藏人的地方。那就是有人从别处进入了房间，对吧？"

"也就是说，这个房间里有密道……"

我打从心底对葛城感到敬佩。

"没错。从雄山的房间盗走保险箱的窃贼是使用密道进入宅邸内部的。是外部人员。

"窃贼通过密道进入了小翼的房间，从内部打开了门锁，来到走廊。然后前往雄山的房间运出保险箱，再通过密道带着保险箱逃出宅邸。但由于行动匆忙，他忘了将小翼房间的门锁上，从而为我们留下了线索。"

"可是，抱着保险箱下梯子，是不可能的吧。"

"扔下去就行了。那个保险箱相当坚固，如果里面装的是纸，扔下去也不用担心摔坏。所以，之前我们听到的那声巨响其实是……"

"那声像打雷一样的轰鸣声！"小出叫道。

今早九点，调查完小翼的尸体后曾听到一声轰鸣，那时我们还以为是落雷的声音。也许是因为被卷入了异常事态，对声音的感知也变得迟钝了。

小出意识到那时听到的声音是什么了。葛城的表情有了改变，继续说道："待在升降天花板房间里侧的隐藏房间时，我察觉了一种不协调感。从平面图上看，隐藏房间的纵深应该与升降天花板房间的宽度一致才对。然而实际上，隐藏房间的纵深要多出一米。据此可以推测,这里应该有平面图上没画出来的未知空间。而隐藏房间的正正上方就是小翼的房间。"

"这……你是什么时候推理出来的啊?"

"田所君啊,你该不会以为我只是闲着无聊才在每个房间乱转吧?我是在用步幅进行测量。我的每一步都是五十厘米。"

"我当侦探时都从来没这么做过呢。"

飞鸟井说道。葛城没有看她,而是耸了耸肩。

"说起密道,我们就都下意识地认为是在一楼……原来从根本上就弄错了啊。"

"是啊。没想到密道居然和三楼的房间连着。"贵之跟着说道。

"可是……利用这条密道偷走了保险箱的人,到底是谁呢?"

久我岛这么问道。

葛城点了点头,咳嗽了一声。

"这名窃贼知道有密道存在,并且熟知它的具体位置,还能轻松地找到仓库中的平板车并取出。从在地板上留下的痕迹可以看出,窃贼从仓库到房间门口走的是一条直线。因此,应该是对这个宅邸相当熟悉的人。"

葛城做了个深呼吸,继续说道:"最后的关键是动机。为什么要偷走保险箱呢……"

"这不是很清楚嘛,葛城。是为了拿走雄山放在保险箱中的尚未发表的原稿。"

"想要雄山原稿的人很多,可是,知道原稿在保险箱里的人却不多。

"幸运的是,我知道有一个人,有很强烈的想要偷走未发表原稿的欲望。那就是……雇用了小出小姐的那个人。"

"喂,难道说——"

小出往前踏出了一步，瞪大了眼睛。

"恐怕正如小出小姐所想的那样，是财田贵之。偷走保险箱的，是'真正的'贵之先生。"

听到这句话，连冒牌的贵之也吃了一惊。为方便区分，大家达成一致，用"真正的贵之"来称呼此人，这也是不得已而为之。

"可是葛城，真正的贵之先生已经委托了小出小姐吧？为什么还要亲自出手……"

"都是因为这场山火。"葛城说道，"他委托小出小姐偷取原稿，本以为这样就足够了。然而到了昨天，他还没收到任务已完成的报告，并且通过新闻知道了山火的事。真正的贵之感到十分焦虑，小出小姐没有联络他，他不知该如何是好。而且不管是小出小姐的手机还是宅邸内的电话，都打不通了。"

飞鸟井看着葛城，像是在评估他一般。

"于是，真正的贵之选择自己进入宅邸，亲自拿走原稿。从那轰鸣声来推测，他大约是在早上七点钟进入宅邸的，应该是在看到山火的新闻之后就马上从家里出发了吧。最开始他可能尝试着输入密码打开保险箱，毕竟搬运五十公斤重的东西还是相当困难的。"

"等一下。首先，哪怕山火烧到了宅邸，那个保险箱里装着的东西也会毫发无损吧。贵之先生之前说过保险箱耐火。其次，雄山老师在遗书里写了，剥夺真正的贵之先生对著作权的继承权，那么他偷走原稿也根本没有意义吧……啊，真是完全搞不懂！"

"田所君，你注意到了关键点呢。"葛城笑着说道，"保险箱确实不会被烧毁，但是人会被烧死。这就是真正的贵之先生选择亲自动手的理由。"

人会被烧死？这不是理所当然的事情吗？还是在我们马上就

要被烧死的时候说出这种话，我有些生气。

"你到底是什么意思，葛城？"我的声音尖厉了起来。

"我的意思是，对于真正的贵之先生来说，雄山老师死了就麻烦了。如果雄山老师死于大火，而原稿留了下来，那么原稿就一定会被发表。大作家以如此戏剧性的方式死去，其遗作一定会引发疯狂的热议。"

"而这对他来说将会是一场噩梦，是吗？"

飞鸟井的低语声渗入了我的大脑。我猛地拍了一下膝盖。

"是反过来的对吧——葛城？真正的贵之先生并不是想要原稿，而是想让原稿无法发表。"

"没错！"

葛城一脸欣慰地说道。就像是亲眼看着笨拙的学生终于成长起来了一般，他露出舒心的微笑。这也让我更加兴奋了。

"接下来我要说的都是我的推测。雄山老师的那份原稿也许记录了一些个人生活，真正的贵之先生之所以不希望原稿被发表，是因为其中包含了和他有关的内容。"

葛城说这番话时飞鸟井点了好几次头，看起来她完全明白葛城在说什么。

我说出了脑海中想起的事。

"小出小姐提过一次商业行贿的事，当时贵之先生一脸满不在乎的样子，让我一度以为那件事并不是真的……但是现在想来，那不过是冒牌货的反应，真正的贵之先生有可能真的犯下了行贿罪。"

"雄山老师最后的作品是'以恶人及追查恶人的侦探冠城浩太郎的视角构成双线叙事，兼具黑帮题材小说的浪漫与侦探小说的趣味性'，这里面恶人的原型想必就是他自己的儿子吧。"

"这确实符合财田雄山的性格。他也在日记里写过,曾因将身边的女性写进小说而与人发生争执。还真是讨人厌的性格啊。"小出不快地咂舌道。

"嗯,是这样的……"

对于小出的评价,葛城语气沉痛地表示了赞同。这番推理几乎无懈可击,可对于我们来说,雄山是曾经无比崇拜的作家,发现了他这样的一面,我们的心情都有些低落。推理结果的指向更是伤了葛城的心。

解释完保险箱被盗事件的真相后,葛城便闭口不语了。

真是漫长的沉默。其实文男下去后只过了不到五分钟,我却感觉已经等待了几个小时之久。

葛城脸色苍白,刚才还瞪着眼睛进行推理的男人,此时已判若两人。在威猛的大自然面前,侦探、助手和罪犯都是平等的。

我不禁用力地抓了一下手中的绳索。

被我抓来宅邸的葛城会做何感想呢?一想到是我把他卷入了绝境,我就感觉胸口一疼。不过,我们应该能够得救。我和葛城一定能从这里出去。我们一定能活着回去。

这时,我手中的绳索被拉动了。

一下。

两下。

我和葛城都紧张了起来。如果停在这里,就意味着计划失败了,我们就得把文男拉上来。葛城的眼睛闪现出光芒,他坚定地站在那儿。

拜托了,再来一下吧。

再拉一下吧。

三下!

充斥我全身的紧张感得到了解放。葛城也一样。

"那我们可以下去了?"小出问道。

她让我和葛城先下去。从三楼到地下,纵深超过十米。我们顺着梯子往下爬了三分多钟,好不容易才着地。

"我们会撑住雄山老师的。"

我们俩和已经在下面的文男一起,撑着贵之和雄山下来了。然后是飞鸟井、久我岛和小出依次下来。

"接下来就顺着这条通道走吧。"

"四周感觉都是岩石,应该正如之前推测的,是利用天然洞穴做成的密道。"葛城说道,"不过,巴士站到宅邸相距五公里多,从井盖的位置过来也差不多有四公里,哪怕利用了原有的洞穴,也需要打造很长的一段路,希望中间没有岔路。"

"这里比我想象的还要高一些。"文男说道,"我这样的身高,都不用弯腰。"

贵之拿着蜡烛打头阵。为了平均分配体力,之前由贵之背着的雄山现在交给文男来背。

"喂,你们看,那是……"小出掩着嘴说道。

密道前方有一个男人倒在地上,似乎已极度虚弱。我们走近了看,发现他双眼紧闭,嘴唇干燥,像是已经失去了所有的力气。

是从未见过的男人,但是因为他身旁就放着保险箱,我猜出了他的身份。

财田贵之。

此时躺在我们面前的男人,就是打算从保险箱中——不,是偷走了保险箱,也就是偷走了未发表的原稿的窃贼。

也许是因为带着五十公斤重的保险箱在密道中前进而耗光了他的体力吧。

他还有呼吸，还没死。

小出回过头，小声说了句"原来如此"。她应该是理解了我刚才那番语无伦次的说明。

"我们要带上这家伙吗？"

"也不能见死不救吧。"

对于葛城的话，小出有些不屑。

"明明委托了我，却又对我的猎物出手，我可不同情这家伙，让他死吧。就算他是我的委托人，也不能这么干涉我的工作。不过既然是你发现的密道，那还是由你来决定怎么处理吧。"

"那就帮帮他吧。"

"你这人还真是温柔，我都要感动地痛哭流涕了。"

她这么说着，打开饮用水瓶，将水洒到了男人的脸上。男人被呛到了。虽然他像是陷入了脱水的状态，但这么做也有点过火了。不过他应该不会因为这么点水就溺死吧？

"看，是水，有没有稍微好点？"

"咳！咳咳！"

真正的贵之一通咳嗽之后，终于慢慢地睁开了无神的双眼。

"这是……？你……？"

"喂喂，你醒了啊盗窃犯。能走吗？"

"你是……？"

真正的贵之盯着小出的脸，脸色突然变得铁青。"啊……？！"他的眼睛惊讶地瞪大了。

"为什么！你为什么会在这里？"

"因为我也在宅邸里啊。你用不着操心这些了，赶紧起来，我们得赶紧从这里逃出去。"

"等、等一下。"

男人拉着小出的腿。

"你应该能打开保险箱的锁吧？喂，拜托了，把它打开。如果里面的东西被发表，就麻烦了。报酬随便你开，我可以出之前给你开出的价格的十倍！你现在就把它打开吧，求你了！"

都这时候了，这个男人还在说这些事情啊。我感到有些头晕。

这时小出动了。

她冲着这个缠着自己苦苦哀求的男人的右脸踹了一脚。

"唔。"

男人被踹飞了，身体撞到了墙上。

"我说啊，你擅自出手干涉我的工作，我还得给你擦屁股，全天下有这种道理吗？"

"这……这个……"

"我就直说了吧，你把保险箱拿走，是最糟糕的处理方式。我已经准备了十几种将原稿从保险箱里偷走的方案，而你把这一切都毁了。就算你是委托人，我也绝对不会原谅干扰我工作的家伙。"

小出抓住财田贵之衣服的前襟，把他拉了起来。

"快点，赶紧站起来走。你爸爸也在那里，你们父子俩可要好好活下来。"

她看着财田贵之的眼睛，继续说道："然后嘛，你们父子俩要好好聊聊。"

被小出拉起来之后，财田贵之怯生生地跟上了我们。

这样真的好吗？

冒牌文男和贵之都露出了惊讶的表情，也跟在小出身后。再后面是我和葛城，飞鸟井和久我岛，以及保险箱。

"结果到最后，还是没法看到里面的原稿啊。"我小声嘀咕道。

"不过,如果没找到这条密道,咱们甚至连原稿在哪儿都不知道呢。我还真没想到,真正的贵之的行动竟完全和我想的一样。"葛城干巴巴地说道。

"你不想知道原稿里面写了什么吗?"飞鸟井问道。

葛城稍有不甘地看着保险箱,然后像是下定了决心一般移开了视线。

"让它待在这里,我们走吧。里面应该都是我并不想看的内容。"

葛城的语气十分干涩。在这次的事件中,我们受到了无数次打击,喜欢的作家已形象尽毁,对葛城来说,这是无论如何都难以平复的打击。我到现在才意识到这一点。回想起我们刚刚抵达宅邸,他进入雄山的书房时那脸上发光的天真样子,此时早已经消失得无影无踪了。

"真的吗?决定了?"

飞鸟井看着突然停下脚步的葛城问道。

"就这样吧。"葛城焦急地说。

"那你可别后悔。"飞鸟井补充了一句。她为什么要对大受打击的葛城重复强调到这种地步呢?我本想说点什么,却感觉气管里吸入了烟,好烫。"用水打湿手帕捂在嘴上,先别说话了。"葛城尖厉的声音窜进我的耳朵。那之后我听到了接连不断的咳嗽声,并且眼泪直流。葛城拉着我的手,我们一起在这漫长的地下密道中前进着。

*【距离馆被烧毁还有 7 分钟】

热得仿佛身体被点着了一般,每次呼吸都感觉喉咙在灼烧。

眼睛已经看不清了，眼泪止不住地往外流，根本无法控制。这还只是生理上的反应。

另外，这时我还回忆起了甘崎美登里。

在这生死关头的重要时刻，我却无法将注意力集中到眼前。我回忆的终点，是她。

这真是有些好笑。

总是天真无邪笑着的她，应该也想不到我会被卷入到这样的事情中吧。

——因为光流想要改变我，所以，我也要改变光流。

——我们会一点一点地改变吧。可是哪怕这样，我们也会一直在一起吧？会一直在一起吧？

失去她之后，我开始不愿意回想和她共处的那段时间。像是讨厌着遇到她之前的自己一样，我也讨厌着尚未失去她的自己。我讨厌着不顾我的未来，不知不觉间就将我变成了那副样子的她。可我却无法忘记她。

真的无法改变了吗？

不可能。我在心中低喃。不可能的，美登里。

我们明明一起度过了那么多时光，到了现在，却只有我继续感受着时间的流逝。没有美登里的日子，我只是任凭时间流逝而已。

就算不想改变，也还是会改变的。我无法为了已经不能再感受时间消逝的她，而阻止自己在时间中前行。我像在人群中被推着走一样来到了这里。我也经历了几段恋爱，虽然最终都抛之脑后。哪怕并非出自我的意志，我也仍然在前进。与和美登里在一起时相比，我变成了另外一个人。

可是即便如此。

"看到了！出口！"

我听到了男人大喊的声音。是文男。不过不管是怎样的声音，都能为我的身体注满力气。

"该死！"

葛城的回应很有气势。他是个天真的侦探，让我想起了年轻时的自己。

"这里也有梯子，应该可以顺着爬上去。"

"的确，上面的盖子就是我们之前拉开的井盖吧。"这次是田所的声音，"总而言之，把它打开吧。我去。"

田所爬上去几分钟后，我感觉到有风从上面吹来。

吹进来的空气中混杂着尘土，还能看到高处有树木在熊熊地燃烧。不过——

"是外面！到外面了！各位……"

从洞口上方传来田所激动的声音，与他的性格极不相符。仅仅这么几句，我们就已被他的兴奋感染，也跟着激动了起来。

——人是会改变的。

只要还活着，就一定会渐渐改变模样，不会一直维持着过去某一天的样子。我已经不再是和甘崎美登里在一起时的那个人了，我已经无法完成她的愿望了。

可是即便如此。

可是即便如此，也总有一天要清算过去的事情。

"来吧，快点！"

已登上梯子的我，向洞中伸出手去。

虽然犹豫了一瞬，但他还是抓住了我的右手，并几乎同时抬起了左脚。

这时。

我松开了手。

他失去了平衡，发出"啊"的一声惨叫，然后向后摔了下去，消失在了洞口下方的黑暗之中。

在深深的洞底。

某种柔软之物。

发出摔烂的声音。

望向远处的树林，可以看到落日馆正在燃烧。塔的部分已经倒塌。落日馆正在崩塌。再看向熊熊燃烧着的森林那边，抬头就能看到宽广的夜空。我意识到面颊被打湿了。啊，下雨了啊。我这样想着。

正如美登里死的那天早上落下的冰冷冬雨。

是我知道自己再也无法安然入睡的那一天的雨。

从那天开始，雨就一直没停。

"你……做了什么啊？"

小出压到我身上，将我扑倒在地。然后骑在我的身上，使我无法动弹。沾满泥土和汗水的身体靠在一起，感觉十分不适。

"你……我说你！为什么不抓紧他啊！就差一点，差一点就能救出所有人了！"

她激动地抓着我的衣服质问。啊，原来是因为这个惹人讨厌了啊，我这样想着。她可真是感情过剩。

"你之前不是也高谈阔论过一番吗？"

坐在地上的葛城不带任何感情地说道。我因为恐惧而颤抖了起来。啊，真是讨厌啊。我原本以为自己比小出擅长压抑情绪，没想到现在我连这项优点都失去了。

"如果是杀人犯的话——而且还是杀了七个人的凶恶杀手，那被扔在大火中也是可以理解的吧——你之前是这么说的。"

他语带愤怒之情。是啊，他应该是不会原谅我的。过去的我一定会做出和他一样的反应。

"刚刚她不过是照你所说的去做了而已。"

葛城用严肃的口吻说道。

我看着被火星照得异常闪亮的美丽星空。

再见了，甘崎美登里，再见了，我的十年。

"不会吧——也就是说——"

"嗯。"葛城的声音沉稳得令人不安。

接着，从他口中说出了两个真相。

"'爪'的真实身份就是久我岛敏行。还有……"

他说出接下来的话语时，声音微微有些颤抖。

"飞鸟井小姐早就知道这件事了。"

地鸣声响起。

我知道落日馆已被彻底烧毁了。

第三部 生为侦探

所谓的"第三种皮肤",意为除了善人和恶人之外,不论男女,所有人都持有的,一种基本的、孩童性的特质。像是堆积沙滩城堡,又或者害怕黑暗,就是这类基本的孩童性的特质。

——约翰·宾汉姆《第三种皮肤》

*"爪"

身体上最肮脏，但也是最漂亮的是哪个部位呢？

肮脏就是美丽。美丽就是肮脏。我并不是想说这种难以理解的话，不过大部分漂亮的东西确实也非常肮脏。

答案是手。虽然问题很绕，答案却异常简单。

孩提时期，我一直觉得十分不可思议。一天要洗很多次手，身体却只能在洗澡的时候清洗。脸也不能随时随地洗。只有双手要洗很多次。上完厕所要洗，吃饭前要洗。流感时期还会被要求不停地洗手漱口，洗手的次数还会增加。因为接触水的次数太多，到了冬天，指关节的皮肤甚至会开裂。

所以，美丽的手就是奇迹。

发现了这个"真理"之后，我便迷上了手。路上行人的手，孩子的手，大人的手，我都一直观察着。大人的手，特别是已经开始衰老的大人的手，皮肤上会有皱纹，所以并不美丽。孩子的手虽然柔软，但还没发育完全，也无法满足我的欲求。母亲的手因为要不停沾水，所以生了疮，看起来毫无魅力。

能满足我渴望的是女人的手。小学的时候，班上来了一位年轻的实习老师，她的手就像是两条白色的鱼，关节的形状也非常美丽，指甲则修剪成颇有魅力的弧形。她教艺术类科目。有一次，我借口帮忙，伸手去拿她手中的打印纸，于是碰到了她的手。那个瞬间，我有一种异样的感觉。当天晚上，我反复回味着那只冰冷的手触碰到我潮湿的皮肤时的感觉。我第一次梦遗了。

然而，她的手马上就变脏了。

和学生们玩游戏的时候，她的手擦伤了。右手指甲处贴上了一个大型创可贴。

真是不小心啊。但同时，这也让我进一步认同了自己的想法。

美丽的手就是奇迹。因为美丽的手是转瞬即逝的。手是无比纤细的东西。

所以，我产生了不让奇迹溜走的想法。我想要抓住那个瞬间，永远爱护着它。我第一次杀害的女性，是家附近的彩票店的店员。向我递出彩票时，她的手给我留下了深刻的印象。当时是年末，因为她每天都要处理大量的纸片，我不希望她把手弄伤，于是马上就杀死了她。

杀掉她后，我将她的手砍了下来。那时我一度认为这样就能永远将美好收入囊中了。然而，刚砍断手腕我就意识到了。尸体很快就会腐烂，这样做也得不到永远，得不到美好。我只能获得一瞬间的美好。我爱着美丽的手，我为那双手做了美甲，反复品味。那个瞬间，我获得了愉悦的高潮。但那双手最终还是开始腐烂，变得丑陋。

我在接下来的犯罪中加入了自己的趣味。我改变了杀人手法，看着地图寻找杀人的场所，打算描绘出一个特定的图案。但我搞砸了。实施第五次犯罪时，我被人抓到了尾巴，不得不终止第六次犯罪计划。警察开始逼近，我感到了恐惧。如果能把罪行都推到另一个人头上就好了，我这样想着，然后将当时在网上认识的男人杀掉了，让他当了我的替身。

那是我第一次去杀与手无关的人。一个三十多岁的家里蹲，当然，他没有美丽的双手，甚至从未做过手部护理。清理现场时，我的手指弄脏了，我不禁发出惨叫。我好恨那个让我不得不用这种方式杀人的家伙。

作为纪念，我保留着每一次作案时用的凶器和犯罪前写下的计划。而我将它们全都放到了作为替身的男人的家里，这样一来，那些笨蛋警察肯定会将这些东西当成是他的。不过，全都舍弃我还是觉得有些可惜。明明是我犯下的案子，却全都变成了那个男人的功绩，这让我受不了。那些全都是我做的啊。是我用美丽的东西装饰了那些美丽的手。可是我没办法大声地说出来。我讨厌这种无法炫耀自身功绩的感觉，这比夺去自由更让我厌恶。

所以，我将最后杀害的那名女高中生画的画留在了身边。当时我为了留下信息，而从她的文件夹中随便抽出了这幅画。不过看过后我倒是相当中意画上画的那个拿着剑的英雄，我从小就很喜欢这类游戏。既然是我所杀掉的女人所画的东西，我看了自然感伤。这幅画一方面能帮助我压抑杀人的欲望，另一方面还能安慰我的内心。我不愿折叠它，因此找来画板，将它平整地夹好。

那个女高中生还真是可怜啊。她也是被卷进来的，才会遇到这种事。

——是那个家伙。对，那个叫飞鸟井的女高中生。

这个能理解我的女高中生出现时，我感到相当慌乱。浏览讨论该事件的网上论坛时，我发现有人说在案发现场看到了一名女高中生侦探。飞鸟井之前在大阪的一家酒店身陷一起事件之中，接着她在众多客人面前进行推理，破了案，大名因此被人知晓。

你到底有多了解我啊？我将她视为眼中钉。她总能预测到我的行动，实在是太碍事了。

所以我得让她知道我的想法。

然而，哪怕这样，她却还是没有死心。

得知作为我的替身被我杀死的那名男性被警方断定为自杀后，我依旧没有安心。我知道那个女人是不会就此放弃的。那之后，夜里我总是担惊受怕，辗转难眠。会这么害怕也是没办法的事。而且我还得努力地压抑内心的冲动。光是清清白白地生活就已经让我筋疲力尽了。后来，我成了普通的上班族，和普通的女人结了婚，住在山中的这栋小小的房子里。

——都怪那家伙，我才会……

因为害怕引起警方的注意，这十年里我一直隐藏着属于我的气息。

然而，时隔十年的这次杀人，让我找回了过去的感觉。

我杀死了妻子。低头看着尸体时，过去的感觉回来了一点点。

我推倒了妻子，她的脑袋歪向一边，变成了一具尸体，躺在我的眼前。

撞到桌角而死这种方式实在是太无聊了，杀人的动机也不过是夫妻吵架。这种没有经过思考的失手杀人，和细心谋划、令人沉醉的犯罪完全是两回事。但因为这次无聊的杀人，我体内杀人的欲望再次变得活跃了。

以毫无乐趣的方式杀了人，让我更加渴望异常的刺激。我将妻子的手砍了下来，这是时隔多年再一次砍下他人的手。妻子的手保养得很好，也算是能满足我的"战利品"。

做完了一切，我却还是冷静不下来。一个人待在家里，我怎么都无法平静。

我还没有忘记十年前的感觉。美甲的工具，还有香袋和假花,当年使用过的道具我都一直留在身边。欲望无法排解时,它们能稍微帮我舒缓情绪。

就在此时,命运的门铃响了起来。

我犹豫了一下要不要开门,但是看到玄关处的电灯开着时,我的脸色沉了下来。胆怯充满全身。警察该不会这么快就来了吧,不过他们已经追了我十年,不管什么时候来都不足为奇。我也有充满自信的时候,但到了关键时刻却害怕极了。

我打开了门。

门口站着一位身穿西装,留一头披肩发的女性。看到她的脸时,战栗感传遍了我的全身。她的身上有我所熟悉的影子,我还记得她那双坚定的眼睛。

"我是××保险公司的飞鸟井。请问您是久我岛先生吗?"

——糟了。

我知道我的脸瞬间因充血而泛红。这个女人还没有放弃。这十年来她一直在追踪我。我的身体不受控制地颤抖着,我不想被夺走自由。

不过,我马上就意识到了不对劲之处。

飞鸟井的双眼没有焦点。准确地说,她似乎正看着我背后很远的地方。她的周身散发出茫然的气息。

飞鸟井没有看我。

这个瞬间,我的体内有什么东西烧了起来。我明明受了那么多苦,这十年里一直忍耐着,什么都不能做,这家伙却把我给忘了。另外,发现身份没有暴露,也让我的胆子大了起来。与此同时,我也想让她知道我的想法。我产生了一种类似玩游戏的心理。

我的视线落在了飞鸟井的手上。

真是一双不错的手。特别是第二个关节，非常美丽。虽然她的指甲剪得过短了，但形状还是很美的。

如果不能杀了她，我会感到很可惜的。

1 "爪"的真身 【距离馆被烧毁还有 3 分钟】

眼前的光景让我一片茫然。

抬头一看，落日馆正冒着黑烟，此时宅邸已经完全被赤红色的火焰包围。是引发爆炸了吗？火焰突然蹿了一下。落日馆正被慢慢烧毁，所有的一切都结束了。风吹过我冒着汗的额头。

井盖周围是一片黑色的宽广土地。附近的矮木丛中发出树木被烧爆的声音。火还在烧着，还不能说绝对的安全。

"久我岛就是'爪'？"

文男惊讶极了。

他背后的树林也在熊熊燃烧着。我产生了一种终于从大火的包围圈中逃了出来的安心感。然而我们还处在危险之中，现在可不是慢吞吞闲聊的时候。

可我们还是想听。我们想从葛城的口中听到真相。

小出离开飞鸟井身边，站了起来，与葛城面对面。贵之、文男、我，还有真正的贵之，将他们两个人围了起来，财田雄山由文男背着，仍在昏睡。

飞鸟井缓缓地站起身，拂去了身上的尘土，说道："你刚才是这么说的吧，久我岛就是'爪'。"

葛城的回应像是在发泄情绪，而且声音里带着一丝焦虑。

"我们必须赶紧离开这里。他应该已经没救了，从那么高的地方摔下去，会直接摔死的吧。"

也没有救他的价值了。

似乎还包含着这样的言外之意。

他的样子很奇怪。是什么让他变成了这样？我想不明白。

我看着飞鸟井。她像是耗尽了力气一般瘫坐在地，不知道在想些什么。不过我猜测刚才葛城所说的话，能够解释这两个人谜一般的态度。

——飞鸟井小姐早就知道这件事了。

早就知道了？我有些混乱。如果她早就知道，为什么不说出来呢？她一直保持沉默到底有什么意义？她应该跟我和葛城一样，也想要抓住"爪"吧？

"请、请问……"真正的贵之说道，"虽然不知道'爪'什么的是怎么回事，但大家等冷静下来再聊怎么样？这里不是说话的地方……"

他说的没错。虽然我也有在意的事，但还是等到达安全区域后再向葛城询问比较好。是因为真正的贵之对于事件一无所知，才不会感情用事吧。

一截烧着的树枝落在了不远处。

"这里也很危险啊！"我大叫道，"我们赶紧下山，找个安全的地方吧……快！"

我们花了三十分钟，终于走到了山脚。已被烧尽的树林还冒着黑烟。不过我们暂时到达了安全区域，终于松了一口气。

已经进入了夜晚。我回头看去，在离得很远的树丛后方，仍能看到熊熊燃烧着的落日馆。向前方看去，远处应该是警方和消防队集结起来的搜索队。我们朝着光的方向站成一排。

"咱们啊……"小出突然用脱了力的声音说道，"咱们就在这里道别吧。我可不打算和搜索队打交道，准备在这里离开了。我不想暴露身份。说起来，贵之和文男，你们二位也一样吧？"

"啊……"贵之指了指文男背着的雄山，"把他放下来之后，我们也会离开。"

"这样啊……"我点了点头，"你们三位应该也很累了吧，警察会保护我们的。"

"那是不可能的呀。我们的生存方式就是这样，不适合接受警察的照顾。"

生存方式。这个词刺激到了我的心，我想起葛城在提起侦探的事时也用到过这个词。

"所以啊，侦探，这是我们最后的交谈机会了。就说给我听听吧，你是怎么知道久我岛就是'爪'的？"小出叹了口气，"请你说明白。搞不明白整件事我是不会离开的。"

小出直率的话语敲打着我的胸口。

"是啊，我也一样无法理解。在弄清楚那个男人是如何杀害小翼之前，我也是不会走的。"

小出坐在了附近的树桩上，其他人也各随己便找了地方坐下。贵之靠在树干上，文男找了个挡风的地方放下雄山，自己在旁边待着。真正的贵之虽然一脸搞不清楚状况的样子，但也靠在了树边。我则坐在了飞鸟井的身边。

"是啊，"葛城嘟囔着，"现在终于有了解开谜题的理由。"

他的言行依然成谜。他暂时闭上眼睛，露出沉稳的表情。啊，我叹息着，这才是侦探的样子，往日的他回来了。

可我却感觉此时他看起来要比平时危险，是我的错觉吗？

"促使我发现'爪'的真正身份的，是他留下的那幅画。"

听到葛城的话，飞鸟井有了反应。

"是从美登里手中夺走的画。"她抬头望着天空，眼神虚无，"那孩子是与众不同的。为了实现梦想，她为小说绘制了插画，而那幅画却被'爪'夺走，保存了起来。"

"'爪'杀害了甘崎小姐后，夺走了画。我们知道他将写给飞鸟井小姐的信，'较量重新开始了'，塞入了甘崎小姐的文件夹。甘崎小姐被杀那天突然下起了雨，而凶手是用水性笔写下那句话的，字会被雨水溶掉。于是他拿起甘崎小姐的文件夹，将那张纸放了进去。"

飞鸟井听着，没有露出特别的神色。

"那个文件夹里原本放着的就是这幅画，他将画取出，把写了字的纸放了进去，因此画才落入了他的手中。那之后过了十年，这幅画出现在了我们眼前。画被裱进画框，摆在那个升降天花板房间的隐藏书架上。"

"甚至在小翼的被害现场，那家伙还在进行着表演。真是个孩子气的男人。"

飞鸟井像要吐出来了一样说道。文男的脸上浮现出悲痛的表情，也许是又想起了小翼的死吧。

葛城没有回应飞鸟井的话，而是自顾自地继续说道："这幅画是 A3 大小，画框是从财田家一楼的书房里拿出来的。画上画的是一名幻想风格的战士。

"一开始我们推测，会不会这幅画本来就在财田家呢？但既然画框是在现场拿的，还特意放到了有升降天花板的房间，再加上画框里沾有烟灰，说明画很有可能是在山火发生后才布置好的。也就是说，凶手提前将画摆放好的可能性很小。故意在非常事态之下做这样的事，让我不禁思考凶手是从宅邸之外将画带入的可能性。"

"请等一下,"我插嘴道,"'爪'与飞鸟井的相遇只是偶然吧?飞鸟井只是因为与久我岛太太签约才偶然拜访的,他是怎么提前准备好的呢?"

"也许他无论何时都随身带着那幅画,虽然可能性不大。但如果财田家的人是'爪',就也会有同样的疑问。贵之和文男在来那座宅邸前也无法预测会碰到飞鸟井小姐。所以,要在可以将画带进去的人中确定凶手。"

"能将画带进去的人……那么,你是怎么知道凶手是谁的呢?"

"这不是很简单嘛。那幅画上面完全没有折痕。"

"那又如何?"就在说出这句话的时候,我的大脑才开始理解这句话的含义,"啊……!"

"怎么了,田所君?"文男问道,"所谓的折痕,有这么重要吗?"

"发现画的时候,葛城曾将画放到灯光下仔细看过。如果是水彩原画,就会有颜料渗入纸张的痕迹,他当时就是这么确认那幅画是原画的。"

葛城接过我的话说道:"画画的甘崎小姐本人没有折过画。那是她珍贵的作品,所以都是将画装在尺寸正好的文件夹里带着。之后画被凶手从文件夹里取出。下一次这幅画出现在众人眼前就是今天了。而在这整个过程中,这幅画都没有折叠过。

"也就是说,凶手是保管这幅画的时段内从未将它折叠过,同时又能将画带入宅邸的人。"

"还有,"我惊讶于葛城的慧眼,"我们昨天是因为遭遇山火而去宅邸紧急避难的,大家都是轻装前往。根据这个条件可以排除大部分嫌疑人了。"

"原来如此……"小出发出了感叹声。

贵之的嘴大张着，看起来像是想说原来是这么简单的推理啊。

葛城舔了一下嘴唇。

"首先从可以排除的人开始说吧。

"先是我和田所君。我们两个是从宿舍过来的，没带任何行李。我们的背包里只装了饮料、地图以及手机电池，这个包装不下 A3 的画纸。

"接下来是飞鸟井小姐。她是因为工作前来的，因此拿着工作时用的包。她的包平时要装文件资料，应该包可以装下 A4 大小的纸张，但要想不折就将那幅画放进去还是不可能。

"接下来是小出小姐。她背着一个小小的背包，作为登山者，这点装备都有些太简陋了。当然，看上去也无法装得下画。

"再有就是，把正牌的财田贵之先生也加上吧。"

"我吗？"

真正的贵之吓了一跳。

"贵之先生没有作案机会。根据早上九点的那声巨响可以知道，他是今天早上进入宅邸的，那时小翼已经被杀死了。而且我们在保险箱边发现他时，附近没有背包或者其他能装东西的物品。他是空手进入宅邸的。"

"嗯，是的。"

贵之惊讶地回答。他的神情有些困惑，也许是从未想过自己也会被当成嫌疑人之一吧。

"我把车停在了附近，行李全都放在了车里。"

葛城点了点头。

"财田雄山老师也可以在这个阶段排除掉。因为画框的内部边缘沾上了烟灰，可以推测画被装入画框是在山火发生之后。一直昏睡的他当然不可能将画装入。"

"不对。"我尝试着验证他的推理,"如果画是十年前就放在那里了,烟灰是后面才……不对,玻璃画框的里侧也粘上了烟灰,因此无论如何都不可能。"

葛城歪着脑袋问了一句"满意了吗",然后接着说道:"剩下的就是冒牌的文男和贵之,以及久我岛。文男和贵之两个人在山火发生之前就已经在宅邸里了,他们有得是藏东西的地方。但是因为他们无法提前预知飞鸟井小姐的到来,所以如果这两个人是凶手,就必须一直随身携带着这幅画。

"接下来看看久我岛,他回过一次家,拿来了一个装换洗衣服和贵重物品的波士顿包。就机会而言,他是最有可能拿画的人,因为他是在见到飞鸟井小姐之后又回了自己家一趟。而且他的包很大,完全装得下那幅画。他可以将画装入文件夹,放进包里,再把衣服放进去。这样就能很好地护住画,不会让画折叠。"

"这三个人里,你是怎么锁定最后一个人的呢?"我探出身子问道。

焦味飘进了我的鼻子。也许是自山顶吹来的风将这股焦味吹了过来,也许是火星飞到了山脚下。我有些走神。

"我们来推测一下凶手摆画时的情形吧。"

一旦开始推理,葛城就会坚定地保持自己的节奏。

"就像我刚才说的,画框内有烟灰。那个画框是由两片玻璃板构成,四个角各有一枚螺丝固定,画就被夹在两块玻璃板中间。还有,画框的左下角夹着一小块塑料手套的碎片。凶手想要将画摆正,而将手指伸进了画框,调整画的位置。而那时玻璃板夹住了手套,并且扯下了一块碎片。

"手套的内侧沾有烟灰,外侧则是干净的。也就是说,凶手是用粘了烟灰的左手戴着手套，才会在手套内侧留下烟灰。这是第一点。

"第二点，"葛城继续说道，"是那四个螺丝。螺丝太小，拧起来很困难。用螺丝刀或者小钳子一类的工具也不行。戴着手套也不行，只能直接用手来拧。因为螺丝很小，他确信不会在上面留下指纹。然而，螺丝上没有沾上烟灰，这一点指明了凶手的身份。"

我有些困惑。葛城到底在说什么？

"螺丝上没有沾上烟灰，说明凶手的右手是干净的。"

"咦？"

"等一下，侦探，"小出大声说道，"你这么说不是很奇怪吗？凶手的左手沾了烟灰吧？为什么又能得出结论说他的右手很干净呢？"

葛城并没有直接回答小出的疑问。

"直到最后我也没能排除掉文男和贵之，他们的手很可能偶然沾上了烟灰。虽然他们昨天都没出过家门，但也有可能在和浑身沾满了烟灰的我们接触时，不小心蹭到了手上。也没准为了查看情况，在我们不知道的时候去了外面。这些可能性都不能排除。但不管是哪种情况，都不可能只有一只手沾上了烟灰。会产生这样的情况，只有一种可能。"

"只有久我岛有这种可能吗？"

贵之眼神不安地问道。也许是因为有些跟不上葛城的节奏，他显得有些局促。

"什么意思……你说的会产生这种情况的可能，是什么呢？"

葛城这才终于解答了小出的疑问。

"凶手是在山里时一直只有右手握着拳的人。"

"咦？"

"当你把单肩包背在肩上，手抓住肩带时，就是我刚才说的这种状态。虽然指甲会被弄脏，但是手掌是被保护着的。而无意识地垂下来的左手就自然而然地沾上了烟灰。"

啊……我呼出一口气。

"我们当中，背着单肩包的只有飞鸟井和久我岛两个人。不过飞鸟井的包太小，已经被排除了。"

因此，"爪"就是久我岛敏行。

葛城盘腿坐在地上，伸了一下背。

这个瞬间，他像个真正的名侦探了。

可是为什么他的表情却是那么软弱，那么悲伤呢？

2 飞鸟井光流 【馆被烧毁后1小时12分钟】

"他是凶手啊。"

小出手扶额头，嘴唇发白。葛城揭露了凶手的真实身份后，她似乎大受震撼。

"根本看不出来啊。他总是一副战战兢兢的样子，我还以为他是个甚至无法自己拿主意的男人呢。他一直观察着别人的脸色，像在害怕什么一样。而且是把妻子推倒导致对方死亡，这种杀人方法也让人觉得完全不像是连环杀人魔。那家伙看着就是个懦夫嘛。"

"那个男人啊，"飞鸟井疲惫地插嘴道，"别看他外表那样，内心却有强烈的自我意识在横冲直撞。他的内在混合着优越感和暴力冲动，十分丑陋。不过战战兢兢的性格也可以说是他的本性，他的性格中也包含胆怯的部分，但内心的冲动还是会在他人毫无察觉的时候出现。"

她长叹了一口气,就像吐出憎恶感。

"我记得,"文男开口道,"今天在外面干活的时候,他还一脸感伤的样子说着,'我痛苦的时候,她是唯一在我身边支持我的人'。当时他的眼中还充满了泪水,我不觉得那是他装出来的。他,这个人……"

"那也是真正的他。"

飞鸟井点了点头。

"见识过那样的他之后,得知他杀害了妻子,你一定很震惊吧?不过他在你面前说过的话也的确是他的真心话。他无法为自己犯下的罪行承担责任,所以他为自己的所作所为流下了眼泪。"

她努力地发出声音,继续说着。

"真像个孩子一样啊。'爪'犯下那么多罪行,他的行为成功地引起了他人的注意。他把大家的骚动当成对他的认可,并因此而高兴。因为暴力性的表露而让他得到了关注,这也满足了他的自我意识。然而从本质上讲,他是个孩子气的人,无法应对未知的事物,因此他又感到深深的恐惧,所以才想逃跑。"

我回忆起第一次见到久我岛的时候他那副战战兢兢的样子。他看着飞鸟井,说着"我该怎么办啊"。那时飞鸟井回应说"干吗问我",他听到之后表情瞬间变得苍白。他是个对于未知的事物缺乏判断能力的孩子,不知那时他是否已经在心里计划着杀死小翼了。

真恐怖。

"请等一下……"贵之站起身来,态度傲慢地说道,"葛城君,你搞错了吧。久我岛不是杀人凶手。"

"为什么?"

"你之前曾经说过,凶手为了在天花板上留下血迹,而在停电的状态下破坏了绞车的固定螺丝,使得天花板降了下来。没错吧?"

"是的,现在我仍然没有改变这个推论。"

"可这样一来不是很奇怪吗?我和久我岛在凌晨十二点十二分到一点十五分期间一直待在客厅里聊天。从客厅的电灯熄灭,到客厅的电力恢复,这段时间一直在。也就是说,在这种状况下,哪怕不去调查准确时间,也可以认为久我岛在停电期间拥有不在场证明啊。"

"啊。"我不由得发出声响。我怎么把这件事给忘了!

"难道说你怀疑这个不在场证明的真实性?也就是说,你也怀疑我?"

"也就是说不在场证明是伪造的喽。这也不是没可能,毕竟你就是个骗子嘛。"

小出冷笑着说道。但贵之的视线一刻也没有离开葛城。

"啊,不……"

听到贵之的反驳,葛城表现得非常平静。

"我并没有怀疑他的不在场证明。久我岛的不在场证明是完美的。"

葛城站起身,拍了拍屁股上的土,走了两步。

"各位,差不多该走了吧。我已经证明了为何久我岛就是'爪',小出小姐也认同吧?那就在这里道别吧。大家早点去避难——"

我感到气血上涌。

"喂,葛城!"

我站起身,走到他旁边,扯住了他的衣襟。

"你这家伙，从刚才开始一直在胡说八道些什么啊！证明？证明了什么啊？别再说蠢话了！你的推理根本就是有头没尾。你并没有推翻久我岛的不在场证明啊！"

"他的不在场证明无法推翻，因为那是完美的。"

葛城没有看我的眼睛。

"葛城——你到底在逃避什么呢？"

"逃避？"

葛城抬起头。他的瞳孔晃动着。我有些退缩了。我看起来有那么吓人吗？

"我并不是在逃避。我不是。"

"不是？不是逃避那又是什么？"

"是因为我吧？"

这时响起了飞鸟井温柔的声音。葛城没有回应她的话，而是悲伤地看向贵之。

"你为什么会注意到不在场证明的事啊？"葛城问道。

"你这么说好奇怪。难道你想略过不在场证明，直接下结论吗？"

"没用的哟，葛城君。"飞鸟井以嘲弄的语气说道，"即使贵之先生不提不在场证明，我也会提的。你不是说不会再逃避侦探这个角色了吗？放弃吧，你也已经无处可逃了。"

"接下来的我都不知道了。因为对我而言没有解谜的理由了。"

"别这样说嘛。你现在不说，这些人就要永远怀揣这个谜了。"

"飞鸟井小姐，"我察觉到了危险，插嘴道，"你突然这样是要干什么？请别再找葛城的茬了。你们的对话根本毫无意义嘛。"

"田所君，不好意思，但是请你闭嘴。这是我和他两个人的事。"

她用毅然的口吻将我排除在了对话之外。

"飞鸟井小姐，我接下来要说的事情可能会惹人讨厌。"

"为什么？"

"我之所以向大家说明久我岛是凶手的原因，是因为我接受了小出小姐的话。她说如果不搞清楚，她就不会离开，这段话打动了我。这是我解释上述推理过程的理由。"

"那么，现在不是也有推翻不在场证明的理由吗？大家都很想知道吧。"

"我不要！"

葛城执拗顽抗的样子，就像个幼稚的孩子。

"喂，葛城……"

但他似乎并没有听到我的话。

"无论你怎么说我都是不会接受的。我不会原谅你的行为。因此我没理由继续解谜了。"

"你不想给凶手任何申辩的机会，也不想给我机会对吗？真冷酷啊。"

"那是因为你是侦探。侦探的生存方式就是成为真实的仆人。这一点没错吧？但是你逃离了侦探这个身份。就算我想要原谅你，并且，但这样……这样……"他摇了摇头，"这样是对真实的背叛。我不想听任何借口，所以……"葛城的声音十分悲痛，"我不想说什么我理解了——"

"你意识到，理解了我，你自己的信念就会因此而动摇，对吧？"

飞鸟井贴近葛城说道。

葛城的瞳孔的确在颤动。

"喂,别开玩笑了葛城。"

我发觉身上升起了一股寒气。

我全都明白了。一切都联系起来了。这不断重复的对话的意义。为什么久我岛是凶手却拥有完美的不在场证明;为什么飞鸟井明明发现了久我岛杀害了妻子,却假装不知情;还有,为什么面对飞鸟井,葛城的情绪如此激动。

那个想法渗透进我的大脑,使我的身体颤抖了起来。如果能够否定,我希望去否定它。但我产生了一种直觉,我找到了正确答案。

我惊恐地将它说出了口。

"降下天花板的人,并不是久我岛。"

我浑身颤抖。"爪"是久我岛,杀害小翼的人也是他,这一点是毋庸置疑的。

然而,真相之中还藏着一层真相。

"而是飞鸟井小姐吧……"

葛城惊讶地看着我,脸上露出悲痛的表情。

"你啊……你啊……到最后还是发现了。你和我找到了同一个答案。"

"葛城,你……"

"你看,终于还是说出来了吧,葛城君。"

而被我点名的人反而露出了明朗的表情。

"这下你无法逃避了吧?那就请你继续解谜吧。"

她微笑着。

"作为侦探,去解开谜题。"

* 第一天　深夜

是噩梦。

我一进入有升降天花板的房间，就马上跌坐到了地上。

为什么？怎么会这样……本该在十年前就已斩断的噩梦，为什么……

深夜，我因为失眠而起来到一楼的餐厅里取矿泉水。我看到久我岛和贵之在客厅里聊天，但我实在无心和他人交谈，便想静静地回到二楼。

然而，我看到升降天花板房间的门开着，心里想着这是怎么回事，人已经走进去看了。

接着我看到了小翼的尸体。

她被压扁了，样子十分凄惨，让人不忍直视。尸体旁边放着人造假花，还有香袋。

她的双手都做了蓝色的美甲，摊开在离尸体稍远一点的地方。非常漂亮，就像是要向他人展示自己骄傲的美甲一般。

不对，小翼的两只手都被压扁了，是被升降天花板压的。可我眼前的手却呈现出完好的状态。这不是小翼的手。莫非是其他女性的手被切了下来吗？只是想到这一点，我的身体就颤抖了起来。是我见过的那个男人，久我岛敏行。

那个男人杀死了妻子，我和葛城一起去他家时就有所察觉了，却错失了说出来的机会。而且葛城明明也发现了，却保持着沉默，我猜是为了稳住当前的事态吧，我也就没说。除了久我岛以外，这里还有以欺诈和盗窃为生的人。如果犯罪者们形成了同盟，而将不属于他们阵营的我、葛城还有田所孤立起来，我们或许会有生命危险。我很担心这一点。

然而，纵容那个男人的结果却导致小翼被杀害了。

都怪我。地板上的寒气侵入了我的身体。**因为我，两个人失去了生命**。最开始是美登里，现在又是小翼。

在被极深的绝望所俘获后，我又充满了愤怒的情绪。为什么、为什么我要纵容如此邪恶之人呢？为什么小翼要被夺去生命？我慢慢地站了起来。有了目标的我，感觉到这是十年来最为轻松的时刻。

我不会原谅"爪"的。但也不能使用寻常的复仇手段。

我熟知对方的性格。他喜欢搞孩子气的犯罪计划，醉心于对被害者和杀人现场进行引人注目的装饰。他有着想要博人眼球的欲望。我眼前的尸体像是在哭诉，**你看啊侦探，我就在这里。来玩吧**。这一切让我想呕吐。

所以，我不能让对方的挑衅得逞，我要让他的期待落空，让他的欲求得不到满足，让他白忙一场。我要这样将他逼至绝境。

也许"爪"会死在这个宅邸之中，但只是死掉还不够。我可不想让那家伙死得太舒心，我至少要让宅邸中的人们知道他的本性。

对于所谓的密道，我是半信半疑的。所以我想我们大概率会死在这里，不过倒是可以利用这个传闻。因此，我要在现场进行调解，绝口不提是"爪"杀人，而是将结论引向事故致死。"爪"应该会觉得相当困惑吧，接下来他会感到焦虑，再然后就会暴露本性。

我有三个方针。

第一，要让眼前小翼的尸体看起来像是事故死亡。

第二，不去调查小翼的死。同时也不去调查久我岛妻子被害的事情。

第三，不管发生什么都不去杀死"爪"。

杀人，就是给予对方最大的关心。我不想亲手杀死久我岛。我要让他就这样被火烧死，或者运气好的话，让他在法庭上被宣判死刑。

我想好了要做的事情。要消除人造花、香袋和美甲的痕迹，如果将这些留在现场，就无法让小翼的死看上去是一场事故了。我将那双手扔到了森林里。

由于天花板上没有血迹，让我知道了"爪"是用什么方法杀死的小翼。在升降天花板的房间里应该还有别的机关吧。比如说天花板上面还有空间，然后小翼被升上去的天花板挤死了。再加上绞车的缆线已腐坏，我便打算伪造成是天花板突然降下造成的事故。如果把尸体弄到靠近门这边的位置，会让他杀的可能性显得更小吧。我打算通过弄断缆线来排除其他的可能性。同时尽可能彻底地擦拭血迹，移动尸体。为了让尸体被尽早发现，我还将一些血弄到了门下面。因为知道不会有警察来搜查，所以不用担心鲁米诺反应的问题。

不巧的是，停电了。最后我只能通过彻底破坏缆线来让天花板降下。我破坏了一根已经在经年累月间腐坏了的裸线，以及在缆线一端起固定作用的生锈的夹子，万幸的是，我的做法奏效了。我卸下螺丝，天花板就落了下来。这样一来就能让现场看上去更像是事故了。到此为止，伪装工作终于完成。实在是花了很长时间。

第二天，听到葛城和田所敲门时我还觉得遗憾。我无法看到久我岛看见那具尸体时的反应了。因为头一天晚上的疲劳与兴奋，我既做了关于过去的梦，也做了关于刚刚处理掉的手的梦。实在是颇为糟糕的一晚。

如果我的预想正确，久我岛看到尸体时会万分惊愕吧。为什么小翼的尸体会变成那样？他应该无法理解。发生了什么？不过，我很难从他那软弱的态度中分辨出他的真实想法。

后来听了田所君的描述，我知道自己的预想是正确的。

*

葛城终于整理好了情绪，开始安静地讲述。

"看到那幅画，确定了这是'爪'的所作所为之后，我发现这起案子表现出很强烈的矛盾。具体来说就是一方面具有'爪'的意志，也就是强烈的自我彰显欲，同时还有另一个人的意志也在其中作用着。

"首先是画的问题。这幅画被放置在升降天花板上面的隐藏书架上，所以凶手是想让飞鸟井小姐在那里看到画。这样的话，凶手就必须引导飞鸟井小姐的行动。但如果没有发现小翼画的平面图，我们就一直不知道关于天花板的问题了。"

"什么意思？"

"我曾经说明过'爪'是如何操纵升降天花板的，田所君还记得吧？"

"嗯……先将天花板升起，挤死小翼，然后倾斜天花板，将小翼的尸体放下来。接着把尸体移动到适当的位置，再然后将天花板彻底降下来，让天花板沾上血迹。这样就完成了犯罪现场的伪装。"

"问题就在这里。"

"欸？"

"为什么要伪装犯罪现场，有这个必要吗？"

我一瞬间没能理解葛城话中的意思。

"就是这么回事。我在解开天花板之谜的瞬间，进一步确定了自己的想法没有错。凶手是为了伪装犯罪现场才移动了尸体的，但在看到置于天花板上方的甘崎小姐的画时，我的推理又不成立了。伪装了犯罪现场，就无法让飞鸟井小姐看到甘崎小姐的画了。这里产生了矛盾。凶手为什么一方面展示出想将我们引向天花板上方的意图，另一方面又对犯罪现场进行了如此彻底的伪装呢？"

我循着他的话思考，不由得发出"啊"的一声。

"就是这样的，田所君——最后的那一道工序是完全没有必要的。将尸体放下来是必要的。尸体不被发现，飞鸟井小姐就不会感到恐惧，只是失踪所带来的冲击力还是太弱了，要将尸体放到大家能看到的地方才好。可是，凶手没有必要把天花板再降下来一次，天花板上没有沾上血迹，才会成为给'侦探'的提示——尸体到底是在哪里被压死的呢？带着这样的疑问，才能让侦探更早地发现天花板上方的空间。"

"而且最后一次降下天花板时宅邸内还停电了——不惜特意卸下螺丝，也要让天花板降下……"

"是的。凶手大费周章，就是为了让飞鸟井小姐看到那幅画。这么一来，降下天花板的行为就显得极为多余。倒不如说，这会毁掉这场盛大的演出。"

"所以你才得出了那样的结论吧。杀害小翼的，和降下天花板的，并非同一个人。"

葛城点了点头。

所以，降下天花板是为了让小翼的死看起来更像是事故。并且必须卸下绞车上的固定装置，才能吻合事故的说法。

我和小翼是晚上十一点三十分之后分别的，所以久我岛只有五十分钟的时间实施犯罪。不难想象他当时应该相当慌忙。接着屋里停电了，误入的飞鸟井发现了尸体。她应该是在停电的五十五分钟内清除了凶手留在现场的痕迹，并切断了缆线。因为不知道何时会来电，因此她应该不会一味空等。

"不止如此。已经十年没有与犯罪沾边的'爪'想要让飞鸟井小姐注意到他的存在。当然，对于十年前将他逼至绝境，并且从他手中夺走了很多东西的飞鸟井小姐，他的心中充满了怨恨之情。这样来考虑，小翼小姐的尸体也不该是我们发现她时的样子。"

"这话是什么意思？"

"小翼小姐的手上应该有美甲，身边应该装饰有假花和香喷喷的香袋。凶手应该将现场布置成甘崎小姐死亡时那样，才能更好地传达信息。总而言之，凶手应该对飞鸟井小姐发出'我就在这里哦'的信号，不这样让对方注意到自己，就没有意义了。"

听他这么一说，我才意识到的确如此。

小翼的尸体的确死状凄惨，但没有附加任何装饰。反过来说，这也让飞鸟井小姐提出的"事故"观点显得别扭却又说得通……

我突然停下思索。

我到底在想什么？

"是这么回事啊……"

飞鸟井淡淡地笑着。她的微笑让我感到恐惧。

"飞鸟井小姐，你破坏了美甲，将人造花收走，又用除味剂除去了香水的味道。然后将天花板降下，让上面沾上血迹。切断缆线之后还特意把断面弄得不太整齐，将现场伪造成事故导致小翼死亡的样子。也就是说……"

"她将杀害小翼后'爪'所留下的痕迹全部清除掉了。让小翼的死,变成了一起单纯的死亡事件。"

消防车的警笛声离我们越来越近。距离火灾发生已经过去了相当长的时间。警笛声很大,我的意识渐渐模糊。

"可是那双手是从哪儿来的呢?小翼是被天花板压死的,她的手应该也被挤烂了,不能再做美甲了吧。"

听到我这么问,葛城回答道:"那是久我岛太太的手。他提前将她的手砍了下来,我们和他一起回他家时,他将妻子的手也带上了。飞鸟井小姐应该就是通过那双手,意识到凶手是谁的。"他说得若无其事,飞鸟井也没有否认。

"久我岛为什么用自己妻子的手啊?那样不会很容易暴露是他杀了人吗?"贵之问道。

葛城点了点头,说道:"这是因为他过于自信了。他有足够的自信,认为我和飞鸟井小姐都不会发现是他杀害了妻子,所以才采取了如此大胆的行动。他恐怕觉得哪怕在飞鸟井小姐面前拿出那双手,她也不会注意到其中的含义吧。"

"原来如此……"

"同时,为了配合久我岛的这一想法,飞鸟井小姐一直装出直到最后都不知道久我岛杀害了妻子的样子。在我揭发久我岛杀害妻子的狂暴罪行时,她那副胆怯的模样也是故意表演出来的。因为如果表现出已经意识到久我岛杀害了妻子的话,就不难推测飞鸟井小姐或许也已经知道久我岛就是杀害小翼的凶手了。这与飞鸟井小姐的目的不符。关于她的目的,我后面再做说明。"

葛城的喉结动了动。

"……对尸体的装饰被彻底清除了,能完成这一点的,只有飞鸟井小姐。大家还记得我一一揭露各位的真实身份时的情形吧。我之所以戳穿你们是诈骗犯或盗贼，其实是为了证明你们与'爪'毫无关系。

"会去清除凶手的刻意设计，只能是理解凶手行为的人。美甲、人造花装饰，以及香气，都是'爪'所发出的信号。它们只针对一眼就能看懂的人。"

"这个结论也太牵强附会了吧。"

听到飞鸟井这么说，葛城摇了摇头。

"我想并非如此。正是因为你早就知道这是对方的设计，才会去做多余的事情。第一次目睹'爪'制造的犯罪现场的人，或许也能够注意到美甲和花这些异常的痕迹，但只有知道这是出自'爪'之手的人，才会对其进行处理。"

"你所说的多余的事，是指什么？"小出像是要咬人一般地问道。

"不管是什么人，都不可能清除掉根本不存在的东西。"

小出歪了歪头，像是要举起手的样子，最后耸了耸肩。她没有说什么，而是等着葛城继续说下去。

"飞鸟井小姐，你冲着小翼小姐的尸体喷洒了除味剂，这是为了消除掉香袋散发的香气。可是，"葛城继续说道，"我闻过香袋后，发现了不对劲的地方。那个香袋已经没有任何气味了。"

"欸？"

此时飞鸟井表现出的惊讶是真的。

葛城在仓库里发现的那个布袋，应该就是凶手实施犯罪时使用的香袋吧。那个袋子只散发出一股放了很多年的布料的味道。

"那个香袋已经放了十年，香味早已在不知不觉间消失了。因此哪怕放了香袋，现场也不会留下任何香味。然而，我们到现场时却闻到了除味剂的味道。"

"啊。"我不由得发出惊呼。

"会做出这种事的，只有在事发当日，既无法闻到气味，又知道'爪'在犯罪时会使用香袋的人。"

我回想起昨天发生的事。飞鸟井因为出汗后着凉而患上感冒，一直在打喷嚏。她的鼻子堵了，所以闻不出香味。

"没想到居然在这里犯了错啊。"飞鸟井自嘲地说道。

我又回忆起尸体被发现时，久我岛那心惊胆战的样子。

他应该是真的害怕吧。发现犯罪现场变得面目全非，因无法理解而感到震惊。

那份胆怯，我此时才理解。

我仍然不知道飞鸟井在想些什么。那时说着十年前就已经不再是侦探了的她，到底在想些什么呢？

"也就是说，昨天深夜，飞鸟井小姐在有升降天花板的房间发现了小翼小姐的尸体。然后她进行了一系列的伪装工作。那时，她已经知道谁是'爪'了。"

是那时啊。也就是说，我们爬到天花板上看到那幅画时，她已经知道"爪"就在屋里了。

那时飞鸟井像只小狗一样颤抖着，她紧咬着嘴唇，像要咬出血一般。如此强烈的感情——我曾经认为那是她意识到十年前的杀人魔又卷土重来，努力与心中的恐惧斗争的样子，然而事实并非如此。那是对于旧友重要的画作居然会被用在这种地方而感到愤怒，以及哪怕是以这样的形式，这幅画终于出现在了自己面前，因而生出心事已了的情绪。但如果让感情外露，就等于如了久我岛的愿，因此她才一直拼命忍耐着。

"为什么……"

贵之握紧的拳头颤抖着，也许是因为愤怒。这也是理所当然的。虽然是在小翼被杀之后，但确实是飞鸟井将天花板降下来的。她亵渎了他最爱的人的尸体。

"为什么……要做这种事情……"

"对于小翼小姐，我真的十分抱歉。"

飞鸟井先是毕恭毕敬地低头谢罪，接着又说道："可是——这是为了击溃他而必须做的。"

"击溃？"贵之吊起眼睛，"什么叫击溃？"

"让我按顺序来说吧。"

飞鸟井仍旧坐在地上。贵之已经站起身子，像要与飞鸟井一争高低。然而也许是被飞鸟井的冷静所感染，他也坐了下来。

"久我岛的本质就是个孩子。他最喜欢看别人对他的罪行做出反应。这次犯罪，就是他为了看到我的恐惧而特意安排的。对这样的男人来说，最糟糕的是什么呢？"

贵之催促她说下去。

"是被无视啊。"

贵之瞪大了眼睛。

"……可是，久我岛已经死了。现在我们已无从得知他的真实想法了。"

"久我岛留下了一些线索。"

听到葛城这么说，贵之发出了呻吟声。

"我来按照时间的顺序整理一下飞鸟井小姐和久我岛的行动，各位应该就能明白了。"

葛城接过解释说明的任务。从更加客观的第三者的角度来进行说明，或许会更加浅显易懂。而从飞鸟井口中说出的真相，众人总觉得听不进去。

"首先，飞鸟井小姐将'爪'留下的犯罪痕迹全部抹除了。在看到那样的现场时，久我岛产生了不安。他先是怀疑是不是有什么地方弄错了，然而这是不可能的。哪怕天花板是因为事故而降下，假花和手也不可能毫无缘由地消失。久我岛自然而然地去怀疑飞鸟井小姐，因为知道事情原委的只有他们两人。"

这应该是种陷阱吧，久我岛暂时得出了这样的结论。

"然而，第一轮现场调查结束后，从飞鸟井小姐的口中说出了令人难以置信的结论——她说小翼是死于事故。"

——怎会如此！

——可是！那样的死法——那样的死法应该不可能是事故吧！

我发出理解了的叹息。久我岛当时惨叫般地这样喊着，原来是被吓到了。那是原本满身虚伪的他显露出真实反应的瞬间。

那时我认为真凶会利用飞鸟井的事故一说，这样就能掩饰自己的杀人行为。但久我岛的反应正好与之相反，因为他有他自己的理由。怎么会看起来像事故呢？人明明是我杀的啊，你也应该知道的吧。这才是当时他想说的话。

"接下来，虽然不情愿，但久我岛也不得不接受'飞鸟井小姐已经忘记了一切'的可能性。所以她才会毫无情绪起伏地接受了小翼的死，并且看到久我岛出现也毫无反应。

"就在这时，飞鸟井小姐讲述了自己开始拒绝解谜的理由。"

"啊。"我掩住了嘴。

对啊，那时……那时她说起了过去的事情！就在久我岛面前，提到了"爪"和自己的关系。

"这一刻，久我岛舍弃了飞鸟井小姐已忘记此事的可能性。他确信对方是在知道自己的存在的情况下，却仍然做出了这样的事。然而，他读不懂飞鸟井小姐的用意，于是内心陷入了恐慌。

也正因为陷入了恐慌,他才会想起妻子的事,从而哭出来,并且表现出一脸胆战心惊的样子,害怕小出小姐的杀意,丑态尽出。"

我想起来了。

在决定爬到天花板上面的人选时,我、飞鸟井和文男表达出意愿之后,第四个表态的就是久我岛。虽然后来小出小姐阻止了他。他应该是想亲眼看到飞鸟井小姐发现那幅画时的样子,才主动表示愿意上去的吧。如果能看到对方的反应,或许就能理解对方的意图了。

"久我岛不停思考着,为什么她一直无视我,这其中有何深意吗?无法满足自身欲望的他一直苦恼着。"

"可是那样的话,直接表明自己是凶手不就行了吗?"

"讲明白的话,会直接被当成杀人犯抓起来吧?就活不下去了吧?"

我回忆起久我岛极度恐惧山火的样子。

"被卷入山火的当天,他想到利用山火来处理妻子的尸体。当时他还不觉得火势有多么严重。可到了今天,火势已让他感到恐惧,产生了性命之忧。表面看上去他是个软弱的人,内在却是连环杀人魔。而将这一切全部剥离之后,他的本质只是个孩子。如果被当成杀人犯抓起来,就会失去逃生之路。当时的他认为,虽然飞鸟井小姐的行动难以理解,不过只要把这一切都弄明白就行了。"

"这就是我会那么做的原因。贵之先生,你听明白了吧?"

飞鸟井语气沉重地说道。贵之像是被她的气势所压倒,点了点头。

"我的目的有两个。第一是利用他的无助,用无视对他的心理造成强烈的打击。

"第二个目的则是通过引导让他动摇，防止他再次作案。这样就能为我们逃出宅邸争取更多时间。虽然我并不想说什么想把大家都救出来这种很了不起的理由……而在此之上，"她带着悲痛的表情继续说道，"还必须要让其他人明白我的意图，无论是谁都行。"

飞鸟井的情绪有些激动。终于把想说的都说出了口，她的语气中掺杂着一丝成就感。

"还真是可怜啊。他按照自己的想法建造了一个小小的世界，然而没有任何人遵从他的预想去行动。世界可不是为他而生的。"

飞鸟井的这番话像是对葛城说的。

"他就像一个抑制不住想要吸引他人注意的孩子。虽然身体强健，精神上却还没长大。在被大火围困的情况下，我们大家都拼命地想要逃生，根本就没精力去照顾他那种孩子般的情绪。所以，我让自己的双手染上了血，为了让他的杀人罪行变得毫无意义。以及，将他的本性暴露出来。"

"但说到底，我还是无法原谅你。"

贵之的拳头仍在颤抖。旁边的文男也依旧一脸悲痛。

"你为了自己的目的伤害了小翼，面对已经那么凄惨的她，还做了更加过分的事情。我绝对无法原谅你。我想，我有权质问你，真的没有其他办法了吗？不过现在我想先问另一个问题。"

他的眼泪夺眶而出，嘴唇也因为愤怒而颤抖。

"最后，他掉下去时，脸上是什么样的表情？"

飞鸟井睁大了眼睛，似乎从未想过贵之会问这个问题。

"……最开始是期待。"

她轻声说道。

"他想着最终还是获救了啊，脸上带着淡淡的期待。他自大地认为我们果然无法对他见死不救。他的眼睛里带着某种卑鄙的希望。那卑劣的样子甚至让人觉得有些可悲。他的本性已经完全暴露出来了。

"而当他的手滑下时,他睁大了眼睛,流露出了真正意义上的……"

"绝望。"她这样说道。

"仿佛我松开了手就是对他的背叛一般,他在对我进行强烈的谴责。在死掉的瞬间,他全然忘记了自己的恶行,向我投来了绝望的目光。"

"恐怕啊,"她继续说道,"他是体会到了在漆黑的深夜里孤独地消失的绝望吧。"

"这样啊。"文男神情苦闷地说道。

"谢谢你。"贵之的声音颤抖着,"谢谢你。"

为什么感谢呢?恐怕连他自己都不知道到底是因何而感谢。这么做能拯救什么吗?久我岛的死对他们来说算是某种补偿吗?而我们心中无处安放的情感又该如何是好呢?

小出露出厌恶的表情看着飞鸟井。她的样子就像是不敢相信这怪物般的存在就在眼前一样。财田雄山仍然昏睡着,真正的财田贵之在他旁边,对于眼前发生的一切深感混乱。

可是。

刻在我内心的并不是久我岛的表情。

那时我看到了伸出手的飞鸟井的脸。

她拼命地伸长了手。她的眼睛里有光,散发出人在抱有某种目标时所拥有的强烈意志。接着,我又看向了久我岛的脸,看到了他带着淡淡的期待的样子。也就是被飞鸟井称为表现出"卑鄙"、暴露出本性的时刻——

她脸上的表情全都不见了。

或许在发现密道的瞬间，在葛城道出她的所作所为的瞬间，她也觉得出乎意料吧。那时的她没有撒谎，她确实从未考虑过要做那样的事。

直到那一刻。

她的表情变回到我在宅邸中第一次见到她时那样。那双眼睛丧失了焦点，就像幽灵的双目一般。瞳孔没有温度。

她是在那个瞬间决定放弃的吧。放弃了久我岛敏行。看到他的表情的瞬间，她知道了，他没有任何改变。哪怕把他交给警察也没有用。但必须要让什么人明白整件事。她这么说过，但她没办法告诉任何人。而在生死攸关的时刻，她领悟到没有任何人能够改变他。

所以她才会那样做吧。

她的嘴唇动了。

——够了。

然后。

她松开了手。

……我亲眼看到了。那双没有温度的眼睛。在那一瞬间，她变回了幽灵。

在杀人的瞬间。

"我绝对无法理解。"

葛城这样回应飞鸟井。

他低着头，边摇头边顽固地不停重复那句话的样子看起来就像个孩子。

尾声

大家带着各自的伤痛踏上了回家的路。

我们下山后就遇到了搜索队,被安全地保护了起来。小出、冒牌的贵之和文男三个人,就像他们所说的那样自行离开消失了。我们告诉搜索队,是从合宿的地方来雄山家拜访,之后就在那里避难了。因为正好真正的贵之先生也在宅邸之中,所以就一起逃出来了。而飞鸟井是去财田家进行保险业务调查时发生了火灾。

在小出告别后,我们被搜索队发现前,发生了一件事。

葛城和飞鸟井消失了。我不安地寻找着他们。

最终我在进入森林没多远的地方发现了他们。两个人都表情严峻,我放弃了介入的想法。

这是只属于他们两个人的世界,我体会到一阵揪心般的痛。这是只允许侦探进入的场所,我并非侦探,虽然努力过,但无论如何也无法成为侦探。

"我还是无法理解……"

葛城紧握着的拳头颤抖着,仍然重复着同样的话语。

站在他对面的飞鸟井摊开双手,毫不退缩地说道:"我们这不是活着出来了吗?不能就这样结束吗?我也会把你的失态抛至脑后,不会再提起了。"

飞鸟井露出了成熟的微笑。然而,她的眼中已经没有光了。不知道是不是这个原因,葛城似乎被进一步激怒了。

"尽管如此!我仍然不觉得你的做法是正确的!你明明知道

真凶是谁,却一直保持沉默……"

葛城把牙齿咬得吱吱作响,拼命压抑着愤怒之情。

"我只是想要理解这一切。"

"名侦探真是个不错的身份啊。为了让自己'理解',就随意玩弄他人的感情。啊,不过这样也好。我也曾有过这样的时期呢。"

飞鸟井凑近葛城。

"小出小姐曾经说过,无法理解就无法向前,这话听起来的确很棒,并在最后给了你动力不是吗?可你都解谜解到那种程度了,却又在最后说绝对无法理解。已经不存在什么具体的问题了,你这种不肯妥协的顽固态度,就像个任性的孩子一样吧?"

我曾经无比憧憬的身为侦探的她,当时的风采已不复存在。

"你到底想要怎样的结局呢?'我输了,我不是你的对手'。这样可以吗?"

"我并不是想听这种话!"

葛城的声音里透露出狂乱。

"我去解决事件,并不是为了炫耀自己的头脑有多聪明。说着什么'听着,我已经全明白了。你们都没注意到的事情包含怎样的意义,只有我全都搞清楚了',如果扮演这个角色的人不是你,你就无法安心吧?"

飞鸟井以怜悯的语气说道:"你想过吗,如果在被山火包围的宅邸之中揭发久我岛,会有怎样的后果?你也看出宅邸中那些人的真实身份了吧。两个骗子,一个小偷,再加上你们两个高中生,一个无法动弹的老人,还有我。可靠的伙伴都缺乏体力和武力,又无法预测骗子和小偷是否会倒向凶手那边。在这种情况下,我们能够对付曾经杀死了七个人,算上他妻子的话应该是八个这样的成年男性杀人狂吗?在明白了谁是真凶的那一刻,你应该也发现了他是现场最有力气的男性吧?如果他想逃,我们根本追不上他。如果他想反抗,把密道封死的话,我们就会被火烧死。"

"因此你就认为你的做法是正确的?将真相隐藏起来,背过身去,逃避揭露一切;在山火与你所谓的进退两难中选择姑且不惊动他,为我们争取寻找密道的时间,这就是你觉得正确的做法吗?"

"你明明知道得这么清楚了,不称赞我两句可说不过去啊。"

"请不要开玩笑了。"

"我可没有让死亡人数增加。"

她的脸如同能面一般。

"可是,我……"

这还是我第一次见葛城退缩。尽管身为名侦探,但在事实面前,他显得有些软弱。

"可是,我也并不希望更多的人死去……这么说的话,我也没有让任何人丧命吧……"

葛城像个孩子一般说着的瞬间,飞鸟井动了。她抓住了葛城的衣襟,情绪激动,死死地盯着葛城。

"你还没发现吗?"飞鸟井的语气仿佛带刺,"就这样你还敢自称名侦探?"

"你、你在说什么啊……"

"你就没产生过疑问吗?你知道小翼为什么进入有升降天花板的房间吗?"

"应、应该是被久我岛叫过去的吧……"

"不对!在众人因山上燃起大火而去宅邸避难之后,久我岛和小翼连一句话都没说过,他们根本没有接触过!那为什么小翼会拜托久我岛去操纵天花板呢?那是因为她是有目的的。为了达成那个目的,她教会了久我岛如何操纵升降天花板,久我岛则利用了这一点。甚至说不上利用二字,他只是过去操纵了一下。她选中了久我岛,是因为久我岛想要杀她而刻意地接近她,并且刻意在她面前表现得十分软弱,很容易被驾驭。没有去拜托自己的亲人贵之和文男,也和她的目的有关。而且那时,那两个人还有自己要完成的任务。"

"那拜托田所君不就好了。"

听到名字被突然提起,我的身体抖了一下。

"他也不行,因为他和你太亲近了。"

"你在说什么啊?"

"我都说到这种程度了,你还不明白吗?"飞鸟井叫道,"你应该知道吧?你是财田雄山的忠实读者啊。"

"这……"

葛城突然瞪大了眼睛,脸色变得苍白。

"怎么会……"

"你想明白了。"飞鸟井的语气又突然变得温柔了起来,"为什么会这样啊?我们总是这样,一旦事件涉及自身,就会变得很迟钝。"

这是初次见面时,她与葛城的"共鸣"。在那个瞬间,两位名侦探的确意识相通了。也正因如此,她扯下了葛城最后的抵抗。飞鸟井松开了手,葛城仿佛双膝脱力。

"我们都知道,在升降天花板上面,有财田老人的隐藏书架。她是想去书架那里取出他的藏书。但贵之和文男不想让外人看到那些收藏,所以不能拜托他们。而她之所以想去取那些藏书,是为了满足你的愿望。或者至少是想引起你的注意。"

葛城用双手捂着脸,发出了呜咽声。他像个被人抛弃的小狗一般,缩着身子不停地颤抖,还塞住自己的耳朵。

"不要再说了!"

我受不了了,大叫出声。葛城抬起了头,他茫然地看着我,嘴唇颤抖着。

"你是什么时候开始听的?"

葛城的声音非常严厉。我开始后悔自己就这么冲了出来。

"……从一开始。"

"别再看了。我没事,你赶紧去别的地方吧。"

他将脸扭向一边。我还是第一次见他表露出如此强烈的拒绝。

"不。我有话要对飞鸟井小姐说。"

另一边的飞鸟井没有丝毫动摇。不知是预料到了我会出现,还是说她就从没把我当一回事。

"你……到底有什么目的?你已经完成了对久我岛的复仇,目的应该已经达到了。为什么还不满足,还要将葛城……"

毁掉,我将这个词硬吞了下去。

"一直纠缠不休的人明明是他。"

"是的,田所君。"葛城仍然低着头,"之前我也说过,侦探是一种生存方式。只不过我的生存方式和她的生存方式发生了冲突。"

"生存方式,生存方式啊。"飞鸟井冲着我淡淡地笑了起来,"那么,对于被逼到绝境的葛城,田所君的生存方式就是恰在此时冲出来吧。可是,帮不了福尔摩斯的华生,只能说是虚张声势啊。"

"你说什么……"

"久我岛拿着刀子跳出来的时候,你可是一步都没动呢。"

我一时语塞,无法反驳。我的脚僵在原地,动弹不得。

"你在最关键的时候没有出来保护葛城君,你到底能给他什么呢?你要不要再好好考虑一下呢?"

我茫然地愣在当场。

"那是因为……"

我感到头晕目眩。对啊,那时我都没有做出行动,现在的我又是为什么——

"飞鸟井小姐,别再说了!这和田所君没有关系。已经,够了……"

"啊,好啊,那就依葛城君说的吧。让我问田所君一个问题。"

她那双幽灵般的眼睛转向了我。

"你希望葛城给你什么?"

"给……什么……?"

"甘崎说要画我,她希望在离我最近的地方看着我、听我推理、再描绘出我的样子。自己说出来还真是有些不好意思啊。可这就是她需要我的原因。对我来说,她也是必要的。你呢?"她再次问道,"你需要侦探葛城的什么呢?"

"……事情是如何开始的,又是如何结束的,我想要见证这一切。他总能用推理将一切谜题解开。"

"所以说,葛城这一次背叛了你的期待。他到最后也没有说出真相。我才是降下天花板的人,说出这一点的是你啊,你还记得吗?"

我记得。那时葛城一直保持沉默,没有说出真相。

"不是的,我没有背叛。"

"从结果上而言就是这样吧？你背叛了比任何人都要相信你的助手。我也是。那孩子希望我永远不要改变，可我却变成了现在这样。"

飞鸟井低头看着葛城，说道："我们，是一样的呢。"

"不……我才和你不一样呢！"

葛城的叫声在山间虚无地回响着。飞鸟井没有应声，葛城也没有再说话。

"……你刚才问我，我是否认为那样的做法是正确的吧？"飞鸟井自嘲般地笑着，"我并不认为那样是正确的。但是我讨厌自己，也讨厌你。我讨厌这个在她死后一点一点改变的自己。如果她还在我身边，我一定不会变成这样。因为美登里希望我不断地去解谜，而失去了她之后，我可以心平气和地使用那样的手段了。"

所以我已经不再是名侦探了。

我回忆起曾经在十年前见过一次面的甘崎。她是能让飞鸟井光流继续去当名侦探的少女。失去的东西就不会再回来了，指的不仅仅是甘崎。

还有名侦探飞鸟井光流。

"我虽然指责你，但到了最后，我还是忍不住想要指明你没有弄明白的事。"

飞鸟井转身背对葛城，向搜索队的方向走去。之后她只说了一句话，但这最后的一句话也最有效果。

"我不想再看见你了。你为了解开一切而破坏了一切。"

葛城的身体微微地颤抖着。远处山顶上的落日馆残骸还在燃烧，葛城的身影在熊熊燃烧的火焰前显得无比渺小。

只相信推理之力的葛城。

将自身奉献给正义的葛城。

我最喜欢的葛城。

而现在,他却仿佛正从内部一点一点地崩坏、溶解、崩塌了。他意识到,只有已经舍弃了名侦探身份的飞鸟井,只有这一个人,明白他的存在意义。

"可是哪怕如此,我也……"

他冲着已经放弃侦探这个身份的她的背影喊出了最后的话语,那声音近乎悲鸣。

"可是哪怕如此,我也……只能去解开谜题。"

《GURENKAN NO SATSUJIN》
©Tatsumi Atsukawa,2019
All rights reserved.
Original Japanese edition published by KODANSHA LTD.
Publication rights for Simplified Chinese character edition arranged with
KODANSHA LTD.
through KODANSHA BEIJING CULTURE LTD. Beijing, China
本书由日本讲谈社正式授权，版权所有，未经书面同意，不得以任何方式做全面或局部翻印、仿制或转载。
Simplified Chinese edition copyright © 2022 New Star Press Co., Ltd.

图书在版编目（CIP）数据

红莲馆杀人事件 ／（日）阿津川辰海著；赵婧怡译．－－北京：新星出版社，2022.8
ISBN 978-7-5133-4980-2

Ⅰ．①红… Ⅱ．①阿… ②赵… Ⅲ．①推理小说－日本－现代 Ⅳ．① I313.45

中国版本图书馆 CIP 数据核字（2022）第 117703 号

红莲馆杀人事件
［日］阿津川辰海 著；赵婧怡 译

责任编辑：赵笑笑
责任校对：刘 义
责任印制：李珊珊
装帧设计：Caramel
封面插图：绪贺岳志

出版发行：新星出版社
出 版 人：马汝军
社　　址：北京市西城区车公庄大街丙3号楼　100044
网　　址：www.newstarpress.com
电　　话：010-88310888
传　　真：010-65270449
法律顾问：北京市岳成律师事务所

读者服务：010-88310811　service@newstarpress.com
邮购地址：北京市西城区车公庄大街丙 3 号楼　100044

印　　刷：北京天恒嘉业印刷有限公司
开　　本：910mm×1230mm　1/32
印　　张：10.625
字　　数：190千字
版　　次：2022年8月第一版　2022年8月第一次印刷
书　　号：ISBN 978-7-5133-4980-2
定　　价：52.00元

版权专有，侵权必究；如有质量问题，请与印刷厂联系调换。